Christoffer Petersen

Sieben Gräber für den Winter

Ein Grönland-Krimi

Aus dem Englischen
von Sepp Leeb

Kampa

Die englischsprachige Originalausgabe erschien 2018
unter dem Titel *Seven Graves, One Winter.*

Für den Blick hinter die Verlagskulissen:
www.kampaverlag.ch / newsletter

Hegibachstrasse 2, CH-8032 Zürich
info@kampaverlag.ch
www.kampaverlag.ch
GPSR-Kontakt: Schöffling & Co. Verlagsbuchhandlung GmbH,
Kaiserstraße 79, D-60329 Frankfurt am Main
info@schoeffling.de

Lektorat: Nora Petroll
Covergestaltung: Lara Flues, Kampa Verlag
Covermotiv: Komposition aus iStock. © Wirestock (Eisberge),
© Vadim_Nefedov (Häuser), © murat4art (Schiff)
Satz: Tristan Walkhoefer, Leipzig
Gesetzt aus der Stempel Garamond LT / 1. Auflage 2025
Druck und Bindung: Friedrich Pustet, Regensburg
Auch als E-Book erhältlich
ISBN 978 3 311 12117 6

Sapaat

SONNTAG

I

Sie gruben die Gräber in die widerspenstige, zwischen Granitbrocken gezwängte Erde am Knie des Bergs. Der Friedhof war klein, aber groß genug, um alle Mütter, Väter, Söhne und Töchter Inussuks aufzunehmen, seit das erste Grab den letzten Steinhaufen ersetzte und Babys, die den Winter nicht überlebten, nicht mehr mumifiziert wurden. Die Winter waren genauso dunkel, die Sommer genauso hell, nur die Todesfälle waren nicht mehr so häufig, und das Essen, aus dem Meer oder dem Laden, war leichter zu beschaffen. Trotzdem hoben sie weiterhin jeden langen Sommer die Gräber aus, um sich für einen weiteren dunklen Winter zu rüsten, wenn die Tuberkulose vielleicht einen Großelternteil oder ein Enkelkind dahinraffte, ein Wintersturm einem Jäger zum Verhängnis wurde oder eine Depression jemanden dazu brachte, sich das Leben zu nehmen. In der Hoffnung, es wären zwei zu viel, hoben sie zwei Gräber für Selbstmörder aus. Eins gruben sie für eine Kneipenschlägerei, eins für einen Unfall beim Fischen, eins für das tot geborene Baby, das, nur eine schreckliche Bootsfahrt entfernt, im winzigen Leichenschauhaus des ärztlichen Versorgungszentrums wartete. Ein sechstes Grab gruben sie für Altersschwäche. Das siebte für den Krebs. Selbst in der Arktis, immer der Krebs.

Die Männer stiegen aus den Selbstmördergräbern und stützten sich kurz auf ihre Schaufeln, um zu den Eisbergen im Fjord hinauszuschauen. Vom Friedhof hatte man den besten Blick auf die Berge in der Ferne und die in den Schoß des Berges geschmiegte Siedlung. Inussuk war zwischen zwei Stränden eingekeilt, einer schwarz und weich, der andere hart, steinig und von Muscheln übersät. Der nach Süden und Osten ausgerichtete schwarze Strand, der die Wellen brach und die Wucht jedes Sturms abmilderte, war übersät von glitzernden Eisbrocken, groß wie die Hände, Herzen und Köpfe der Totengräber. Es waren aber auch größere, Growler genannte Eisbrocken darunter, die das von den Bergen herabfließende Wasser auf seinem Weg ins Meer umlenkten. Zwischen zwei solcher im Meer treibender Growler würde noch in diesem Herbst nicht weit vom Strand die Leiche eines Mädchens gefunden werden, aber davon wussten die Totengräber jetzt noch nichts.

Sie ließen den Blick vom Strand zur Siedlung wandern, aus der die abblätternden roten Holzwände des Dorfladens und der frische grüne Anstrich des Hauses der Naturkommission herausstachen, in dem zurzeit zwei dänische Künstlerinnen und ein kleines Kind wohnten. Einer der Männer deutete mit dem Kopf auf das Haus, wo das Mädchen im Sand und Schmutz unter der Veranda spielte. Die dreiundvierzig erwachsenen Bewohner von Inussuk glaubten, dass die zwei Künstlerinnen ein Paar waren. Die zwölf Kinder waren zu jung, um sich darüber Gedanken zu machen, und waren nur froh, eine neue Spielkameradin zu haben, ein Mädchen mit blonden Haaren.

»Achtundfünfzig Einwohner«, sagte der ältere der zwei Totengräber und zog eine Thermosflasche aus dem Tragbeutel, der neben ihm auf dem Boden lag. Ein Windstoß vom Fjord wehte den Dampf von der Öffnung der Flasche, als er den Verschluss abschraubte. Er goss dem Jüngeren Kaffee in einen Emaillebecher und füllte die Verschlusskappe der Flasche für sich selbst.

»*Aap*«, sagte der jüngere Mann, als er den Becher an seine

Lippen hob. Er schaute zur Siedlung hinab und beobachtete das im Schmutz spielende Mädchen, dann zuckte sein Blick zu seinem Sohn, der ihm vom Anleger zuwinkte. Die Lippen des kleinen Jungen bewegten sich, und sein Brustkorb hob sich, als er etwas rief. Der Mann winkte, und wie jedes Mal, wenn er Qaleraq sah, musste er daran denken, dass der Junge gesund, wissbegierig und schwer zu unterrichten war, aber unbedingt lernen wollte. Qualeraq würde viel mehr Winter erleben als der Sohn seiner Schwester. Das letzte Grab würden sie nämlich für seinen totgeborenen Neffen ausheben, und wenn sie die Energie dafür aufbringen konnten, würden sie ihre Spaten so tief wie möglich in den Permafrostboden stoßen, damit der Junge in der Erde unter ihnen in Frieden ruhen konnte.

Er trank seinen Kaffee aus, schnippte den Bodensatz in das Grab und warf die Tasse in den Beutel seines Partners. Dann stieg er in die Grube und begann zu graben. Der ältere Mann goss die Verschlusskappe der Thermosflasche noch einmal halb voll und blickte sich auf dem Friedhof um. Der Antennenmast warf seinen dünnen Schatten auf die Gräber seiner Mutter und seines Vaters mit den von der Polarsonne ausgeblichenen Plastikblumen. Er hatte das Versprechen abgelegt, sie zu ersetzen, das gleiche Versprechen, das er im Sommer davor gemacht hatte, als sie die sieben Gräber aushoben, und dann im September, kurz vor dem ersten Schneeeinbruch des Winters, noch ein achtes. Ein altes Ehepaar war von einer Lungenentzündung dahingerafft worden, Aput, der Mann, nur eine Woche nach seiner Frau Margrethe. Als der Totengräber den Blick den Weg hinunterwandern ließ, musste er daran denken, wie sie die Särge, einen nach dem anderen, vom Haus des Paares zum Friedhof hinaufgetragen hatten und während der Trauerfeier wieder zu Kräften zu kommen versuchten, bevor sie die engsten Freunde seiner Eltern in die Gräber direkt neben ihren hinabließen. Der Weg war steil, und er kannte jede Biegung, jeden Felsbrocken und jede Vertiefung. Er hatte sich fast sechs Jahre lang die Zehen an den unzähligen Felsbrocken angestoßen, war auf losen Steinen ins Stolpern geraten und hatte an der Seite des jüngeren Mannes Stufen in den Hang gegraben.

Sechs Jahre und jedes Jahr sieben Gräber.

Inussuk schrumpfte, aber der Friedhof wuchs. Die Jungen und gut Ausgebildeten wanderten in die größeren Dörfer und Städte an der Westküste Grönlands ab. Die Kinder verließen die Siedlung, gingen in Uummannaq zur Schule und kehrten nach der zehnten Klasse im Alter von fünfzehn oder sechzehn Jahren zurück, um des beschaulichen Lebens zwischen den zwei Stränden und des Fehlens von Arbeitsplätzen und Verdienstmöglichkeiten schnell überdrüssig zu werden. Nur ein Junge war geblieben, um in denselben Gewässern zu fischen wie sein Vater, während seine Schwester und ihr Freund ein Stück die Küste hinunter nach Aasiaat gegangen waren, um an der dortigen Hochschule zu studieren.

»Hey«, sagte der ältere Mann, als er seinen Kaffee austrank.

»Was?«

»Hast du schon von dem Polizisten gehört?«

»Von welchem Polizisten?« Der jüngere Mann lehnte seine Schaufel an die Wand aus Erde und kletterte aus dem Grab.

»Er kommt nächste Woche her.«

»Hierher?«

»*Aap*«, sagte der Ältere und deutete auf das dunkelblaue Haus hinter dem Dorfladen. »Er hat Aputs Haus gekauft.« Und nach einer Pause: »Hast du das nicht gewusst?«

»*Naamik*«, sagte der Jüngere. »Schon möglich.«

»Du solltest deiner Frau besser zuhören, Edvard. Meine Frau hat es ihr erzählt.«

»Mhm.«

Der ältere Mann fing Edvards Blick auf. »Ist irgendwas?«

Edvard zuckte mit den Achseln. »Das Baby«, sagte er und schaute zu der Stelle, wo sein Sohn jetzt mit dem dänischen Mädchen spielte. »Eigentlich möchten wir noch ein Kind, aber sie hat Angst, dass es ihr ähnlich gehen könnte wie ihrer Schwester. Sie meint, es könnte am Wasser liegen.«

»Am Wasser?«

»Das Metall, aus der Mine. Es ist auch im Fisch.«

»In diesem Wasser ist kein Metall.«

»Woher willst du das wissen, Karl?«

»Stimmt«, sagte Karl und seufzte. »Woher will ich das wissen?« Er schraubte die Thermosflasche zu und steckte sie in den Beutel, dann griff er nach seiner Schaufel, um in das Grab zu springen. Edvard hielt ihn mit einem Husten zurück. »Was ist?«

»Du hast mir doch gerade von dem Polizisten erzählt.«

»*Aap*. Ja, er zieht hierher.«

»Um zu arbeiten?«

»Um hier zu leben.«

Edvard schüttelte den Kopf. »Das hast du bereits gesagt. Aber wird er auch hier arbeiten? Als Polizist.«

»Wir hatten noch nie einen Polizisten in Inussuk.«

»Genau deshalb will ich es wissen.«

Karl lachte. »Machst du dir Sorgen wegen deinem Selbstgebrauten? Wenn er dir auf die Schliche kommt, gibt es vielleicht endlich mehr Hefe im Laden, und ich bekomme zur Abwechslung mal frisches Brot.«

»Vielleicht«, sagte Edvard grinsend. »Aber woher bekämst du dann deinen Schnaps, alter Mann?«

»Aus Uummaaannaq, wie alle anderen auch.«

»Wenn dir das lieber ist.« Edvard dachte kurz nach. »Aber warum kommt er hierher, wenn nicht, um zu arbeiten?«

»Buuti sagt, er geht schon in Pension. Frührente.«

»Dann ist er wohl krank«, sagte Edvard und schaute auf die zwei Gräber, die fast fertig waren.

»Er ist invalide«, sagte Karl. »Soviel ich gehört habe, geht er am Stock, vielleicht sogar mit Krücken.«

»Er zieht also aus Nuuk hierher?«

»*Naamik*, aus Ittoqqortoormiit.«

»Tunu? Ostgrönland?«

»*Aap*.«

»Warum kommt er dann hierher?«

»Keine Ahnung. Kannst du ihn ja nächste Woche selbst fragen.«

Edvard brummte und sprang in das Grab, wo er nach seiner Schaufel griff und zu graben begann, während sich Karl im Grab daneben an die Arbeit machte. Sie arbeiteten weitere zwei Stunden und wurden wie immer gleichzeitig fertig, obwohl Karl Edvard im Verdacht hatte, dass er, kurz bevor er fertig wurde, immer langsamer schaufelte und eher bloß an den Rändern scharrte, als dass er grub, und ganz bewusst auf den Älteren wartete.

Karl stieg als Erster aus dem Grab und hielt Edvard die Hand hin, um ihm aus seinem zu helfen, ein kleines Dankeschön für die Rücksicht, die er auf den Älteren nahm. Sie gingen ans andere Ende des Friedhofs, näher zu dem Steilabfall, der zum Knie des Berges und den Wellen hinabreichte, die gegen den dunklen, nassen Fels plätscherten. Sie ritzten die Umrisse der zwei Gräber, die sie hier ausheben würden, in den steinigen Boden, so nah an der Abrisskante, wie sie für vertretbar hielten und den Verstorbenen zumuten zu können glaubten.

Am äußersten Rand hielt Edvard inne und blickte aufs Meer hinaus. Er stieß Karl an der Schulter an und deutete auf ein mittelgroßes Motorboot mit einem Blitz auf dem Rumpf, das neben einem großen Eisberg auf dem Wasser schaukelte, viel zu nah, um der Welle und den Eisbrocken zu entkommen, sollte er sich auf die Seite drehen oder kalben. Karl schnalzte mit der Zunge, und Edvard zuckte mit den Achseln. Keiner der beiden hatte das Boot schon einmal gesehen.

»Weißt du, wer das ist?«

»*Naamik*«, sagte Edvard. »Vielleicht ist es von der Diskoinsel.«

»Vielleicht.«

Auf ihre Schaufeln gestützt, beobachteten die zwei Totengräber, wie das Boot vom Eisberg forttrieb und dahinter verschwand. Sie warteten, bis auch das Heck nicht mehr zu sehen war. Erst dann machten sie den ersten Spatenstich für die neuen Gräber. Hätten sie durch den Eisberg oder um ihn herum schauen können, hätten sie einen Mann gesehen, der aus der Kajüte des Boots kam und ein nacktes Mädchen an ihren langen schwarzen Haaren hinter sich herzog. Sie hätten auch gesehen, wie er ihr zweimal ins Gesicht schlug. Hätte der Wind in ihre Richtung geweht, hätten sie vielleicht sogar ihren Schrei gehört.

Sie war jung, mit sanften Rundungen, die ihr Geschlecht erkennen ließen. Ihre Haut war dunkler als die ihrer europäischen Freunde, heller als die der Grönländer. Sie blutete aus der Nase und hatte am ganzen Körper Abschürfungen. Der Mann wischte seine blutverschmierte Hand an ihrem Bauch ab, bevor er das Mädchen über das Deck zog und zu Boden stieß. Sie zappelte wie ein blutiger Fisch, worauf er mit dem Handrücken auf sie einschlug, sodass sie mit dem Hinterkopf gegen die Kajütenwand knallte. Das Boot neigte sich von dem Aufprall auf die Seite. Ihre Beine wurden schlaff, und sie starrte den Mann aus weit aufgerissenen braunen Augen an, als er seinen Fuß auf ihr Haar stellte, damit sie sich nicht mehr bewegen konnte. Er griff über sie hinweg nach einer Tasche, öffnete den Reißverschluss und kippte Winterkleidung auf ihren Bauch.

»Zieh dich an«, herrschte er sie an und warf die Tasche in Richtung Kajüte. Das Mädchen starrte ihn mit angehaltenem Atem an und begann, sich mit Hose und Socken abzumühen. Er nahm den Fuß von ihren Haaren und befahl ihr, sich aufzusetzen und den Fleecepullover und eine dicke Canada-Goose-Winterjacke anzuziehen. Dabei blieb sein Blick die ganze Zeit auf die dunklen Höfe ihrer Brustwarzen geheftet. Er zog sie vom Boden hoch und griff nach einem Paar Wanderstiefel, die unter dem Steuerrad lagen. »Und jetzt die Stiefel«, sagte er und warf sie ihr zu. Er stellte einen Stuhl vor das Steuerrad und stieß sie unsanft darauf nieder. Sie biss sich auf die Lippe und schluchzte laut auf, als er sie an den Haaren packte und heftig an ihnen riss. Er wartete, bis sie in die Stiefel geschlüpft war und sie zugeschnürt hatte. Dann zog er sie hoch und führte sie an die dem Eisberg zugewandte Steuerbordseite des Boots.

Das Mädchen hielt sich an der Reling fest, und ihr Körper wurde von heftigem Schluchzen geschüttelt. Der Mann ließ sie los und kehrte ans Steuer zurück, um das Boot näher an den Eisberg zu manövrieren. Dann nahm er den Gang heraus, und der Motor lief im Leerlauf weiter. Eine graue Abgaswolke streifte über das Gesicht des Mädchens und brachte es zum Husten.

»Was ist?«, fragte der Mann.

»Ich musste nur husten«, sagte das Mädchen auf Dänisch. Die Tränen auf ihren Lippen schmeckten so salzig wie das Meer.

»Was hast du gesagt?« Der Mann packte sie an den Haaren.

»Ich habe nichts gesagt«, sagte sie, als er ihr Gesicht zu sich drehte, damit sie ihn ansah. »Nichts«, schluchzte sie.

»Sprich Grönländisch, du kleine Schlampe«, fuhr er sie an und stieß ihren Kopf nach unten. Als sie erneut in Schluchzen ausbrach, grinste er.

»Das kann ich nicht.«

»Genau.«

Der Mann schubste sie heftig, und das Mädchen stieß einen Schrei aus, als es auf die Knie fiel. Strähnen ihres Haars verfingen sich im Pelzbesatz ihrer Kapuze, als der Mann seine Hände unter ihre Arme schob.

»Runter von meinem Boot.« Er hob sie hoch. Mit einem lauten Aufschrei setzte sie sich verzweifelt zur Wehr und versuchte, die Reling zu fassen zu bekommen, als sie der Mann darüber wuchtete und ihre Beine ins Wasser tauchten. In diesem Moment bekam sie die Reling zu fassen und klammerte sich daran fest. Doch der Mann trat so lange auf ihre Fingerknöchel, bis sie schreiend losließ und an der Seitenwand des Boots hinunterrutschte und ganz ins Wasser eintauchte. Die eisige Kälte presste ihr die Luft aus der Lunge, und sie begann, heftig um sich schlagend, um Atem zu ringen.

Kaum war das Mädchen ins Wasser gefallen, kehrte der Mann an den Schalthebel zurück, legte den Gang ein und fuhr von dem Mädchen fort, das mit weit aufgerissenen Augen beobachtete, wie er sofort wieder wendete und sich über die Seite des Boots beugte, um sie anzustarren. Dann wurde der Motor lauter, und das Boot beschleunigte und schoss auf sie zu.

Mit letzter Kraft schlug das Mädchen mit steifen Fingern auf das Wasser ein und versuchte, vom Boot wegzuschwimmen. Doch das Boot änderte seinen Kurs und schoss so dicht an ihr vorbei, dass es ihre Wange streifte. Ihr Kopf wurde unter Wasser gedrückt, nur ihr Haar breitete sich wie im Wasser treibende Ranken und Nerven auf der Oberfläche aus und stimmte sich auf ihren Tod ein. Der Mann nahm das Tempo heraus, wendete und schoss ein letztes Mal auf sie zu. Der Rumpf des Boots geriet heftig ins Beben, als sein Kiel ihren Schädel spaltete.

Mit einem Grinsen umkreiste der Mann langsam die Stelle, wo das Mädchen zum letzten Mal zu sehen gewesen war. Er setzte sich auf den Stuhl am Steuerrad und runzelte die Stirn, als er nach den Pfefferminzbonbons in seiner Tasche fasste und seine Finger sich im topasblauen Slip des Mädchens verfingen. Er schob ihn in die Tasche zurück und nahm Kurs auf die Mündung des Fjords, während die Totengräber ihre Schaufeln in den Berg über Inussuk stießen.

Marlunngorneq

DIENSTAG

2

Politibetjent David Maratse stöhnte, als ein stechender Schmerz durch seine Beine schoss und sich im unteren Rückenbereich zu einem lodernden Flächenbrand ausweitete. So war es jedes Mal, wenn er seinen linken Fuß hob, und ein ähnlicher Stich durchzuckte seine Nerven, wenn er seine Sohle wieder auf das Laufband setzte. Maratse hielt inne und klammerte sich, um Atem ringend, an die Haltestangen, während sich der Physiotherapeut auf seinem Klemmbrett eine Notiz machte.

»Wird es nicht allmählich besser?«, fragte er.

»*Eeqqi*«, sagte Maratse und schüttelte den Kopf. Er holte tief Luft, atmete wieder aus. Einmal, zweimal, dreimal. Bis der Schmerz nachließ. »Noch mal«, sagte er dann und hob den Fuß.

»Wirklich?«

»*Iiji*«, sagte er. »Ja, wirklich.« Seine Beine versagten ihm den Dienst, und fluchend sackte Maratse auf den rauen Gummi des Laufbands. Der Physiotherapeut schaltete rasch den Motor ab und half Maratse hoch.

»Setzen Sie sich erst mal.«

»Ich sitze doch schon seit einer Woche.«

»Und davor haben Sie die ganze Zeit gelegen«, sagte der Therapeut, als er Maratse zu einem Stuhl half. »Drei Wochen lang. Es geht sehr wohl voran. Aber Sie müssen Geduld haben.«

»Es geht voran?«, schnaubte Maratse. Er klopfte die Taschen seiner Jogginghose ab, bis er merkte, dass die Zigaretten in der Tasche seiner Jacke waren, die neben dem Krankenhausbett über einem Stuhl hing.

»Rauchen bringt niemanden weiter.«

»Mich schon.«

»Das glauben Sie doch selbst nicht«, sagte der Physiotherapeut. »Bei dem Schaden, den Ihre Nerven …«

»Rauchen hilft«, sagte Maratse in einem Ton, der keinen Widerspruch duldete. Der junge Physiotherapeut zuckte mit den Achseln und machte sich weitere Notizen auf seinem Klemmbrett. Maratse dachte über die Nervenschädigungen nach. Fast konnte er jetzt noch seine verkohlte Haut riechen, als ihm der Chinese die Enden seiner selbst gebastelten Folterapparatur an Brust, Beine und Hoden gedrückt hatte. Maratse schlug sich den Gedanken aus dem Kopf und versuchte, die Entfernung zu seinem Bett abzuschätzen. »Ich brauche was zu rauchen.«

»Ich lasse Sie von jemandem auf Ihre Station zurückbringen«, sagte der Physiotherapeut. Er legte sein Klemmbrett beiseite, ging zu Maratses Rollstuhl, der an der Wand des Behandlungszimmers stand, und wollte ihn gerade zu seinem Patienten schieben, als die Tür aufging. Er blieb stehen, lächelte die eintretende Polizistin an, ließ den Rollstuhl los und sagte: »Er gehört ganz Ihnen.«

»Ist er fertig?«, fragte sie und strich eine lose Strähne ihres langen schwarzen Haars hinter ihr Ohr. Diese Bewegung erinnerte Maratse an eine andere Frau, die es genauso machte, eine Betjent der Sirius Patrol, einer dänischen Hundeschlittenstreife, die ihn vor dem Chinesen gerettet hatte.

»Ich brauche was zu rauchen«, sagte Maratse und deutete mit dem Kopf auf den Rollstuhl. »Irgendjemand muss mir doch helfen.«

»Immer noch schlecht gelaunt, hm?«, sagte die Polizistin, steckte den Umschlag in ihrer Hand seufzend in die

Brusttasche ihrer Jacke, packte die Griffe des Rollstuhls und stellte ihn neben Maratses Stuhl. Der Physiotherapeut half ihr, Maratse aufzurichten. Sie sah Maratse lächelnd an. »Hast du meinen Namen schon wieder vergessen?«

»Hallo, Piitalaat.«

»Ich heiße Petra«, sagte sie. »Betjent Petra Jensen.« Maratse zuckte zusammen, als der Physiotherapeut den Sitz des Rollstuhls von hinten gegen seine Beine schob. Petra half ihm, sich zu setzen. »Warum willst du mich unbedingt so nennen?«

»Weil mir der Name gefällt.« Maratse umklammerte die runden Griffstangen an den Seiten der Räder und nickte den Boden an. »Ich brauche was zu rauchen, Betjent.«

»Hast du schon mal gesagt. Ach, und ich werde nicht mehr lange Betjent bleiben.«

Maratse drehte sich um. »Hast du die Prüfung zur Kommissær gemacht?«

»Ja«, sagte sie. »Und ich habe bestanden. Bis Ende der Woche sollte ich meine offizielle Ernennung erhalten.«

»Steht das in diesem Umschlag?«

»Nein.« Petras Lippen spannten sich, und sie strich nach einer imaginären Haarsträhne. »Das ist was anderes.«

»Etwas für mich?«

»Ich fürchte, ja.«

Maratse seufzte und deutete mit dem Kopf Richtung Tür. »Gehen wir.«

Petra öffnete den Umschlag, als sie neben Maratse zum Lift ging. »Soll ich es dir vorlesen?«

»*Iiji*«, sagte er und ließ die Gummireifen über seine Handflächen schrappen. »Aber nur die Highlights.«

»Also dann«, sagte Petra und fuhr mit dem Finger über die eng bedruckte Seite. »Sie schicken dich vorzeitig in den Ruhestand, bei voller Pension.« Auf Maratses Knurren hin hielt sie kurz inne, bevor sie fortfuhr. »Aber du bist kein Polizeibeamter mehr. Sorry.«

»Schon okay«, sagte Maratse. Er hielt vor den Liften an und drückte auf den Rufknopf. Damit hatte er gerechnet, und die morgendliche Therapiestunde hatte ihm bestätigt, was er bereits wusste. Er würde nie mehr Polizist sein.

»Wirst du trotzdem nach Inussuk ziehen?«

»*Iiji.*«

Petra faltete das Schreiben zusammen, und die Lifttür ging auf. »Das verstehe ich nicht. Du könntest auch hier bleiben.«

Maratse fuhr in den Lift, drehte um und wartete, dass ihm Petra folgte und auf den Knopf fürs Erdgeschoss drückte. »Ich werde immer Polizist sein«, sagte er. »Da ist es besser, woanders neu anzufangen.«

»Als Rentner«, sagte Petra.

»Das macht keinen Unterschied.«

»Dann verabschiedest du dich also von den hellen Lichtern der Großstadt und lässt mich ganz allein in Nuuk zurück?« Petra lehnte sich an die Seitenwand der Liftkabine und setzte ihren besten Schmollmund auf. Fast musste Maratse lachen, und sie schien zufrieden über die Fältchen um seine Augen. Petra straffte die Schultern, als der Lift zum Stehen kam. Maratse ließ zuerst sie aussteigen, bevor er ihr in den Flur hinaus folgte.

»Und was ist mit Gaba?«

»Über ihn reden wir nicht«, sagte sie.

»Seit wann?«

»Seit letztem Samstagabend.« Petra stellte sich hinter Maratse und packte die Griffe des Rollstuhls.

»Wieso? Was ist passiert?«, fragte er und ließ die Räder los. Er roch den Alkohol des Desinfektionsmittels, mit dem sich ein Pfleger vor der Herrentoilette die Hände säuberte, doch der Geruch war bald verflogen, als Petra losging.

»Darüber will ich nicht sprechen.«

»Okay.« Maratse holte tief Luft, als Petra ihn herumdrehte und rückwärts in sein Zimmer zog. Sie stellte ihn neben sein Bett, und Maratse griff nach seiner Jacke. Petra ging ans Fenster, lehnte sich mit verschränkten Armen dagegen und sah ihn finster an. »Was ist?«, fragte er und hielt dabei inne, die Zigaretten aus der Jackentasche zu fischen.

»Du hast mich nicht gefragt.«

»Du wolltest doch nicht darüber reden.«

»Will ich auch nicht.« Petra wandte sich ab und deutete auf die Zeitung, die auf dem Nachttisch lag. »Das hilft nicht.«

»Ich habe sie nicht gelesen.«

»Dieser Idiot von *Seqinnersoq* reißt schon wieder die Klappe auf. Er setzt Grönländisch als Wahlkampfversprechen ein, sogar als Waffe. Das ist die einzige Qualifikation, die er hat.« Petra griff nach der Zeitung.

»Wann sind die Wahlen?«

»Nächsten Mai.« Sie runzelte die Stirn. »Schaust du keine Nachrichten?«

Maratse zuckte mit den Achseln. »Ich wähle nicht.« Er zog eine Zigarette aus der Packung und schraubte sie in die Lücke zwischen seinen Zähnen. Er umschloss das Feuerzeug mit der Faust. »Ich gehe nach draußen.«

Petra drehte die Zeitung zu Maratse und stieß mit dem Finger auf das Foto. »Sie war nicht viel älter als sie.«

»Wer?«

»Das *Mädchen*, mit dem Gaba am Samstagabend geschlafen hat.« Petra hob die Zeitung leicht an und starrte auf das Bild von Malik Uutaaq, der neben seiner Frau stand. Im Hintergrund war ein Mädchen im Gymnasialalter zu sehen.

»Das Mädchen, mit dem Gaba geschlafen hat, ist etwa in ihrem Alter, siebzehn oder achtzehn.«

Brummend rollte Maratse zur Tür. Er hörte das Klatschen der auf dem Bett landenden Zeitung, als er in den Korridor bog und zu den Liften weiterfuhr. Petra folgte ihm. Sie sagte kein Wort, bis sie in der Raucherhütte vor dem Eingang des Dronning Ingrids Hospital standen. Sie wartete, bis Maratse seine Zigarette angezündet hatte. »Warum wählst du nicht?«

Er nahm einen tiefen Zug von seiner Zigarette, dann deutete er mit dem Kopf auf die Zeitung, die eine Patientin beim Rauchen las. Er senkte die Stimme. »Ich traue den Politikern nicht.«

»Aber du bist von der Regierung angestellt – einer Regierung aus Politikern. Wir haben immer noch Selbstverwaltung. Deshalb solltest du mitbestimmen, wer dich beschäftigt.«

»Du vergisst dabei eines, Piitalaat«, sagte Maratse. Petra runzelt die Stirn, und er fuhr fort: »Die grönländische Polizei ist Dänemark direkt unterstellt. Nicht sie«, er deutete mit dem Kopf auf die Zeitung, »sagen uns, was wir tun sollen. Außerdem bin ich pensioniert.« Maratse zog die Augenbrauen hoch und nahm einen weiteren Zug. Er stellte sich vor, wie sich seine Nerven entspannten, als der Rauch seine Lunge füllte. Zumindest für kurze Zeit glaubte er, Frieden gefunden zu haben.

»Ich hasse es, wenn du mich so nennst. Als ob du mich ständig daran erinnern müsstest, dass ich Grönländerin bin.«

»Bist du ja auch.«

»Ich weiß.«

Maratse blies eine Rauchwolke an die Decke des Schuppens. »Ich nenne dich so, weil mir der Name gefällt.«

Er rauchte die Zigarette zu Ende und wollte nach einer neuen greifen, als er merkte, dass er die Jacke schon wieder in seinem Zimmer gelassen hatte. Seufzend legte er die Hände auf die Oberschenkel und schloss die Augen. Als die Patientin aufstand, um zu gehen, öffnete er sie und nickte ihr kurz zu, um sie gleich wieder zu schließen. Petra setzte sich auf die Bank neben ihm.

»Was wirst du in Inussuk machen?«, fragte sie.

»Fischen und jagen.« Maratse öffnete ein Auge, als Petra seine Hand nahm.

»Aber du kannst ja nicht mal gehen.«

»Noch nicht«, sagte er und schloss das Auge wieder.

Petra drückte seine Hand, und er lauschte dem Wind, der am Straßenstaub leckte, dem Krächzen des Raben, der auf dem Krankenhausdach scharrte, dem fernen Läuten einer Kirchenglocke. Er spürte, wie der Wind an den feinen Haaren seiner Arme zupfte, und war plötzlich froh, dass der Chinese nur die Haut vernarbt hatte, die er nicht zeigte, und der Schmerz im Innern seines Körpers verborgen blieb. Fast musste er lachen über den Gedanken, und er fragte sich, woher dieser plötzliche Anflug von Eitelkeit kam und ob er etwas mit seinen neununddreißig Jahren und der Mittzwanzigerin zu tun hatte, die seine Hand hielt.

»Vielleicht komme ich dich besuchen«, sagte sie und drückte noch einmal seine Hand. »Wenn ich darf.«

»*Iiji*«, sagte er und öffnete die Augen.

»Glaubst du, du kommst klar?«

»Natürlich.«

»Und wirst du auch aufpassen, dass du keinen Ärger kriegst?«

Maratse dachte kurz nach, bevor er antwortete. Was seine Karriere anging, war er ungeschoren aus seiner Verwicklung mit Betjent Brongaard und dem Kollateralschaden hervorgegangen, den sie in ihrem Privatkrieg mit den internationalen Geheimdiensten erlitten hatte. Es war ein Wunder, dass er noch am Leben war, und er fragte sich, ob auch sie überlebt hatte. Er bewunderte ihren Mumm, ihren Tatendrang und ihren Moralkodex, und zumindest eine Weile hatte er sogar die adrenalingeputschte Aufregung genossen, die sich so stark von seinen normalen polizeilichen Pflichten unterschied. Sie hatte ihn beinahe das Leben gekostet, dessen war er sich nur zu deutlich bewusst, aber in einzelnen Momenten war es sehr befriedigend gewesen. Und jetzt musste er nur aufpassen, dass er keinen Ärger bekam.

»Ich werde mich zusammennehmen«, sagte er und ließ ihre Hand los.

»Okay«, sagte Petra und stand auf. Sie zupfte eine Haarsträhne von dem Klettverschluss an ihrem Kragen, fasste in ihre Jacke und gab Maratse seine Entlassungspapiere. »Dann gehe ich jetzt mal.«

»Danke, dass du gekommen bist.«

»Gern geschehen.«

»Morgen?«

»Lass mich raten. Du brauchst jemanden, der dich zum Flughafen bringt?«

Maratse zog die Augenbrauen hoch, *ja*.

Sie nickte und schaute zur Tür. »Kommst du allein zurück in dein Zimmer?«

»Klar.«

»Okay.« Petra strich mit den Fingerspitzen über Maratses Schulter, drehte sich um und ging weg. Er wartete, bis sie um die Ecke gebogen war, dann schob er das Kuvert unter sein Bein und fuhr aus der Raucherhütte und an der Seite der Klinik entlang zur Krankenwagenwerkstatt. Er nickte dem Mechaniker zu, der sich an einem von Nuuks drei

Krankenwagen zu schaffen machte, und blieb an einer langen rostigen Stange stehen, die in Hüfthöhe an der Werkstattwand befestigt war. Er zog die Bremsen des Rollstuhls an, griff nach der Stange und zog sich daran hoch. Der Mechaniker blickte auf, als Maratse zunächst über die Stange, dann über seine Füße, einen nach dem anderen, zu schimpfen begann, als er sich mühsam die Wand entlanghangelte und dann wieder zurück.

Als die Schmerzen am schlimmsten waren, kurz bevor er dachte, er würde ohnmächtig, stellte er sich den Chinesen mit seinem Elektroschockpaddel vor und spuckte an die Wand und wünschte den Dreckskerl über die Hölle der Weißen hinaus in das frostversengte Reich von Grönlands finstersten Geistern, wo verkohltes Fleisch eine Delikatesse war und ausgestochene Augen bloß eine Unannehmlichkeit, bevor die richtige Folter begann.

Er hielt inne, um die rostigen Metallflocken von seinen orange verfärbten Handflächen zu zupfen, bevor er die Stange wieder umklammerte und sich, über das Feuer in seiner Wirbelsäule und die weiß glühenden Nägel in seinen Fußsohlen fluchend, weiter an der Wand entlangkämpfte.

»Ich werde wieder gehen«, sagte er und machte einen weiteren Schritt.

Er hörte das metallische Scheppern, als der Mechaniker sein Werkzeug weglegte, und sah, wie der Mann seine Hände an einem öligen Lappen abwischte und durch die Werkstatt ging, um sich hinter den Rollstuhl zu stellen.

Maratse biss die Zähne zusammen und sagte: »Nur noch ein Mal.«

Der Mechaniker nickte und ging zu den Spinden an der Rückwand der Werkstatt. Er kam mit einer Flasche Wodka und zwei schmutzigen Schnapsgläsern zurück und stellte sie auf ein Fass. Maratse ließ sich in seinen Rollstuhl sinken.

Der Mechaniker schenkte die zwei Gläser voll und reichte ihm eines.

»*Skål*«, sagte der Mechaniker und stieß mit Maratse an. Er wartete, bis er sein Glas geleert hatte, dann tauschte er sein volles Glas gegen Maratses leeres.

»*Qujanaq*«, sagte Maratse und trank das zweite Glas Wodka. »Danke.«

Der Mechaniker nahm die leeren Gläser und stellte sie neben die Wodkaflasche, griff nach dem Verschluss und schraubte ihn auf die Flasche. Maratse schüttelte den Kopf.

»Du verlangst dir zu viel ab«, sagte der Mechaniker.

»Kann schon sein.«

»Doch, auf jeden Fall.« Der Mechaniker legte den Kopf schief. »Warum?«

Maratse zog den Umschlag unter seinem Bein hervor und gab ihn dem Mechaniker. Er wischte sich den Schweiß von der Stirn, während der Mann den Brief öffnete und las.

»Deshalb«, sagte Maratse, als der Mann einen leisen Pfiff ausstieß.

»Sie zahlen dir die volle Pension.«

»Ich will sie aber nicht.«

»Du brauchst nie mehr zu arbeiten.« Der Mechaniker wartete, als Maratse tief Luft holte. Als er ausatmete, fragte er: »Bist du gern Polizist?«

»Bist du gern Mechaniker?«, fragte Maratse und blickte sich in der Werkstatt um. Er deutete auf die öligen Hände des Mannes, schnupperte den durchdringenden Dieselgeruch.

Der Mechaniker zuckte mit den Achseln. »Das ist, was ich gut kann.«

»Genau«, sagte Maratse und deutete mit dem Kopf auf die Flasche. »Lässt du die hier, wenn du gehst?«

»Klar.«

Maratse nickte. Er drehte sich vom Mechaniker weg, packte die Stange und zog sich daran hoch. Die Schmerzen entzündeten ein Feuerwerk in seinem Rückgrat, das ihn wie ein nie endender Blitzstrahl durchfuhr, während er sich beständig an der Stange hin- und herhangelte, bis die Sonne tief am spätherbstlichen Himmel stand und die Wodkaflasche leer war.

3

Malik Uutaaq stieß ein Bein unter der Daunendecke seines Sohns hervor, stützte sich stöhnend auf die Ellbogen auf und schaute blinzelnd in das Sonnenlicht, das durch die Vorhänge drang. Er schwang die Beine über die Bettkante und zuckte zusammen, als sich die spitze Ecke eines Legosteins in seine Fußsohle bohrte. Sipu hatte vergessen, sein Zimmer aufzuräumen, bevor er ins Fußball-Camp gefahren war. Malik schob den Stein beiseite und stand auf. Die Bettdecke rutschte an ihm hinab, und er tappte zur Tür, wo er laut aufstöhnte, als er hörte, wie die Badezimmertür zuging und seine Tochter Pipaluk die Dusche anstellte. Er zog seine verrutschte Boxershorts gerade, bückte sich, um das T-Shirt vom Boden hochzuheben, und zog es an, als er die Treppe zur Küche hinunterstieg. Seine Frau schenkte ihm keine Beachtung, als er einen Karton Milch aus dem Kühlschrank nahm.

»Gut geschlafen?«, fragte er. Sie grinste hämisch und wandte sich wieder ihren Frühstücksflocken zu. Er öffnete den Karton, drückte die Lippen dagegen und kleckerte beim Trinken etwas Milch auf sein Stoppelkinn. Er knallte den Milchkarton auf die Küchentheke. »Irgendwann wirst du mit mir reden müssen, Naala.«

Seine Frau ließ ihren Löffel in die Schüssel fallen und sah ihn finster an. Sie stieß mit dem Finger auf die Theke und sagte: »Wenn du aufhörst rumzuvögeln, können wir reden. Wie fändest du das?«

»Ich und rumvögeln?«

»Komm mir bloß nicht so.« Sie hob eine Hand.

»Du glaubst, dass ich deshalb so spät nach Hause gekommen bin?« Malik lachte. »Meine Güte. Eifersucht steht dir leider gar nicht. Aber wenn du unbedingt glauben möchtest, dass ich das getan habe …«

Naala verschränkte die Arme über der Brust und starrte ihren Mann an. Sie wollte etwas sagen, aber Malik kam ihr zuvor.

»Wenn du allerdings ein paar Kilo abnehmen würdest, käme ich vielleicht öfter nach Hause.«

»Du mieses Arschloch.«

Naala nahm die Müslischale und warf sie nach dem Kopf ihres Mannes. Malik wich zur Seite aus, und die Schale flog gegen den Kühlschrank und zerbrach. Milch spritzte auf Maliks dichtes schwarzes Haar, und er schnippte eine Frühstücksflocke von seiner Schulter, als sich seine Frau an ihm vorbeizwängte und die Küche verließ. Er grinste, stellte einen Kessel Wasser auf den Herd und machte das Radio an.

Als er Pulverkaffee in eine Tasse löffelte, kündigte der Sprecher die Nachrichten an. Malik rührte Milch in seinen Kaffee und hielt kurz inne, als der Name seiner Partei fiel: *Seqinnersoq*, die Sonnenscheinpartei.

»Davon haben wir hier jede Menge«, sagte er und nahm einen Schluck Kaffee. Er hörte erst wieder zu, als ein Statement von Aarni Aviki, dem Pressesprecher der Partei, kam. Malik musste grinsen über das näselnde Leiern, mit dem Aarni die wichtigsten Punkte des Wahlprogramms von *Seqinnersoq* herunterbetete. Die Medien, die sich bereits auf Aarnis Probleme mit der grönländischen Sprache eingeschossen und die dänischen Wurzeln seines Namens aufgedeckt hatten, nannten ihn jetzt bei jeder Gelegenheit *Arne*. Malik musste immer wieder staunen über die Bravour, mit der sein Freund bei jedem Interview die bohrenden Fragen der Journalisten parierte. Zudem wusste er, dass es für die Partei kein besseres Aushängeschild gab als einen Halbgrönländer, der sich deutlich erkennbar große Mühe gab, die Sprache der Bevölkerung zu lernen. Malik nahm einen weiteren Schluck Kaffee und schmunzelte bei dem Gedanken, wie einfach alles war. Während die anderen Parteien gezwungen waren, sich zu Fragen des Gesundheitswesens und der Wirtschaft sowie zu sozialen Themen wie Arbeitslosigkeit und Wohnungsnot zu äußern, hatte er es dank der Hartnäckigkeit seines Pressesprechers geschafft, sich nur auf das Thema Sprache konzentrieren zu müssen.

Die Wasserleitung begann zu klopfen, und Malik hörte, wie seine Tochter die Dusche abstellte. Er schaltete das Radio aus, trank seinen Kaffee leer und trabte die Treppe hinauf, um vor seiner Frau ins Bad zu kommen. Er zwinkerte ihr zu, als er hineinschlüpfte und die Tür schloss, und grinste, als er sie fluchend die Schlafzimmertür zuwerfen hörte.

Pipaluk wartete bereits im Auto, als Malik aus dem Haus kam. Er legte seine Aktentasche auf den Rücksitz und trat noch einmal einen Schritt zurück, um den großen amerikanischen Wagen zu bewundern, einen Dodge RAM, die Früchte seiner Arbeit und einer der vielen Vorteile, keine Umsatzsteuer auf ausländische Produkte zahlen zu müssen. Die Morgensonne brach sich in der schwarzen Karosserie, und Malik lächelte sein Spiegelbild in der Tür an, winkte Pipaluk auf dem Beifahrersitz zu und stieg ein.

»Du bist ganz schön eitel, Papa«, sagte sie, als er sich anschnallte.

»Du etwa nicht, Prinzessin?« Malik kitzelte seine Tochter am Ohr und schnippte gegen ihren langen Ohrring. »Ich dachte, wir hätten uns darauf geeinigt, dass die nur für besondere Anlässe sind.«

»Sie passen zu meinem Outfit.«

»Aber den Lehrern gefallen sie nicht«, sagte Malik und startete den Motor.

»Seit du in den Wahlkampf eingestiegen bist, sagen sie nichts mehr.«

»Das kann ich mir denken«, sagte Malik.

Er bog aus der Einfahrt auf die Hauptstraße und warf einen Blick zu Pipaluk hinüber, die ihre Social Media checkte.

»Vergiss nicht, heute deine Wintersachen nach Hause mitzunehmen«, sagte er und beschleunigte in Richtung Qinngorput den Hügel hinauf.

»Ich habe sie einfach in der Garderobe hängen lassen.«

»Ja, und deine Mutter möchte sehen, ob sie dir noch passen.«

»Das hat sie dir gesagt?«, fragte Pipaluk. »Ich dachte, ihr redet nicht mehr miteinander.«

»Ja, das hat sie gesagt.« Er sah Pipaluk an. »Glaubst du mir etwa nicht?« Pipaluk schüttelte den Kopf und konzentrierte sich wieder auf ihr Smartphone. Danach fuhren sie schweigend weiter.

Es dauerte nicht einmal fünf Minuten, seine Tochter in die neue Schule in Qinngorput zu bringen, und noch schneller wäre es gegangen, wenn er nicht angehalten hätte, um mit einer der jungen Mütter zu reden, die ihre Kinder im Kindergarten ablieferten. Sie war Malik schon vor Längerem aufgefallen: ihr zarter Teint, wie sie sich schminkte, der Schnitt ihrer Kleider. Der Junge, der an der Hand der Frau zerrte, war eine Nervensäge, und Malik fand, es war den Aufwand nicht wert, vor allem, weil er den Vater des Jungen kannte. Er wünschte der Mutter einen schönen Tag, winkte Pipaluk zum Abschied zu und fuhr ins Stadtzentrum weiter.

»Fast wie in einer Großstadt«, dachte er, als er in der kurzen Wagenschlange vor dem Kreisverkehr wartete. In Nuuk lebten fünfzehntausend Menschen, und es gab dort einen Flugplatz, ein Krankenhaus, ein Gericht, einen internationalen Hafen und eine Universität. »Das macht es zu einer Großstadt«, sagte er, als sich die Autos vor ihm in Bewegung setzten. »Und ich habe große Pläne für meine Großstadt.« Malik schaute in den Rückspiegel und grinste sein Spiegelbild an.

Laut den Medien und den von seiner Partei in Auftrag gegebenen Umfragen hatte *Seqinnersoq* einen komfortablen Vorsprung vor den anderen Parteien und erfuhr immer mehr öffentlichen Zuspruch, vor allem in den Siedlungen und Dörfern an der Küste. Selbst an der Ostküste, einer der ärmsten Regionen des Landes, die aber zu Nuuk gehörte, waren die Menschen empfänglich für Maliks Ruf nach einer erneuerten nationalen Identität, bei der die Sprache eine entscheidende Rolle spielte. *Seqinnersoq* wollte Grönländisch als Landessprache und Englisch als zweite einführen und Dänisch als Verkehrssprache abschaffen.

So einfach war das.

Malik wusste aber auch, dass dänische Wurzeln lang und hartnäckig waren. Dünn genug, um sich unter dem Eis in die Spalten des Felsgesteins zu schieben, wie ein alles durchdringender Draht, der nicht herausgezogen werden konnte, ohne dass auch ein riesiger Brocken grönländischer Geschichte und Kultur mit ihm herauskam. Die Geschichte interessierte Malik nicht sonderlich, und die grönländische Kultur und Sprache war von Dänemark, wie er zähneknirschend zugeben musste, durchaus gefördert worden, was sich vor allem zeigte, wenn man ihren Zustand mit dem von Inuktitut, der Sprache der kanadischen Inuit, verglich.

»Aber darauf brauchen wir ja nicht ausdrücklich hinzuweisen«, sagte er mit einem Blick in den Spiegel. »Oder?«

Maliks Ziel war die vollständige Unabhängigkeit Grönlands. Er fühlte sich von dem dänischen Einfluss auf sein Land erstickt, fand zugleich aber nichts dabei, seine Kinder in dänische Schulen zu schicken. Immerhin waren sie kostenlos. Doch es stieß ihm jedes Mal von Neuem sauer auf, wenn er auf eine Weltkarte schaute und auf der größten Insel der Welt unter dem Namen Grönland Dänemark stehen sah.

Mit einem tiefen Seufzer parkte er vor dem Katuaq-Kulturzentrum, dessen Wellenform dem Nordlicht nachempfunden war, auf das er sich jeden Herbst und Winter freute. Er stellte den Motor ab, stieg aus und atmete die frische Luft in tiefen Zügen ein. Dann nahm er die Aktentasche vom Rücksitz und schloss den Wagen ab.

Aarni Aviki winkte ihm von seinem Platz im Café zu. Malik erwiderte den Gruß mit einem Nicken, als er über den Parkplatz ging, und betrat das Kulturzentrum. Er bestellte sich an der Theke einen Cappuccino und ein süßes Teilchen und steuerte auf Aarni zu, der an dem am weitesten von der Tür entfernten Tisch saß.

»Ich hab dich heute Morgen im Radio gehört«, sagte Malik, als er sich setzte.

Aarni faltete seine Zeitung und steckte sie in den Aktenkoffer, der neben seinem Stuhl auf dem Boden stand. »Können wir Dänisch sprechen?«, flüsterte er. »Ich habe vor dem Mittagessen noch einen Interviewtermin und würde mich gern ein bisschen entspannen.«

»Natürlich«, sagte Malik. Er lächelte, als die Bedienung seinen Kaffee und das Gebäck brachte, und wartete, bis sie gegangen war, bevor er weitersprach. »Ich habe es dir doch schon hundertmal gesagt: Geh nicht so verkrampft an die Sache ran.«

»Du musst gerade reden.« Aarni wandte kurz den Blick

ab. »Diese Arschlöcher wollen mir ans Leder.« Er wandte sich wieder Malik zu. »Ständig.«

»Du gibst ein leichtes Ziel ab. Da ist es ganz normal, dass sie es auf dich abgesehen haben. Außerdem lenkt sie das von mir ab.« Malik zwinkerte. »Vielleicht sollten wir dein Gehalt noch mal erhöhen.«

»Klar, ich hätte nichts dagegen.«

»Und«, fuhr Malik fort, hielt dann aber kurz inne, um den Schaum vom Rand seiner Tasse zu löffeln. »Mehr Geld hieße vielleicht auch mehr Privatleben. Ein Mädchen zum Beispiel. Was anderes, worüber sich die Medien das Maul zerreißen können. Dann bräuchten sie sich wegen anderer Dinge keine Gedanken zu machen.«

»Dass ich schwul bin? Meinst du das?«

Malik zuckte mit den Achseln. »Deine sexuelle Orientierung ist deine Sache, Arne …«

»Nenn mich nicht so.« Aarni blickte sich über Maliks Schulter hinweg im Café um. »Wenn die Leute hören, dass du mich so nennst.«

»Jetzt reg dich erst mal wieder ab, *Arne*«, sagte Malik. Er nahm einen Schluck Kaffee und leckte den Schaum von seinen Lippen, als er die Tasse auf den Unterteller zurückstellte. »Damit will ich doch nur sagen, dass du ein interessanter Typ bist. Aber *zu* interessant solltest du vielleicht auch nicht sein. Grönland ist ein kleines Land, und etwas Ablenkung könnte in bestimmten Situationen nicht schaden.«

»Etwas Ablenkung?«

»Ja.«

Aarni beugte sich über den Tisch. »Willst du damit sagen, ich soll mehr wie du sein?«

»Ja, ein bisschen.«

»Dann hast du heute Morgen wohl noch nicht in die Zeitung geschaut«, sagte Aarni und lehnte sich wieder zurück.

Er griff nach der Zeitung und reichte sie Malik. »Zum Glück bist du nicht der Einzige.«

Stirnrunzelnd nahm Malik die Zeitung entgegen. Er schob seinen Stuhl zurück, um besser umblättern zu können, und studierte die erste Seite. »Das ist ja gar nicht die *Sermitsiaq*.«

»Nein. Es ist die gestrige *Politiken* aus Dänemark. Hat mir gestern Abend jemand auf meinen Schreibtisch gelegt.«

»Gestern Abend?«

»Ich bin nach dem Abendessen noch mal ins Büro zurück, um Unterlagen zu holen. Da habe ich sie gefunden. Seite siebzehn.«

Die Zeitung knisterte, als Malik darin zu blättern begann. Er hielt inne, um den Blick über die Meldungen streifen zu lassen, bis er eine blau eingekreiste fand. Malik ließ die Zeitung sinken und sagte: »Hast du das markiert?«

»Nein«, sagte Aarni. Er drehte seine Tasse auf dem Unterteller, schob seinen Stuhl zurück und stand auf. »Ich hole mir noch einen. Soll ich dir auch was mitbringen?« Er wartete auf Maliks Antwort, sah die Falten auf der Stirn seines Chefs und beschloss, ihn lieber die Meldung lesen zu lassen. Als er zurückkam, lag die Zeitungen zusammengefaltet auf dem Tisch.

Malik schaute aus dem Fenster. »Wer hat diese Meldung eingekreist?«

»Keine Ahnung«, sagte Aarni und setzte sich.

»Dann finde es heraus.«

»Okay.«

Als Malik die Bedienung mit Aarnis Kaffee an ihren Tisch kommen sah, drehte er sich um, schlug ein Bein über das andere und wartete, bis sie gegangen war, bevor er sagte: »Wenigstens werde ich darin nicht namentlich erwähnt.«

»Andernfalls hätte man dich um einen Kommentar gebeten.«

»Aber irgendjemand …«

»Augenblick.« Aarni hob die Hand. Wenn er die Verlagerung des Kräftegleichgewichts am Frühstückstisch genoss, war er klug genug, es sich nicht anmerken zu lassen. »Lass uns doch erst über Ablenkungen reden.« Aarni wartete, als Malik tief Atem holte. »Ich halte so etwas jetzt schon eine ganze Weile von dir fern. Und uns ist, glaube ich, beiden klar, dass du mich genau deshalb angeheuert hast.«

Malik sah Aarni an, nickte und wandte den Blick ab.

»Aber nur weil sich das Interesse der Medien in erster Linie auf mich richtet, heißt das nicht, dass du immun bist.« Aarni tippte mit dem Finger auf die Zeitung. »Zu deinem Glück ist die Parteienlandschaft Grönlands, wie es *Politiken* so beredt zusammengefasst hat, sehr stark von der Vergangenheit geprägt. Aber dein Problem sind nicht die Parteien, Malik.«

»Nicht?« Malik sah Aarni an.

»Dein Problem ist dein, sagen wir mal, etwas exotischer Geschmack in Sachen Frauen.«

»Exotisch?«

»Deine Vorliebe für Mischlingsmädchen, um es ganz direkt zu sagen. Du magst deinen Kaffee mittelstark geröstet, nicht dunkel. Du trinkst ihn nie schwarz, sondern immer mit einem Schuss Sahne …«

»Hab schon verstanden, Aarni.« Malik spitzte die Lippen. »Buchstabier's mir politisch auseinander.«

»Muss ich das wirklich?«

»Offensichtlich schon.«

»Na schön.« Aarni nickte. »Sagen wir mal so: Die Medien hacken ständig auf mir rum, weil ich versuche, Grönländisch zu sprechen. Sie geben keine Ruhe und warten nur darauf, dass mir ein Fehler unterläuft und ich Dänisch spreche. Dafür werden sie mich dann ans Kreuz nageln, aber das ist alles, was sie gegen mich haben. Dass ich schwul bin, wäre kein großes Thema. Klar, meine Glaubwürdigkeit würde darunter leiden, und angesichts der Vorbehalte, die man in diesem Land gegen Homosexualität hat, wäre meine politische Karriere am Ende. Aber nicht meine Karriere grundsätzlich. Dieser Wahlkampf hat mich ins Scheinwerferlicht gerückt …«

»Ich habe dich ins Scheinwerferlicht gerückt«, sagte Malik und stieß mit dem Fingerknöchel auf die Tischplatte.

»Hast du tatsächlich, und dafür bin ich dir dankbar, und ich werde dir auch zeigen, wie dankbar und wie …« Er hielt inne, als auf seinem Smartphone eine Textnachricht einging. Er las sie, nickte einmal und sprach den Satz zu Ende. »Und wie loyal.« Aarni lächelte, als Malik ihn ansah. Er steckte das Handy ein. »Für dich werden die politischen Folgen viel gravierender sein. Du machst kein Geheimnis daraus, dass Grönland für die Grönländer ist, und dazu gehört auch, ihre Sprache zu sprechen.«

»Das erwarten die Leute.«

»Natürlich, und das verschafft dir einen Kick, es törnt dich an und verleiht dir ein Gefühl von Macht.«

Malik schnaubte. »Warum sagst du nicht gleich *Allmacht*?«

»Egal, was für ein Gefühl es dir verschafft, es ist auch deine Achillesferse. Deine Schwachstelle. Deine Geilheit macht dich angreifbar …«

»Angreifbar?«

»Ja, weil dich deine Vorliebe für junge grönländische Mischlingsfrauen zum größten Heuchler der grönländischen Geschichte macht.« Aarni wischte Maliks Entgegnung mit einer schroffen Bewegung beiseite. Jetzt war es an ihm, mit dem Knöchel auf den Tisch zu klopfen. »Die Grönländer mögen sich vielleicht empören und sich über politische Zweckentfremdung von Geldern, über Vetternwirtschaft und halbseidene Deals aufregen, aber sie vergeben und verzeihen, wenn sie das Gesamtbild sehen – wenn sie daran erinnert werden, wie viele Dinge ein Politiker heutzutage können muss, wie viele Fähigkeiten er benötigt, wie komplex und vielfältig unsere Gesellschaft geworden ist. Aber du …« Aarni lehnte sich zurück. »Was dich angeht, werden sie sagen, *er hatte einen einzigen Job*. Nur einen Job. Grönland den Grönländern, die ihre Landessprache sprechen. Wenn du noch ein Dänisch sprechendes Mädchen vögelst, wird es herauskommen, und das wird das Ende deiner Karriere sein – deiner politischen und jeder anderen auch.«

Malik stieß mit dem Finger gegen den Henkel seiner Tasse, bis diese sich auf dem Unterteller so weit gedreht hatte, dass er auf Aarni deutete. Er sah seinem Pressesprecher in die Augen und sagte: »Du hast gesagt, du bist dankbar und loyal.«

»Ja, habe ich. Und das bin ich auch. Immer schon gewesen.«

»Immer schon gewesen? Loyal, meinst du?«

»Damit meine ich, wenn die Zeit kommt, wirst du sehen, wie tief meine Loyalität ist. Unverbrüchlich. Es ist das Mindeste, was ich tun kann. Meine Karriere steht«, sagte Aarni und lächelte. »Dafür bin ich dankbar.«

»Dann musst du etwas für mich tun.«

»Du brauchst es nur zu sagen.«

Malik deutete mit dem Kopf auf die Zeitung. »Finde raus, wer diese Meldung eingekreist hat. Finde raus, was sie wissen und was sie wollen. Tu das für mich.«

4

Nivi Winthers Büro war im ersten Stock des Regierungsgebäudes neben der Polizeistation von Nuuk. Als Grönlands Premierministerin und Parteivorsitzende der grönländischen Sozialdemokraten war sie an einen volleren Terminkalender gewöhnt als die Mitglieder von Grönlands Minderheitenparteien, aber sie sehnte sich oft nach dem beschaulichen Leben der kleinen Siedlung, in der sie aufgewachsen war. Sogar Ilulissat, die größte Stadt im Norden Grönlands, war nicht annähernd so hektisch wie die Hauptstadt, und sie freute sich schon auf den fürs Wochenende geplanten Besuch dort. Sie beugte sich über ihren Schreibtisch und tippte auf das Foto ihrer Tochter Tinka, auf dem sie die Arme um ihren Vater, Nivis Ex-Mann Martin, geschlungen hatte. Viele fanden, Nivi und Tinka sahen aus wie Schwestern. Bei diesem Gedanken musste Nivi lächeln. Dann blickte sie auf das Bild von Martin, dem groß gewachsenen Dänen aus Westjütland.

»Von ihm hast du deine langen Beine, Tinka«, flüsterte sie in dem Moment, als ihr Assistent klopfte und in das Büro kam.

Daniel Tukku ging über den Kiefernboden zu Nivis Schreibtisch, reihte drei dünne Ordner vor ihr auf und tippte der Reihe nach auf jeden von ihnen. »Arbeitslosigkeit. Wohnungsnot. Kultur und Identität. Noch zehn Minuten bis zum Interview.«

»Und er wird mir nur Fragen zu diesen drei Themen stellen?«, fragte Nivi und griff nach dem ersten Ordner. Sie schnippte ihn mit einem langen, farblos lackierten Fingernagel auf.

»Darauf haben wir uns geeinigt.« Daniel tippte auf den dritten Ordner. »Aber auf den hier kommt es an.«

»Kultur und Identität?«

»Und Sprache.«

Seufzend wandte Nivi den Blick ab. »Schon die ganze Woche geht es um nichts anderes.«

»Und das wird sich in den kommenden Wochen bis zur Wahl auch nicht ändern. Du solltest dich besser daran gewöhnen.«

»Sie können sich nicht vorwärts bewegen, oder?«

»Malik Uutaaq will sich nicht vorwärts bewegen.« Daniel zuckte mit den Achseln. »Er hat dich genau da, wo er dich haben will, und das ganze Land sieht dabei zu.«

»Aber nicht alle sind einer Meinung mit ihm.«

»Außerhalb von Nuuk? Da vielleicht schon.«

Nivi schob ihren Stuhl zurück und stand auf. Sie tappte barfüßig ans Fenster und schaute aufs Meer hinaus, betrachtete mit zusammengekniffenen Augen den dunstigen Horizont. »Wie können wir das Narrativ ändern?«

»Ehrlich gestanden, glaube ich nicht, dass das geht. Es ist etwas Persönliches, und er will, dass es so bleibt. Wenn ich an seiner Stelle wäre ...«

»Würdest du es genauso machen, ich weiß.« Sie wandte sich vom Fenster ab und sah ihn an. »Warum arbeitest du eigentlich für mich?«

»Weil du etwas bewirken kannst. Weil du nicht zulässt, dass die Sprache der Identität ins Gehege kommt.«

»Ich spreche Grönländisch.«

»Ich auch, aber Dänisch ist praktischer.« Daniels Mundwinkel zuckten. »Sollen wir zu Grönländisch übergehen?«

»Macht mich das für die Wähler attraktiver?«

»Für Maliks Wähler? Nein. Sie hören nur auf ihn. Und jedes Mal, wenn du in den Umfragen vor ihm liegst …«

»Erinnert er das Land daran, dass ich mit einem Dänen verheiratet war und eine Tochter habe, die nur Dänisch spricht.« Nivi schüttelte den Kopf. »Es ist zum Haareraufen, Daniel.«

»Ja, ist es. Und genau deshalb«, er deutete auf die Ordner auf ihrem Schreibtisch, »habe ich das Interview arrangiert.«

»Das ich auf Dänisch halten muss.«

»Weil der Journalist taub ist, Nivi. Deshalb.«

»Konntest du keinen anderen auftreiben?«

»Qitu steht für Grönland. Die Leute hören auf ihn. Er hat viele Sympathien. Das mache ich mir natürlich gern zunutze, wenn es uns hilft.«

»Aber spricht er denn Grönländisch?«

»Schon, aber Lippenlesen fällt ihm auf Dänisch leichter. Grönländische Dialekte können ein Problem darstellen.«

»Wie hat er gleich noch mal sein Gehör verloren?«

»Er ist als Kind im Hafen auf den Eisschollen rumgesprungen und ins Wasser gefallen.« Daniel musste bei der Erinnerung an ein ähnliches Erlebnis grinsen. »Was könnte grönländischer sein als das?«

»Da hast du natürlich recht«, sagte Nivi und schlug den vor ihr liegenden Ordner auf. Als sie zu lesen begann, verließ Daniel das Büro und schloss die Tür mit einem leisen Klicken.

Nivi überflog das Exposé über die Wohnungsnot und nickte bei jedem Punkt. Da stand nichts Neues. Mit der Arbeitslosigkeit war das eine andere Sache. Die Aussicht auf neue Jobs in Bergbau- und Ölindustrie weckte in den Medien Optimismus und kam gleich an zweiter Stelle hinter der Identitätsdebatte. Nivi sah allerdings wenig Anlass für Optimismus, wenn Grönland von ausländischem Know-how und den damit verbundenen Technologien abhängig wurde. Sie wollte den Tourismus ankurbeln, aber die Zahl der dabei entstehenden Arbeitsplätze war begrenzt.

»Das sind die Themen, über die wir uns Gedanken machen sollten«, sagte sie, überrascht über den Klang ihrer eigenen Stimme. Sie blickte auf, und halb erwartete sie, Daniel zustimmend nicken zu sehen. Aber sie war allein, und der letzte Ordner zupfte an ihrem Gewissen. Sie checkte ihre Nachrichten und ging auf die Facebook-Seite ihrer Tochter. Es gab keine neuen Updates. Nivi widerstand der Versuchung, Tinka anzurufen, um einfach von sich hören zu lassen. Sie legte das Handy beiseite und griff nach dem letzten Ordner, überflog die Einträge und stand auf. Eine Sekunde später klopfte Daniel.

»Bist du so weit?«, fragte er und beugte sich um den Türrahmen.

»Klar.« Nivi schlüpfte in ihre Stiefel, zog den Reißverschluss bis über die Knöchel zu und steckte das Smartphone in die Gesäßtasche ihrer Jeans. Sie schichtete die Ordner aufeinander und gab sie Daniel, als sie aus dem Büro ging. »Wo ist er?«, fragte sie.

»Im Besprechungszimmer.«

»Wie heißt er mit Nachnamen?« fragte sie.

»Kalia.«

»Okay.« An der Tür des Besprechungszimmers blieb sie stehen, strich mit langen Fingern über ihren Pony und holte tief Luft. Dann lächelte sie Daniel an und öffnete die Tür.

»Qitu«, sagte sie, als sie den Raum betrat und dem Journalisten die Hand schüttelte. »Schön, dass Sie kommen konnten.« Sie gab Daniel mit einer Handbewegung zu verstehen, die Tür zu schließen, dann setzte sie sich.

Qitu strich sich Gebäckkrumen von seinem Hemd und setzte sich Nivi gegenüber. Er schob seinen Kaffee und den

Teller beiseite und schlug seinen Notizblock auf. Unwillkürlich hielt Nivi nach dem Aufnahmegerät Ausschau, das Journalisten immer dabeihatten. Sie besann sich aber schnell eines Besseren und lehnte sich stattdessen zurück und wartete. Als Qitu zu sprechen begann, war seine Stimme tiefer, als sie erwartet hatte. Nivi schaute auf seinen Mund, sah seine markante Kieferpartie und dann seine Augen, und stellte zum zweiten Mal fest, dass sie der Journalist überraschte. Schon mit seiner ersten Frage erwischte er sie auf dem falschen Fuß.

»Erzählen Sie mir von Ihrer Tochter.« Sein Stift verharrte über dem Block, seine dunklen braunen Augen waren auf ihre Lippen gerichtet.

»Von meiner Tochter?«

»Ja. Erzählen Sie mir von ihr.«

»Wollen Sie nicht über die Wohnungsnot reden? Über die Arbeitslosigkeit?«

Er schüttelte den Kopf. »Hier geht es um Sie persönlich. Ihr Assistent hat gesagt, die Grönländer sollten Sie besser kennenlernen. Deshalb bin ich hier.«

Nivi drehte sich zur Tür um, aber Daniel hatte sie geschlossen. Sie sah wieder Qitu an, dachte kurz nach und sagte: »Na schön. Was wollen Sie wissen?«

Qitu nahm einen Schluck Kaffee. Dann sagte er: »Erzählen Sie mir von Ihrer Tochter.«

»Tinka?« Nivi lächelte. »Sie ist siebzehn und in der zweiten Klasse des weiterführenden Gymnasiums.«

Nivi beobachtete, wie sich Qitu Notizen machte und dabei kaum auf seinen Block blickte. So wie Qitu sich auf sie und ihre Worte konzentrierte, hatte sie zum ersten Mal in ihrem Leben das Gefühl, dass ihr jemand wirklich seine ganze Aufmerksamkeit schenkte. Die Anspannung fiel langsam von ihr ab. Sie schenkte sich Kaffee ein und wärmte ihre Hände an der Tasse. Dann nahm sie einen Schluck und begann zu sprechen.

»Ich habe zwar gesagt, sie ist siebzehn, aber man könnte meinen, sie ist schon Mitte zwanzig.« Nivi lächelte bei dem Gedanken an die hitzige Diskussion, die sie an einem Freitagabend in Ilulissat geführt hatten, bevor Tinka für die Gymnasialausbildung nach Aasiaat und Nivi selbst nach Nuuk gezogen war. »Ich muss mir ständig in Erinnerung rufen, dass sie eine selbstständige junge Frau ist und kein kleines Mädchen mehr.«

»Wann haben Sie sie zum letzten Mal gesehen?«

»Wann?« Nivi beugte sich stirnrunzelnd vor. »Im Sommer, vor Beginn des Schuljahrs. Wir waren zwei Wochen in Griechenland und anschließend ein Wochenende in Nuuk.«

Qitu machte sich eine weitere Notiz. »Wann haben Sie zum letzten Mal mit ihr gesprochen?«

»Moment.« Nivi stellte ihre Tasse auf den Tisch. »Worum geht es hier eigentlich?«

»Ich frage Sie nur nach Ihrer Tochter und wann Sie zum letzten Mal miteinander gesprochen haben.«

»Donnerstagabend. Warum?«

»Vor dem Wochenende?«

»Ja. Der Donnerstag ist immer vor dem Wochenende.« Nivi drehte sich um, als Daniel die Tür öffnete.

»Alles in Ordnung?«, fragte er.

»Was soll das eigentlich, Daniel?«

»Wie meinst du das?«

»Er will wissen, wann ich zum letzten Mal mit Tinka gesprochen habe.« Der Gummi an den Beinen ihres Stuhls schrappte über den Kiefernboden, als Nivi aufstand. Sie zog ihr Smartphone aus der Tasche, um ihre Tochter anzurufen, und sah Qitu finster an, während sie wartete, dass

Tinka dranging. Nivi begann, mit ihrem Fuß zu klopfen, und drückte auf Neuwahl, als sich Tinka beim ersten Mal nicht meldete.

»Wahrscheinlich ist sie im Unterricht«, sagte Daniel, als Nivi das Handy sinken ließ.

Nivi starrte Qitu an. Seine Augen hatten ihren anfänglichen Reiz verloren, auch seine Art, sich Notizen zu machen, beeindruckte sie nicht mehr so. Stattdessen begann sie sich zunehmend Gedanken über seine Motive zu machen. Daniel trat an den Tisch. Sie schenkte ihm keine Beachtung und verschränkte die Arme über der Brust.

»Sagen Sie mir, warum Sie das wissen wollen.«

Qitu sah sie durchdringend an, dann warf er Daniel einen kurzen Blick zu.

Nivi legte ihre Hände um ihre Rippen. Sie konnte die Kanten des Smartphones gegen ihre Haut drücken spüren. Sie sah Qitu finster an. »Sagen Sie endlich.«

»Ich arbeite an einem Artikel.«

»Über Tinka?« Nivi machte einen Schritt auf den Tisch zu.

»Nivi«, sagte Daniel sanft, aber mit Nachdruck.

»Schließ die Tür.« Sie wartete, bis sie die Tür zugehen hörte. »Worum geht es in diesem Artikel?«

Qitu fasste in den Beutel, der neben ihm auf dem Boden lag, und zog eine Ausgabe der dänischen Zeitung *Politiken* heraus. Er legte sie auf den Tisch, schlug sie auf und tippte mit dem Finger auf eine Meldung. Nivi beugte sich über den Tisch und begann zu lesen. Daniel wartete, bis sie fertig war, dann drehte er die Zeitung so herum, dass auch er den Artikel lesen konnte.

»Über Partys?«, sagte Nivi. »Sie schreiben einen Artikel über Partys in Grönland, an denen Politiker teilgenommen haben?«

»Ja«, sagte Qitu.

»Und Sie glauben«, sagte Daniel mit einem Blick auf Nivi, »dass Tinka auf einer dieser Partys war?«

»Nicht nur auf einer.«

Nivi wandte sich vom Tisch ab und versuchte noch einmal, Tinka zu erreichen. Nach dem dritten Versuch gab sie auf und wählte eine andere Nummer. Sie wandte sich Daniel zu, während sie wartete. »*Du* hast dieses Interview arrangiert«, sagte sie.

»Ich weiß.«

»Dann geht sie eben auf Partys. Sie ist eine junge Frau.« Nivi klopfte mit dem Fuß. »Was soll das alles?«

»Ich weiß. Es tut mir leid. Soll ich Qitu bitten zu gehen?«

Nivi hob die Hand und sprach ins Telefon. »Martin? Hallo. Hör zu, ich muss dringend mit Tinka sprechen.« Sie wartete einen Moment, nickte. »Okay, dann versuche bitte Kakas Nummer für mich rauszufinden, ja? Danke.« Nivi beendete das Gespräch und sah Qitu an. »Sie war das ganze Wochenende mit einer Freundin zusammen.«

Qitu nickte, faltete die Zeitung und klappte seinen Block zu. Er stand auf, schlang sich den Beutel über die Schulter und steckte den Block hinein. »Die Zeitung können Sie behalten«, sagte er und ging zur Tür. Bevor er sie öffnete, blieb er stehen und drehte sich um. »Es tut mir leid.«

»Was tut Ihnen leid? Dass Sie meine Tochter beschuldigen, auf einer Party mit Politikern gewesen zu sein? Das ist schwerlich ein Verbrechen.«

»Da haben Sie völlig recht. Ist es nicht.«

»Warum sind Sie dann so daran interessiert?« Nivi runzelte die Stirn und zupfte an ihrer Lippe. Dann deutete sie auf Qitu. »Dahinter steckt doch mehr, oder?« Sie machte einen Schritt nach vorn. »Was wollen Sie mir damit sagen?«

Qitu sah Daniel fragend an, und als dieser nickte, wandte

er sich wieder Nivi zu. »Ich schreibe einen Artikel über Malik Uutaaq.«

»Na und?«, sagte sie. »Dafür brauchen Sie doch Daniel nicht so anzusehen. Erzählen Sie mir lieber, was das mit meiner Tochter zu tun hat.«

»Uutaaq war letztes Wochenende in Ilulissat«, sagte Daniel.

»Was soll daran ungewöhnlich sein?«, fragte Nivi. »Wie wir alle befindet auch er sich mitten im Wahlkampf. Er war auf einer Konferenz. Im Hotel Arctic. Hast du mir selbst erzählt, Daniel. Du warst auch dort.«

»Richtig, und er auch. Aber er ist übers Wochenende geblieben.«

»Und war mit meiner Tochter auf einer Party?«

»Vielleicht. Das weiß ich nicht. Aber wenn er …«

»Wenn er *was*?«, fragte Nivi. Ihre Stimme begann zu zittern, und das Herz schlug ihr bis zum Hals.

Daniel schluckte und sah Nivi an. »Wenn er dort war«, begann er, »und wenn deine Tochter auch dort war …« Er rang um Atem. »Dann könnten wir das verwenden.«

»Verwenden? Was könnten wir verwenden?« Sie sah Qitu an. »Schreiben Sie einen Artikel über Malik Uutaaq und meine Tochter?«

Qitu nickte. »Ja.«

»Warum? Glauben Sie etwa …« Nivi verstummte, als ihr klar wurde, was die zwei Männer dachten. Sie spürte, wie alle Farbe aus ihrem Gesicht wich, dann wischte sie mit dem Finger über das Display ihres Smartphones.

»Nivi, warte.« Daniel machte einen Schritt auf sie zu. Sie hob mit ausgestrecktem Zeigefinger die Hand, eine Warnung. Er blieb stehen. Nivi hielt das Handy an ihr Ohr und wartete. Als Tinka nicht dranging, ließ sie es wieder sinken.

»Okay«, sagte sie schließlich und holte tief Luft. »Okay.

Ihr wollt mir offensichtlich etwas Unangenehmes sagen. Also, raus damit.«

»Was meinst du?«, fragte Daniel.

»Das weißt du ganz genau.«

Qitu kehrte an den Tisch zurück und setzte sich wieder. Er drehte den Beutel in seinem Schoß wie einen Schild. »Wir glauben, Ihre Tochter hatte Sex mit Malik Uutaaq.« Er wartete auf eine Antwort Nivis. Doch sie spitzte nur die Lippen und gab ihm zu verstehen, dass er fortfahren sollte. »Mehr als einmal«, fügte er darauf hinzu.

»Und das wollt ihr verwenden«, sagte sie, an Daniel gewandt. »Dass er mit meiner Tochter Sex hatte?«

»Nein.« Daniel schüttelte den Kopf. »Es tut mir leid, dass es deine Tochter war, aber deshalb wollen wir es nicht verwenden.«

»Warum dann? Das verstehe ich nicht.«

Daniel bedeutete Nivi, Platz zu nehmen, und setzte sich ebenfalls. Sie legte ihr Handy auf den Tisch, blickte kurz darauf und drehte es dann um, sodass das Display nach unten zeigte.

»Nivi«, begann Daniel.

»Ja?«

»Malik hat die Mehrheit der Bevölkerung hinter sich. Er hat scheinbar die Moral für sich gepachtet.«

»Wegen seinem Standpunkt zu Sprache und Identität? Das ist doch lächerlich.«

»Und wegen seiner anti-dänischen und anti-kolonialen Einstellung.«

»Wir sind keine Kolonie«, sagte Nivi.

»Das hängt davon ab, wie Sie unser Verhältnis zu Dänemark sehen«, sagte Qitu.

»Dänemark ist weit weg von den Siedlungen«, sagte Daniel.

»Das ist Nuuk auch«, sagte Nivi.

»Schon, aber Nuuk ist nach wie vor Grönland.«

»Und du glaubst, die Wahl wird darauf hinauslaufen? Auf die Entscheidung zwischen pro-dänischen Parteien und populistischer Volkstümelei?«

»Denk doch mal nach, Nivi«, sagte Daniel. »Du weißt ganz genau, dass es so kommen wird.«

»Maliks Politik setzt einzig und allein auf die Sprache, die er spricht. Ihm geht es nur um Macht. Er hat keinerlei Führungsqualitäten – oder die Erfahrung, einen ausgewogenen Haushalt aufzustellen.«

»Das wird alles nicht zählen, wenn ihm die Leute glauben, dass er nur das Beste für Grönland will.«

»Meinst du, die Unabhängigkeit?«

»Natürlich. Und darauf sind wir nicht vorbereitet. Das weißt du genauso gut wie ich. Es gibt kein Öl, und die Chinesen wollen unsere Minen ganz für sich allein. Damit werden keine Arbeitsplätze geschaffen.« Daniel hielt kurz inne. »Wir müssen ihn aufhalten, Nivi. Wir müssen ihn diskreditieren.«

»Mit meiner Tochter, Daniel? Dafür willst du sie verwenden?« Sie schnaubte. »Hast du vielleicht auch nur eine Sekunde darüber nachgedacht, wie das auf mich abfärben würde? Es würde ihm den Anschein von Stärke verleihen. Wenn er mit der Tochter seiner Opponentin schlafen kann, kann er alles erreichen.«

»Ich glaube nicht, dass er weiß, wer sie ist«, sagte Qitu.

»Was?«

»Er hat nicht mit ihr geschlafen, weil sie Ihre Tochter ist. Er hat mit ihr geschlafen, weil er sie attraktiv findet.«

»Viele Mädchen sind attraktiv.«

»Aber Malik Uutaaq schläft nur mit einem bestimmten Typ Mädchen.« Qitu wartete, dass Nivi fragte, was für ein Typ Mädchen das war, aber das war nicht nötig. Das kurze Aufleuchten ihrer Augen und das kurze Zucken ihrer Wange verrieten ihm, dass sie es bereits wusste.

Nivi dachte an die langen Beine ihrer Tochter, an ihre helle, cremefarbene Haut, ihr langes, weiches schwarzes Haar und ihre schmalen europäischen Augenbrauen. Sie nickte. »Er steht auf dänische Mädchen.«

»Nein«, sagte Daniel. »Er steht auf halb und halb, auf genau die Leute, von denen er sagt, dass sie keine Grönländer sind, weil sie entweder gemischte Eltern haben …«

»Oder Dänisch sprechen.« Nivi sah Daniel und Qitu an. »Schon verstanden.« Damit stand sie auf, griff nach ihrem Handy und ging zur Tür.

»Nivi?«, sagte Daniel und deutete auf Qitu. »Das Interview?«

Sie schüttelte den Kopf und verließ den Raum.

Pingasunnqorneq

MITTWOCH

5

Die Garagentore der Werkstatt quietschten, als sie der Mechaniker öffnete. Er winkte Petra, ließ sie an sich vorbei nach drinnen und deutete auf die Stange an der Wand der Werkstatt.

»Hier war er, als ich gegangen bin«, sagte er und deutete auf die leere Wodkaflasche auf dem Boden. »Wie es aussieht, hat er sie ausgetrunken.«

»Ganz so sieht es aus.« Petra spähte in das Halbdunkel und suchte nach einem Lichtschalter. Als der Mechaniker Licht machte, nickte sie zum Dank. Sie fand den leeren Rollstuhl und kurz darauf Maratse, der vor den Kühlerhauben der Krankenwagen mit dem Gesicht nach unten auf einem Haufen aus Jacken und Stiefeln lag. Sie kniete neben ihm nieder. »Aufwachen«, sagte sie und krümmte die Finger um seine Schulter. Maratse versuchte brummend, sich von ihr wegzuwälzen, aber Petra hielt ihn fest. »Komm schon. Du musst ein Flugzeug erreichen.«

Petra untersuchte Maratse, wie sie auch einen Betrunkenen auf der Straße untersucht hätte. Sie nahm seine Hände und drehte sie behutsam ins Licht, bevor sie die blutigen Rostabschuppungen von seinen Handflächen zupfte. Maratse schlug die Augen auf und sah ihr zu.

»Das hättest du auch im Fitnessraum der Klinik machen können«, sagte sie mit einem Blick auf die Stange an der Wand.

»Hier gefällt es mir aber besser«, sagte er.

»Auch, hier zu schlafen?«

»Jedenfalls ist es nicht so hektisch wie auf der Station.«

Maratse setzte sich auf, und Petra half ihm dabei. Er drückte eine Hand an seine Stirn und schloss kurz die Augen. Petra grinste, als er sie wieder aufmachte.

»Frühstück wird deinem Brummschädel bestimmt guttun.«

»Meinst du?«

»Ja, ganz sicher. Ich lade dich ein.« Sie stand auf und ging den Rollstuhl holen. Er starrte ihn finster an, als sie ihn auf ihn zuschob.

»Ich brauche meine Stöcke.«

»Die sind in deinem Zimmer, in der Station.« Petra half Maratse in den Rollstuhl. »Die Schwester dachte, du hättest dich selbst entlassen – bis sie deine Jacke gefunden hat. Sie glaubt, dass du ohne deine Zigaretten nie gegangen wärst.«

»Hmm.« Maratse krümmte seine Hände um die Reifen, dann legte er sie in seinen Schoß. »Fahr du.«

Er nickte dem Mechaniker zu, als ihn Petra aus der Werkstatt und auf die Straße hinausschob. Sie bog in einen Streifen Sonnenlicht zwischen den Gebäuden, und Maratse blinzelte gegen die Helligkeit an. Dann schob sie ihn durch den Eingang der Klinik und in den Lift, drückte auf den Knopf für den ersten Stock und lehnte sich an die Kabinenwand. Maratse musterte sie aufmerksam, dann schaute er weg.

»Deine Hände sehen fürchterlich aus«, sagte sie. »Soll sie sich jemand ansehen?«

»*Eeqqi.*«

»Und deine Beine? Hast du Schmerzen?«

»Nicht mehr als sonst auch.«

»Wann hast du zum letzten Mal deine Tabletten genommen?«

Maratse zuckte mit den Achseln. »Vor dem Wodka.«

»Ich dachte, du trinkst nicht.«

»Habe ich ja auch nicht.«

»Nicht?«

»Ich habe meine Medizin genommen.«

»Dafür sind eigentlich die Tabletten«, sagte Petra, als die Lifttür aufging. Sie schob ihn auf den Flur hinaus, in seine Station und sein Zimmer. »Ich warte, bis du geduscht hast.« Sie lehnte sich ans Fensterbrett, und die Sonne verfing sich in den losen Strähnen ihres Haars, die sich aus ihrem straff gebundenen Pferdeschwanz gelöst hatten.

»Warum bist du hier, Petra?«

»Um dich zum Flughafen zu bringen. Wie wir abgemacht haben.«

»Das ist erst am Nachmittag.«

»Ich weiß.«

»Warum bist du dann hier?«

Petra schob die Hände in die tiefen Taschen ihrer Polizeijacke. Sie trat kurz von einem Bein aufs andere, als widerstrebte es ihr, seine Frage zu beantworten. »Der Chef hat mich gebeten, mich um dich zu kümmern. Er weiß, dass wir früher zusammengearbeitet haben. Ich habe ihm gesagt, dass wir befreundet sind und ich dir gern helfe.«

»Hmm.«

»Du bist gefoltert worden, David. Da kannst du dir ruhig ein bisschen helfen lassen.«

Maratse senkte den Kopf und betrachtete seine Handflächen. Er zupfte an den Rostblättchen in seinen blutigen Hautfalten. »Darum hat er dich gebeten?«

»Ja.« Petra zögerte. »Nachdem ich es ihm vorgeschlagen habe.«

»Du hast vorgeschlagen, dass ich Hilfe brauche?« Er sah Petra an.

»Tust du das denn nicht?«

Maratse zuckte mit den Achseln und sagte: »Na ja, vielleicht.«

»Dann lass mich dir helfen. Zumindest, bis dein Flug geht.«

»Okay, aber keine Dusche.«

»Ich werde dir nicht in der Dusche helfen.« Sie lachte.

»Darum habe ich dich auch nicht gebeten. Ich will bloß nicht duschen.«

»Du stinkst, David.«

Brummend fuhr Maratse zu dem Stuhl neben seinem Bett. Er zog die Bremsen des Rollstuhls an und griff nach den an der Wand lehnenden Stöcken. Er hörte, wie sich Petra anschickte, ihm zu Hilfe zu kommen, doch sie blieb stehen, als er den Kopf schüttelte. »Das muss ich allein hinkriegen«, sagte er und kämpfte sich hoch. Nachdem er kurz auf wackligen Beinen dastand, fand er sein Gleichgewicht, zog seine Polizeijacke zurecht und fummelte eine Zigarette aus dem Päckchen in der Tasche. Er steckte sie in die Lücke zwischen seinen Zähnen und grinste Petra an. »Können wir?«, fragte er.

»Ich warte schon die ganze Zeit, alter Mann.«

»*Iiji*«, sagte er und griff nach seinen Gehstöcken. Mit der Zigarette zwischen den Zähnen humpelte er zur Tür. Petra folgte ihm und kam an seine Seite, als sie den Flur hinunter zum Lift gingen.

»Willst du nicht auschecken?«, fragte sie. »Willst du das später machen?«

»Hab ich doch grade gemacht«, sagte er, als die Lifttür aufging. Er betrat die Kabine und lehnte sich an die Rückwand. Petra folgte ihm kopfschüttelnd.

»Bist du immer so schwierig, oder liegt das nur daran, dass du neben einem Krankenwagen aufgewacht bist?«

»Immer«, sagte er, als die Tür zuging.

Als sie zu Petras Polizei-Toyota gingen, fand Maratse seinen Rhythmus. Sie öffnete ihm die Beifahrertür, worauf er ächzend einstieg. Die Stöcke legte er neben sein rechtes Bein, als Petra die Tür schloss.

»Echt erstaunlich«, sagte sie, als sie sich ans Steuer setzte. »Dass du sie noch nicht angezündet hast.«

»Das geht nicht«, sagte er.

»Warum?«

»Zu viel Wodka.«

Petra lachte und startete den Motor. »Du bist unmöglich.«

Sie fuhr durch die Stadt und parkte vor einem Café am Wasser. Kleine bei Ebbe auf den Felsen gestrandete Eisbrocken glitzerten in der Sonne. Nachdem Petra Maratse aus dem Auto und in das Café geholfen hatte, setzten sie sich an einen Fenstertisch und bestellten Frühstück.

Maratse steckte die Zigarette in seine Tasche und trank schwarzen Kaffee, während sie auf das Frühstück warteten. Er war schweigsam und gab sich damit zufrieden, Petra von ihrer Kommissær-Prüfung erzählen zu lassen und dabei den Möwen und Raben zuzusehen, die auf den Felsen um die Reste eines toten Seehunds kämpften. Er blickte auf, als ihr Essen kam, und Petra sah ihn fragend an.

»Was ist?«, fragte er.

»Ich habe dich gefragt, wo du in Inussuk wohnen wirst?«

»Ich miete mir ein Haus. Die Großeltern einer der Krankenschwestern sind letzten Winter gestorben. Das Haus steht leer.«

»Einfach so?«

»*Iiji.*« Maratse runzelte die Stirn. »Wo soll da das Problem sein?«

»Du hast keine Möbel.«

»Das Haus ist möbliert.«

»Und deine Klamotten und irgendwelche andere Sachen?«

Maratse zuckte mit den Achseln. »Ich brauche nicht groß was.«

»Wird dir nichts fehlen?«

»Vielleicht schon.« Er trank seinen Kaffee aus und schenkte sich aus der Stempelkanne auf dem Tisch welchen nach.

»Was zum Beispiel?«

»Ein Buch.«

»Nur eins?«

»Bücher. Ich lese gern Science-Fiction.«

»Echt?« Petra lachte. »Du solltest Krimis lesen. Alle Polizisten lesen Krimis.«

»Ich bin kein Polizist mehr.« Maratse schaute aus dem Fenster, nahm einen Schluck Kaffee und schwieg, bis Petra sagte, es sei Zeit zu gehen. Sie bezahlte das Frühstück und folgte Maratse aus dem Café. Er ging am Auto vorbei ans Wasser, wo er über den salzüberzogenen Holzbalken stieg, der den hölzernen Anleger vom Beton und Asphalt des Parkplatzes trennte. Petra folgte ihm ans Ende des Stegs und blieb still neben ihm stehen, während er aufs Meer hinausschaute.

»Wenn die Dinge anders wären«, sagte sie.

»Sind sie aber nicht.«

»Nein, aber wenn sie es wären, würdest du in Nuuk bleiben?«

»Um was zu tun?« Maratse drehte den Kopf in die Sonne und schloss die Augen.

»Keine Ahnung. In der Bibliothek arbeiten vielleicht, oder in der Buchhandlung.«

Maratse öffnete die Augen und sah Petra an. Er deutete mit dem Kopf zu den Eisbergen draußen auf dem Meer und zu der Dunstfontäne eines Buckelwals, der Luft an die Oberfläche blies. »In der Stadt kann ich nicht arbeiten«, sagte er. »Ich muss da draußen sein.«

»Auf dem Meer?«

»Auf dem Meer. Auf dem Eis.«

»Aber hier ist das Meer doch auch. Wir haben gerade einen Wal gesehen.«

Maratse fischte die Zigarette aus seiner Jackentasche, steckte sie zwischen seine Lippen und zündete sie an. Er drehte den Filter in die Zahnlücke und leckte mit der Zunge daran. Um der Rauchwolke auszuweichen, die er in die Luft paffte, stellte sich Petra auf seine andere Seite. Maratse grinste und deutete auf das Land und die Gebäude entlang der Straße.

»Hier will ich nicht leben«, sagte er.

Petra wollte gerade etwas darauf erwidern, als ihr Handy zu läuten begann. Sie ging dran, nickte und steckte das Handy wieder ein.

»Sie brauchen mich in der Station«, sagte sie.« Eine Vermisstenmeldung. Wird nicht lange dauern. Möchtest du hier warten?«

»Ich kann warten«, sagte er und nickte. Er sah Petra hinterher, als sie zum Auto lief, dann drehte er sich wieder um und hielt nach dem Wal zwischen den Eisbergen Ausschau.

Kreise aus Luft vor sich her blasend, tauchte der Wal mit offenem Maul aus der Tiefe auf und schloss seine mächtigen Kiefer über Unmengen winziger Krabben, Krill von der Unterseite eines Eisbergs. Maratse beobachtete den Wal noch drei weitere Male beim Fressen, bevor er die Zigarettenkippe ins Meer schnippte und nach seinen Stöcken griff. Er humpelte auf den Parkplatz zurück und dann an der Küste entlang zur Statue von *Sassuma Arnaanut*, zu Sedna, der Mutter des Meeres. Petra fand ihn eine Stunde später auf einer Bank neben einem Gestell voller mit Tierhaut bespannter Kajaks, den grönländischen *qajaq*. Die Flut setzte gerade ein und leckte an den um Sedna herumliegenden

Eisbrocken. Sie hatte ein Päckchen in der Hand und gab es Maratse.

»Was ist das?«, fragte er und packte es aus.

»Ein Buch.« Petra biss sich auf die Lippe und legte die Stirn in Falten. »Auf Englisch. Tut mir leid. Was anderes hatten sie nicht.« Sie setzte sich neben ihn auf die Bank. »Kannst du es lesen?«

»Mein Englisch ist ein bisschen eingerostet.«

»Tut mir leid.« Sie griff nach dem Buch. »Ich kann es zurückgeben.«

»*Eeqqi.*« Er grinste. »Ich habe Zeit.« Er fächerte die Seiten auf und lachte. »Zum Glück viel Zeit. *Qujanaq*.«

»Gern geschehen.«

»Was war mit der vermissten Person?«

»Willst du das wissen?«

Maratse zuckte mit den Achseln. »*Iiji.*«

»Eigentlich richtig interessant. Sagt dir Nivi Winther was? Die Politikerin? Es ist ihre Tochter. Sie hat schon mehrere Tage nichts mehr von ihr gehört. Und ihr Vater auch nicht.« Petra stand auf. »Darum muss ich mich jetzt kümmern, deshalb …«

»Musst du mich zum Flughafen bringen?«

»Ja. So leid es mir tut.«

Maratse reichte ihr das Buch, als er nach den Stöcken griff und aufstand.

»Hast du alles, was du brauchst?«

Er kramte in seinen Taschen. »Geldbörse, Zigaretten …« Maratse deutete mit dem Kopf auf das Buch. »Was zu lesen. *Iiji*. Ich habe alles.«

»Okay«, sagte Petra und ging neben Maratse zum Auto. Sie öffnete die Tür und ließ ihn einsteigen. Keiner von beiden sagte etwas auf der Fahrt, und als Petra vor dem Eingang des Flughafengebäudes hielt, begann ihr Handy zu vibrieren. Sie ignorierte es und überlegte, was sie zu Maratse sagen könnte, bis das Handy aufhörte zu vibrieren und er die Beifahrertür öffnete. »Warte, ich helfe dir«, sagte sie und öffnete die Fahrertür. Sie lief um die Motorhaube des Toyota, während sich Maratse auf seine Stöcke stützte.

»Ich komme schon zurecht«, sagte er.

»Ich weiß. Aber ich würde dir gern helfen.«

»Das musst du nicht.«

»Ich will aber«, sagte Petra und neigte den Kopf auf die Seite, um Maratses Blick aufzufangen. »Wenn du bleiben würdest …«

»Würde mir langweilig.«

»Mit mir?«, flüsterte Petra, und kurz glaubte sie, Maratse hätte sie nicht gehört. Er lehnte sich an den Wagen, ließ einen seiner Stöcke los und ergriff Petras Hand.

»*Eeqqi*, mit dir nicht. Mit Nuuk.« Er drückte ihre Hand. »Danke, Piitalaat.«

»Langsam gewöhne ich mich daran, dass du mich so nennst«, sagte sie und ließ seine Hand los, um ihn zu umarmen. »Aber du bist der Einzige, dem ich das erlaube.« Ihre Haare verfingen sich in Maratses Bartstoppeln. Als sie sich von ihm löste und einen Schritt zurücktrat, blieben ein paar Haarsträhnen an seinem Gesicht hängen, bis sie ein leichter Windstoß fortblies und die Verbindung kappte. Maratse grinste und steckte sich eine Zigarette zwischen die Zähne.

»Wiedersehen.« Er nahm das Buch aus dem Auto und klemmte es sich unter den Arm.

»Hoffentlich gefällt es dir«, sagte Petra mit einem Blick auf das Buch. Ihr Handy begann erneut zu vibrieren, und sie zog es mit einer Hand aus der Tasche, mit der anderen winkte sie. Maratse schloss die Beifahrertür und wartete, bis sie wegfuhr. Dann ging er auf die Seite des Flughafengebäudes und stellte sich zu den anderen Passagieren, die vor ihrem Flug noch eine letzte Zigarette rauchten.

Er lehnte sich an die Wand und schaute auf das Buch in seinen Händen. Es war schwer. Und so dick wie vier seiner Finger. Er stieß einen leisen Pfiff aus, als er die Seitenzahl sah – es waren über tausend – und lachte über den Titel: *Der Neutronium-Alchimist*. Maratse quälte seine Lippen mit dem Titel, dann las er den Untertitel: *Band 2*. Er lachte noch einmal, blätterte durch die Seiten und fand Petras Zettel mit ihrer Telefonnummer und einer eng geschriebenen Nachricht, die er später zu lesen beschloss. Sobald er die Zigarette fertig geraucht hatte, ging er in das Flughafengebäude, um sich eine Sitzgelegenheit zu suchen.

Er hatte das erste Kapitel zur Hälfte durch, als sein Flug aufgerufen wurde. Er fummelte das Ticket aus seiner Geldbörse und humpelte zum Check-in-Schalter. Zum ersten Mal in seinem Leben wurde er bevorzugt abgefertigt, aber als er die Stufen am Heck der De Havilland Dash 7 hinaufstieg, schlug er jede Hilfe aus. Er sank in das graue Kunstlederpolster seines Sitzes und schnallte sich an. Die Stewardess nahm seine Stöcke und verstaute sie. Es dauerte eine Weile, bis das Gepäck verladen war und alle Passagiere an Bord waren. Maratse klappte das Tischchen herunter und vertiefte sich in das Buch, bis der Kapitän durchsagte, dass sie in Kürze starten würden.

Er las bis kurz vor dem Start. Dann drückte ihn der Schub der vier Turboprop-Triebwerke in seinen Sitz, und er legte Petras Nachricht als Lesezeichen zwischen die Seiten, schloss die Augen und öffnete sie erst wieder, als sie auf der Kiespiste von Qaarsut landeten, dem Flugplatz der Halbinsel Uummannaq.

Das Flugzeug verließ er als Letzter, das Flugplatzgebäude als Erster. Am Ausgang erwartete ihn der Totengräber.

»David Maratse?«

»*Iiji*«, sagte Maratse und schüttelte dem Mann die Hand.

»Ich bin Karl Nielsen. Ich bringe Sie nach Inussuk.«

»Damit?« Maratse deutete mit dem Kopf auf das Quad, das hinter Karl stand.

»*Naamik*, das nehmen wir nur zum Strand runter. Ich habe ein Boot.«

Maratse zog die Augenbrauen hoch und lächelte. Er reichte Karl sein Buch, bevor er auf das Quad stieg, und legte die Stöcke in seinen Schoß.

»Ist das alles, was Sie dabeihaben?«, fragte Karl und gab Maratse das Buch wieder.

»Mehr brauche ich nicht.«

Karl zuckte mit den Achseln und setzte sich zurecht, startete den Motor und legte den Gang ein. Maratse zuckte zusammen, als er mit einem heftigen Ruck losfuhr. Er packte Karl an den Hüften und hielt sich an ihm fest, als sie davonbrausten.

Die Eisberge in der Bucht hatten die Größe ganzer Dörfer und erinnerten Maratse an die Eisberge in Ittoqqortoormiit, das er sein Zuhause nannte. Als sie sich dem Strand näherten, ging Karl vom Gas. Über Maratses Züge legte sich ein Lächeln, als er die braunen Blutflecken am Rumpf des kleinen Fiberglasdingis sah, das halb auf dem Strand, halb im Wasser lag. Karl wartete, bis Maratse abgestiegen war, stellte das Quad neben den Schlitten und Fischkisten über der Hochwassergrenze ab und ging zum Boot hinunter. Er steckte sich im Gehen eine Zigarette an und bot auch Maratse eine an. Dann schob er das Boot ins Wasser und half Maratse beim Einsteigen. Sobald dieser sich gesetzt hatte, stieß er es weiter vom Strand fort, bis das Wasser unter dem Heck tief genug war, um die Schraubenwelle abzusenken und den Außenbordmotor anzulassen. Die Abgase des

Viertaktmotors kitzelten in Maratses Nasenlöchern, und er sog sie mit dem Rauch seiner Zigarette und der frischen Herbstluft des Nordens begierig ein.

»Das ist Zuhause«, hauchte er, bevor er sich an den Seiten des Boots festhielt. Karl schob den Gashebel nach vorn, und sie rauschten in Richtung Nordwesten an der Halbinsel entlang nach Inussuk.

6

Gerade war Ebbe, als Maratse in seinem neuen Zuhause ankam. Karl fuhr das Fiberglasdingi auf den Strand, machte den Motor aus und hob die Schraubenwelle aus der seichten Brandung, in der Eisbrocken trieben. Er kletterte aus dem Boot und half Maratse beim Aussteigen. Maratse atmete in tiefen Zügen die würzige Luft. Sie war erfüllt vom Geruch von Salz und Tang, von getrocknetem Fisch und allen möglichen Küchendüften. Karl nahm Maratses Buch, berührte ihn am Ellbogen und deutete in Richtung Dorfladen den Strand hinauf.

»Ihr Haus ist dort drüben. Das dunkelblaue zwischen dem Laden und dem grünen Haus rechts daneben.«

»Wer wohnt im grünen Haus?«

»Im Moment? Ein lesbisches Pärchen und seine Tochter.« Karl wartete auf eine Reaktion, und als keine kam, sagte er achselzuckend: »Kommen Sie.«

Der Kies und der grobe Sand machten Maratse ziemlich zu schaffen, als er sich vom Boot zur Eingangstreppe seines neuen Zuhauses hinaufmühte. Karl wartete und sah zu, bot ihm aber keine Hilfe an, worüber Maratse froh war. Bilder der rostigen Stange in der Werkstatt schossen ihm durch den Kopf. Er biss die Zähne zusammen und ging weiter. Nur wenige Meter von der Treppe entfernt, begann ein höchstens drei Monate alter Schlittenhundewelpe zwischen Maratses Beinen und Stöcken herumzuwuseln und riss ihn zu Boden. Fluchend warf Maratse dem Hund einen Stein nach, worauf ihm dieser hinterherjagte wie einem Ball und nach ihm schnappte. Karl lachte, als der kleine Hund den Stein sofort wieder ausspuckte, zu Maratse zurückstürmte und einen Meter vor ihm stehen blieb.

Maratse hielt Karl die Hand hin und bat ihn: »Helfen Sie mir hoch.« Während er sich mit Karls Hilfe mühsam aufrichtete, ließ sich der Hund auf den Bauch fallen, legte den Kopf auf die Vorderbeine und sah Maratse an. Der fragte: »Wem gehört der Hund?«

»Meinem Sohn Nikki«, sagte Karl. »Wollen Sie ihn haben?«

»Nein«, sagte Maratse und humpelte die letzten Meter zur Eingangstreppe des Hauses. Dort klemmte er sich die Stöcke unter den Arm und zog sich am Holzgeländer die Treppe hinauf. Karl öffnete die Tür, und der Hund sprang die Stufen hinauf und hüpfte auf der Veranda herum. Maratse schenkte ihm keine Beachtung und folgte Karl nach drinnen.

»Einen Schlüssel gibt es nicht«, sagte Karl, als er seine Schuhe abstreifte und von der winzigen Diele ins Wohnzimmer ging. »Und es riecht nach Fisch.« Das Sofa trennte die Küche vom Wohnbereich, und Karl deutete auf Elektroherd, Kühlschrank und Wasserkocher. Er öffnete einen Schrank mit Tassen und Gläsern, Tellern und Schalen. Maratse nickte und ließ sich aufs Sofa plumpsen. Karl legte das Buch auf den Couchtisch und ging zur Tür. »Meine Frau hat auch für Sie Essen gemacht. Kommen Sie einfach vorbei, wenn Sie Hunger haben. Wir sind in dem gelben Haus auf der anderen Seite des Ladens.«

»*Qujanaq*«, sagte Maratse und legte seine Stöcke beiseite.

Karl schlüpfte in seine Schuhe und sagte: »Fernseher gibt es keinen.«

Maratse deutete auf das Buch. »Kein Problem.«

»Aber dort drüben, beim Fenster, ist ein Telefon.« Karl

öffnete die Tür und trat nach dem Welpen, als er hereinkommen wollte. Er drehte sich um und sagte: »Wollen Sie ihn wirklich nicht?«

»Nein.«

»Okay.« Karl winkte, sagte: »Das gelbe Haus«, und schloss die Tür hinter sich.

Maratse hörte ihn die vier Stufen zum Strand hinunterstapfen, dann schloss er die Augen. Der Fischgeruch blieb. Maratse rieb sich die Nase, gähnte und öffnete die Augen wieder. An den Wänden zeichneten sich die Konturen abgehängter Bilder ab, und die weißen Fensterbretter waren von winzigen braunen Pünktchen Fliegenscheiße übersät, der Boden fühlte sich rau an unter seinen Füßen. Ächzend zog er seine Stiefel aus, ließ sich in das Sofa zurücksinken und klopfte seine Jackentasche ab. Er zog eine Packung Zigaretten heraus, klopfte die zwei letzten in seine Handfläche und steckte sich eine von ihnen zwischen die Zähne. Er fummelte sein Feuerzeug heraus, steckte es aber gleich wieder in die Tasche zurück. Kurz schloss er die Augen, griff dann nach seinen Stöcken und stemmte sich vom Sofa hoch. Er humpelte zur Tür und trat auf die Veranda hinaus. Der Hund hob den Kopf und beobachtete, wie Maratse ans Geländer ging, sich dagegen lehnte und seine Zigarette anzündete.

»*Eeqqi*«, sagte er, als der Hund auf ihn zukroch. Er hob den Finger, und der Hund hielt inne. Gegen seinen Willen musterte Maratse die großen Pfoten, die Kopfform und die hellen braunen Augen des Hunds. Sein Fell war größtenteils weiß, mit einer grauen Maske, akzentuiert von weißen Haaren an den Seiten seiner Schnauze. Maratse stellte sich den Welpen im Winter vor, wenn sein Schwanz abgesunken und er für das Geschirr bereit war. Er brummte, rauchte seine Zigarette zu Ende und schlurfte ins Haus zurück. Als er die Tür schloss, läutete das Telefon.

Er hob den Hörer ab und meldete sich. »Maratse.«

»Ich bin's, Petra. Ich habe deine Nummer rausgefunden.«

»*Iiji.*«

»Lebst du dich schon ein?«

»Ich bin eben erst angekommen.«

»Schon klar. Ich dachte nur …«

Maratse beobachtete durchs Fenster, wie sich der Welpe vor der Tür auf der Veranda zusammenrollte. »Was macht euer Fall?«, fragte er.

»Wir kommen voran. Wir haben uns mit der Freundin des Mädchens in Aasiaat in Verbindung gesetzt. Dabei hat sich herausgestellt, dass sie verabredet haben, dass Kaka sagt, Tinka ist bei ihr, obwohl sie in Wirklichkeit mit einem Mann zusammen war.«

»Mit einem Mann?«

»Ja. Er war anscheinend schon älter.«

»Ist Tinka das vermisste Mädchen?«

»Ja. Die Tochter von Nivi Winther.«

»Der Politikerin?«

»Ja.« Petra schwieg eine Weile. »Die Sache interessiert dich also, oder?«

»*Eeqqi*« sagte Maratse. »Ich mache nur Konversation.«

»Wie ist das Buch?«

»Schwierig, aber gut.«

»Tut mir leid. Sonst gab es nichts.«

»Es gefällt mir. Danke, Piitalaat.« Maratse spürte, wie sich der Schmerz durch die Nerven in seinen Beinen sengte. Er drehte sich zum Sofa um. »Ich muss jetzt Schluss machen.«

»Kein Problem. Okay, wenn ich dich wieder anrufe?«

»*Iiji.* Du kannst mir von dem Fall erzählen.«

»Ich halte dich auf dem Laufenden. Eine angenehme Nacht in deinem neuen Zuhause.«

»Ich werde mir Mühe geben.« Maratse beendete das Gespräch und runzelte die Stirn, als ihm klar wurde, dass er keinerlei Bettzeug hatte und das Schlafzimmer im Obergeschoss war. Er schaute noch mal zum Sofa und griff nach seinen Stöcken. *Wenn ich mich jetzt setze, komme ich nicht mehr hoch.* Sein Magen knurrte. Er schlurfte zu seinen Stiefeln, verzog das Gesicht, als er die Füße hineindrückte, und ging dann, begleitet vom leisen Klopfen der Schnürsenkelenden, nach draußen, wo der Welpe prompt wieder über die Veranda rutschte.

Die Stufen hinunterzusteigen war deutlich schwieriger und wurde durch den um Maratses Beine wuselnden Hund zusätzlich erschwert. Unten angekommen, stolperte er und fiel hin, weil der Hund auf seine Schnürsenkel sprang. Maratses Schimpftirade ließ ihn mehrere Meter zurückweichen, und noch mehr ging er auf Abstand, als sich Maratse unter wüsten Flüchen aufzurichten versuchte. Seine Stockenden gruben sich in die weiche Oberfläche des Strands, und seine Jacke und Hose waren voll von feinem schwarzen Sand und winzigen Muschelfragmenten. Er klopfte sich ab und machte die ersten Schritte auf Karls Haus zu. Wenig später tauchte der Welpe vor ihm auf. Auf Maratses Fluchen hin wich der Hund zurück. Er machte einen Schritt, und der Tanz ging weiter. Maratse merkte, dass ein kleines Publikum von Kindern unter den Veranden der Häuser hervorkroch, um ihn zu beobachten. Der Hund hatte nur Augen für ihn, und seine großen Pfoten hinterließen neben den runden Spuren der Gehstöcke Abdrücke auf dem Strand.

Sie kamen am Dorfladen vorbei, und Maratse lernte, die Bewegungen des Hunds vorherzusehen. Erst als er die Eingangstreppe des Hauses erreichte, merkte er, dass er sich ausschließlich auf den um ihn herumtollenden Hund konzentriert hatte und nicht auf die Schmerzen in seinen Beinen. Am Fuß der Treppe blieb er stehen und nickte Karl zu, der gerade die Tür öffnete.

»Alles okay?«

»*Iiji*«, sagte Maratse, klemmte sich die Stöcke unter den Arm und stieg die Stufen zum Haus hinauf.

»Nervt Sie der Hund?«

Maratse zog die Augenbrauen hoch, *ja*.

»Ich werde Nikki sagen, er soll ihn morgen an die Kette legen.« Karl machte einen Schritt zur Seite, als sich Maratse an die Wand lehnte, um seine Stiefel auszuziehen. Er hängte seine Jacke an einen Haken und ging ins Wohnzimmer. Der Geruch von Moschusochsensteak ließ ihm das Wasser im Mund zusammenlaufen, und er bedachte Karls Frau mit einem Lächeln, als sie ihn zu dem Stuhl am Ende des kleinen Esstischs führte. Der Fernseher lief, und der Nachrichtensprecher von *Qanorooq* war gerade dabei, die Meldung über das vermisste Mädchen zu verlesen.

»Sie ist von hier«, sagte Karl.

»Wer?«

»Die Mutter. Nivi Winther. Sie ist in Inussuk aufgewachsen«, sagte Karls Frau. »Wir haben als Kinder zusammen gespielt. Ich bin Buuti.«

Maratse schüttelte ihr die Hand und setzte sich. Er schaute auf den Fernseher, als Petra erschien und eine Stellungnahme der Polizei verlas. Lächelnd hörte er zu, wie sie an die Bevölkerung appellierte, sich an die Polizei zu wenden, wenn jemand sachdienliche Hinweise auf den Verbleib von Tinka Winther geben konnte. Sie sah gut aus, wie sie sich im auffrischenden Wind vor der Polizeistation die losen Haarsträhnen hinters Ohr strich. Dann ein Schnitt auf eine Aufnahme von Nivi Winther bei einer Pressekonferenz und die Stimme des Nachrichtensprechers, der sagte, dass Grönlands Premierministerin nicht für einen Kommentar zur Verfügung stünde. Auf einen Wink Buutis, die Maratse gerade eine ordentliche Portion Reis und Schmorbraten auf den Teller lud, drehte Karl den Ton leiser. Die sämige dunkle Soße sank durch die Reiskörner, und beim Anblick des traditionellen grönländischen Essens begann Maratses Magen erneut zu knurren.

»Den habe ich selbst geschossen«, sagte Karl. »Auf Svartenhuk.«

»Oben im Norden?«

»*Aap*.« Karl nickte. »Dort gibt es eine kleine Herde. Aber gesund. Auch Forellen gibt es dort. Wir können diesen Winter mal rauffahren.« Karl hielt inne und warf einen Blick auf Maratses Beine.

»Fände ich klasse«, sagte Maratse und begann zu essen.

Buuti verwöhnte Maratse mit einem Nachschlag, gefolgt von Pfefferminzschokokuchen als Nachtisch und Kaffee, der den krönenden Abschluss des reichhaltigen Essens bildete. Maratse machte eine Geste, dass er zum Rauchen nach draußen gehen wollte. Karl folgte ihm auf die Veranda, die um das ganze Haus herumlief, und Buuti räumte den Tisch ab. Der Welpe lag unter dem Haus und spitzte die Ohren, als Maratse auf die Veranda trat. Er sprang auf, um sich jedoch auf ein Wort Karls sofort wieder hinzulegen.

»Hatten Sie Hunde in Ittoqqortoormiit?«, fragte er.

»*Iiji*«, sagte Maratse. »Hatte ich.«

»Fehlt es Ihnen?«

»Was? Hunde zu haben?«

»Polizist zu sein.«

Maratse nahm einen Zug von seiner Zigarette, bevor er antwortete. Er lauschte dem sanften Plätschern des Meers und stellte sich das Knacken und Ploppen der im Wasser treibenden Eisklumpen vor, aus denen Luft entwich. Er schaute zu den Felswänden auf beiden Seiten der Siedlung, zu dem hölzernen Anleger, der von der Hafenmauer ins Wasser hinausragte, und zu dem Pfad, der im Zickzack zu der Bergkuppe über Inussuk hinaufführte. Der Funkmast und die Antenne waren gerade noch zu erkennen. Karls Frage hing zwischen ihnen in der Luft. Maratse hustete und puhlte einen Fitzel Fleisch aus seinen Zähnen.

»Es fehlt mir«, sagte er. »Aber ich bin kein Polizist mehr.«

»Wieso?«

»Da ist alles Mögliche zusammengekommen.« Vor Maratse erschien das Bild des Chinesen, begleitet vom Geruch verbrannter Haut und vom Brummen des Generators, der sich mit dem Strombedarf für die Folter abmühte.

»Verstehe«, sagte Karl. »Ich werde nicht mehr fragen.«

Maratse nickte, rauchte seine Zigarette zu Ende und drückte sie auf einem umgedrehten Blumentopf aus. Buuti kam mit einem Stapel Laken in den Armen auf die Veranda, drückte sie Maratse in die Hände und deutete mit dem Kopf in Richtung seines Hauses.

»Die können Sie gern haben, bis Sie Ihre eigenen kriegen«, sagte sie. »Oben im Schlafzimmer sind ein Federbett und ein Kopfkissen.«

Maratse sah, wie sie auf seine Beine schaute, und sagte lächelnd: »Heute Nacht schlafe ich auf dem Sofa.«

Buuti nickte, wünschte ihm eine gute Nacht und verschwand ins Haus. Karl rauchte seine Zigarette zu Ende und bot Maratse an, die Laken zu seinem Haus zu tragen.

»Ich komme schon klar«, sagte Maratse und schüttelte Karl die Hand. Dann stopfte er die Laken in seine Jacke und griff nach den Stöcken. Der Hund wartete am Fuß der Treppe auf ihn.

Diesmal fiel Maratse auf dem Weg am Strand entlang nicht hin. Aber er bemerkte auch die Kinder nicht oder die Fischer, die ihm hinter der Brandungslinie von ihrem

Boot zuwinkten. Er konzentrierte sich ganz auf den Hund und dass er nicht über ihn stolperte. Er ließ ihn vor sich die Treppe hinaufspringen und schob ihn mit einem seiner Stöcke auf die Seite, als er die Tür öffnete.

Der Fischgeruch stieg ihm in die Nase, als er die Stiefel auszog. Er war stärker als der Geruch der auf den Gestellen trocknenden Fische. Maratse warf die Laken aufs Sofa und ging in die Küche, öffnete den Kühlschrank und verzog das Gesicht beim Anblick eines in Plastikfolie eingeschweißten Heilbuttfilets. Er nahm es heraus, schloss den Kühlschrank und trug den Fisch auf die Veranda. Er öffnete den Plastikbeutel und ließ den Fisch vor dem jungen Hund auf die Holzplanken gleiten. Der schnappte sich seine Beute mit seinen scharfen Milchzähnen und flitzte die Treppe hinunter, um sich am Strand über sie herzumachen. Maratse warf den Plastikbeutel in den am Geländer befestigten Mülleimer und ging ins Haus zurück. Dort setzte er sich aufs Sofa, ließ die Stöcke auf den Boden rutschen und streckte die Beine auf dem Polster aus. Er griff nach dem Buch und stützte es auf seiner Brust auf.

Der Wind trug die leisen Rufe der Kinder von Inussuk, die unter den Veranden der Häuser Fangen spielten, an sein Ohr. Schlittenhunde heulten, und hätte er sich nicht auf das Buch konzentriert, hätte er gehört, wie die Ketten der Hunde über die Felsen schepperten, wie Buuti Küchenabfälle in die Mülltonne kippte und wie gelegentlich ein Fischerboot an den Felsen am Ende der Bucht vorbeituckerte.

Nichts mehr vom Sirenengeheul Nuuks, vom Rumpeln der Müllwagen, vom Rauschen des Verkehrs, von den überschwänglichen Begrüßungen und den alkoholisierten Streitereien auf der Eingangstreppe des Supermarkts. Kein hektisches Treiben mehr, nur die Schritte der Kinder und das Tappen der jungen Hunde am Strand. Maratse sank tiefer in das Sofa. Er vergaß seine Beine, vergaß den Chinesen und dachte nicht mehr an das verschwundene Mädchen, jedenfalls vorerst nicht. Stattdessen versenkte er sich in sein Buch und machte sich daran, sich auf sein neues Leben einzustellen. Kein Schichtdienst mehr, kein Schreibkram, nicht einmal das Gebrabbel und Rauschen des Polizeifunks. Alles, was er noch hatte, war seine Jacke, fleckig und geflickt, wie sie war. Er dachte nicht daran, sie auszuziehen. An seinem ersten Abend in Inussuk dachte er überhaupt nichts.

Sisamanngorneq

DONNERSTAG

7

Aarni Aviki parkte neben Maliks riesigem Dodge RAM und ging zur Haustür. Er betrat die Diele und streifte seine Schuhe ab. Malik reichte ihm einen Becher Kaffee und deutete mit dem Kopf auf den Küchentisch.

Er sagte: »Am besten dort«, und setzte sich ans Fenster.

Aarni stellte seinen Kaffee auf den Tisch und öffnete seine Aktentasche. Malik beobachtete, wie er eine Ausgabe der *Sermitsiaq* herausnahm, sie auf den Tisch warf und sich ebenfalls setzte. »Ich nehme mal an, du hast den Artikel online gelesen.«

Malik nickte und zog die Zeitung zu sich heran. »Ist das dieses Mädchen?« Er tippte auf das Foto auf der ersten Seite. »Nivi Winthers Tochter?«

»Ja.« Aarni nahm einen Schluck Kaffee. »Sie heißt Tinka. Sie ist siebzehn.« Aarni wartete, während Malik den Artikel las, und nahm seine Reaktion vorweg, als er beim vorletzten Absatz ankam. »Zuletzt mit einem Mann mittleren Alters auf einer Party gesehen.«

Malik blätterte eine Seite weiter und kniff sich ins Kinn. Er schwieg eine Weile, dann sagte er: »Wie schlimm ist das?«

»Hängt ganz davon ab.«

»Wovon?«

»Erkennst du sie?«

Malik nickte.

»Bist du dieser Mann?«

»Wahrscheinlich«, sagte Malik. »War ich der letzte Mann? Keine Ahnung. Sie war ziemlich dicht.« Malik rieb sich die

Augen, schüttelte den Kopf und nahm einen tiefen, bedächtigen Atemzug. »Sie ist tatsächlich Nivis Tochter?«

»Das weißt du doch.« Aarne stellte seine Kaffeetasse ab und ließ sich in den Stuhl zurücksinken.

Malik schaute aus dem Fenster. »Heute Abend kommt Sipu vom Fußball-Camp nach Hause. Das heißt, ich muss mir einen neuen Platz zum Schlafen suchen.« Er sah Aarni an. »Naala lässt mich nicht in unser Bett.« Er deutete mit dem Kopf in Richtung Wohnzimmer. »Das Sofa ist zu klein.« Er seufzte. »Pipaluk schreibt jetzt bessere Noten, auch in Mathe.«

»Ist doch prima.«

»Prima?« Malik lachte. »Es ist peinlich. Sie ist immer noch miserabel in Mathe. Und in Sprachen auch nicht viel besser. Die Lehrer benoten sie nach meiner Beliebtheit.«

»Die gewaltig steigt.« Aarni fasste in seine Aktentasche, zog eine Kopie der Umfragen vom vergangenen Monat heraus und deutete auf die Bleistiftnotizen an den Rändern. »Das war im August. Die Vorhersagen für Oktober sind deutlich besser. Aber du musst damit rechnen, dass du wegen dieser Sache hier etwas abrutschst.«

»Weil ich mit dem Mädchen geschlafen habe?«, fragte Malik. Er beugte sich vor und griff nach der Zeitung.

»Nein, weil sie verschwunden ist. Dass du mit ihr geschlafen hast, weiß niemand. Die Leute werden Mitleid mit Nivi haben, und sie wird in der Wählergunst steigen. Aber das hält nicht lange an. Du hast die Wähler fest auf deiner Seite.«

»Bis sie herausfinden, dass ich dieser Mann war.«

»Das werden sie nicht.«

»Wenn sie das Mädchen finden, schon. Es ist nur eine Frage der Zeit.«

»Nein, ist es nicht«, sagte Aarni achselzuckend. »Die Sache ist vom Tisch.«

»Vom Tisch?«

»Es ist alles geregelt.«

»Was ist geregelt? Was redest du eigentlich?«

»Ich habe dir gesagt, dass ich absolut loyal bin, und jetzt musst du mir einfach vertrauen.«

Malik schüttelte den Kopf. »Das verstehe ich nicht. Was genau hast du getan?«

»*Ich* habe gar nichts getan. Ich sage nur, dass du dir keine Gedanken zu machen brauchst, dass dich das Mädchen erkennt.«

»Hä?«, sagte Malik, nahm einen Schluck Kaffee und sah seinen PR-Mann über den Rand der Tasse an. »Ist die Meldung vom selben Reporter?« Malik schlug die erste Seite der Zeitung zurück. »Qitu Kalia?«

»Vermutlich.« Aarni sah auf die Uhr. »Wir haben uns darauf geeinigt, dass du heute zu Hause arbeitest. Du musst dich auf die Debatte vorbereiten. Die Notizen sind in meiner Aktentasche.«

»Glaubst du nicht, Nivi wird absagen?«

»Das ist mein nächster Termin.« Aarni legte einen Ordner mit einem Stoß Papiere vor Malik. »Ich treffe mich gleich mit Daniel Tukku.«

»Nivis Assistent.«

»Ich glaube, er lässt sich gern Stabschef nennen, auch wenn sie das nicht tut.« Aarni lachte. »Ich ziehe ihn deswegen immer auf.« Er stand auf. »Und geh auf keinen Fall ans Telefon. Okay?«

»Du hast gesagt, niemand weiß es. Du hast gesagt, ich soll mir keine Gedanken machen.«

»Trotzdem, das Geschickteste ist jetzt, nicht erreichbar zu sein. Du brauchst dich nicht zur lausigen Erziehung der Oppositionsführerin äußern. Immerhin weiß sie nicht mal, wo ihre Tochter ist.«

»Das ist aber jetzt ganz schön hart, Aarni. Ich dachte immer, der Zyniker wäre ich.«

»Egal. Du hast die perfekte Ausrede – du musst dich auf das TV-Duell vorbereiten –, also nutze sie. Jeglicher Kommentar von dir könnte verdreht werden, und dann besteht immer noch die Gefahr, dass du was Unpassendes sagst. Das gilt es unbedingt zu vermeiden. Das ist der Moment, in dem sie dich überholen kann. Und falls das Mädchen gefunden wird …«

»Falls?«

»Ja.« Aarni zuckte mit den Achseln. »Niemand weiß, wo sie ist. Sie könnte auch in Dänemark sein.« Aarni sah Malik stirnrunzelnd an. »Was ist?«

»Ich musste nur grade an Pipaluk denken. Wie es mir ginge, wenn sie vermisst wäre.«

»Ist sie aber nicht. Hör auf, dir solche Gedanken zu machen.« Aarni deutete auf die Aufzeichnungen. »Konzentrier dich auf das TV-Duell.« Er schaute auf die Uhr. »Ich muss jetzt los.«

Aarni ließ Malik mit den Aufzeichnungen und der Zeitung zurück. Er stieß rückwärts aus der Einfahrt und fuhr ins Stadtzentrum, wo er hinter dem Hotel Hans Egede parkte. Nivis Assistent wartete im Café in der Lobby auf ihn. Der Schnitt seines Anzugs ließ vermuten, dass er nicht billig gewesen war. Aarni zupfte seinen eigenen Anzug zurecht, dessen oberster Knopf etwas spannte. Er knöpfte sein Jackett auf, schüttelte Daniel die Hand und setzte sich.

»Möchten Sie was trinken?«, fragte Daniel auf Grönländisch. »Ich könnte noch einen Latte vertragen.«

»Klar, gern.« Aarni kramte eine Weile in seiner Aktentasche herum, zog schließlich das Blatt mit den Kernpunkten heraus und legte es zwischen sie auf den Tisch. »Sie sind auf Dänisch. Ich dachte, wir könnten Dänisch sprechen.«

Daniel lachte. »Klar.« Er drehte sich auf seinem Stuhl, bestellte zwei Latte macchiato und sagte dann auf Dänisch: »Von der Politik mal ganz abgesehen, ich war wirklich beeindruckt, wie Sie das mit der Presse gehandhabt haben. Sie waren gnadenlos.«

»Danke.« Der Kellner brachte ihre Kaffees. Aarni packte den italienischen Keks aus, der an der Seite des Glases lehnte und tauchte ihn in die aufgeschäumte Milch. »Es war eine Herausforderung, aber wenn sie sich mal auf die Sprache eingeschossen haben …«

»Muss man zu nichts anderem mehr Stellung nehmen«, sagte Daniel. »Ja, sehr clever.«

»Finde ich auch«, sagte Aarni und aß den Keks.

»Und Malik Uutaaq? War das seine Idee?«

»Meine.« Aarni wischte Keksbrösel von seinen Lippen. »Und das gebe ich gern zu.«

»Auf jeden Fall funktioniert es. Das muss man Ihnen lassen.« Daniel hielt kurz inne und beobachtete sein Gegenüber, während er die aufgeschäumte Milch vom Rand des Glases löffelte. »Können wir eigentlich ganz offen miteinander reden? Bleibt unter uns, was hier gesprochen wird?«

»Ich wüsste nicht, was dagegen sprechen sollte«, sagte Aarni. Der Löffel schlug klirrend gegen das Glas, als er es auf die Untertasse stellte. »Machen Sie sich über das TV-Duell Gedanken?«

»Über das Duell, das Regierungsprogramm, die Umfragen. Allerdings hat sich heute Morgen ein Nebenschauplatz aufgetan. Haben Sie heute schon die Nachrichten gesehen?«

»Tinka Winther?«

»Mhm.«

»Furchtbar. Da ist Nivi mit den Gedanken sicher ganz woanders.« Aarni deutete mit dem Kopf auf die Zeitung auf dem Tisch. »Möchten Sie das Duell verschieben?«

»Heute ist Donnerstag. Die Fernsehdebatte ist für Sonntagabend angesetzt. Bis dahin hat sich bestimmt alles aufgeklärt. Grönland ist bekanntlich nicht sehr groß.«

»Das größte kleine Land der Welt.«

»Richtig. Wohin soll sie schon verschwunden sein? Wenn sie nicht gerade ertrunken ist.« Daniel fing Aarnis Blick auf, als er nach seinem Latte macchiato griff. »Sie wird schon auftauchen. Da bin ich ganz sicher.«

»Jedenfalls hoffen wir das. Bitte bestellen Sie Nivi, dass wir mit ihr fühlen.«

»Selbstverständlich.« Daniel stellte seinen Kaffee auf den Tisch. »Da ist noch etwas, worüber ich gern mit Ihnen sprechen würde, bevor wir zum Kern des TV-Duells kommen.« Aarni wartete, als Daniel ein Blatt Papier aus dem Ordner zog, den er zwischen sich und die Armlehne des Stuhls geklemmt hatte. Er zeigte es Aarni und sagte: »Das ist eine Fotokopie eines vor Kurzem in der *Politiken* erschienenen Artikels. Vielleicht kennen Sie ihn schon.«

»Nein«, sagte Aarni. »Ist mir völlig neu.« Er nahm Daniel das Blatt aus der Hand und tat so, als überflöge er es.

»Es geht darin um die Partykultur grönländischer Politiker. Ziemlich anzüglich, deftig, schlüpfrig. Wie man es eigentlich von der amerikanischen oder englischen Politik erwartet, was das Ganze aber nicht weniger interessant macht.«

»Warum zeigen Sie mir das?« Aarni legte die Kopie des Artikels auf das Blatt mit seinen Notizen zum Fernsehduell.

»Sie haben gesagt, wir können ganz offen sprechen?«

»Richtig.«

»Was würde Ihr Chef von diesem Artikel halten? Würde er sagen, an der Meldung ist ein Fünkchen Wahrheit?«

»Da müssen Sie ihn schon selbst fragen.«

»Schon klar. Aber ich frage Sie.«

Daniel verschränkte die Finger im Schoß und wartete,

während Aarni ostentativ den restlichen Milchschaum in seinen Kaffee rührte. Der Kellner erschien an ihrem Tisch und fragte, ob er ihnen noch etwas bringen solle.

»Worauf wollen Sie hinaus, Daniel?«, fragte Aarni, als sich der Kellner entfernt hatte.

»Ich möchte, dass Sie das Narrativ ändern. Dass Sie aufhören, immer nur über die Sprache zu reden, und stattdessen anfangen, über Wohnungsnot und Arbeitslosigkeit zu sprechen. Setzen Sie sich über wirklich relevante Themen mit uns auseinander, dann besteht keine Notwendigkeit, irgendwelche schmutzigen Details über Alkoholkonsum und schlechtes Benehmen zur Sprache zu bringen.«

»Und wenn wir uns darauf nicht einlassen?«

»Dann sehe ich keinen Grund, in den Medien keine kompromittierenden Meldungen über unangebrachte Gelüste und Handlungen verheirateter Parteivorsitzender in Umlauf zu bringen. Wie fänden Sie das?«

»Qitu Kalia.«

»Entschuldigung. Was haben Sie gerade gesagt?«

»Qitu Kalia. Das ist der Name Ihres Journalisten.«

»Schon möglich.«

»Nein, nein, ganz sicher«, sagte Aarni und seufzte. »Ich dachte immer, Schmutzkampagnen wären den amerikanischen Wahlen und Hollywood vorbehalten.«

»Ach, Aarni, es ist doch alles eine Frage der Berichterstattung. Sogar hier – was sage ich, *vor allem* hier. Für die Wähler außerhalb von Nuuk«, Daniel begann die größten grönländischen Städte an seinen Fingern aufzuzählen, »in Sisimiut, Maiitsoq, Ilulissat und Qaqortoq haben Nachrichtenthemen eine hohe Haltbarkeitsdauer. Und Sie wissen genauso gut wie ich, dass der Mai nicht mehr in ganz so weiter Ferne liegt. Und worüber werden Ihre Wähler während des langen, harten Winters im Norden oder an der Ostküste nachdenken, und selbst hier unten im Süden? Glauben Sie wirklich, Ihr Kandidat kann sich einen Rückgang seiner Popularität leisten? Sein Erfolg basiert einzig und allein auf der Wählergunst.«

»Und sein Vorsprung ist riesig«, sagte Aarni. »Als Nivi Winthers *Assistent* müssten eigentlich gerade Sie sich ihrer Umfragewerte bewusst sein.« Aarni beugte sich vor. »Sie liegt weit hinter Malik Uutaaq.«

»Trotzdem.« An Daniels Mundwinkeln zuckten erste Ansätze eines verschlagenen Grinsens. »Wer weiß, was so eine plötzliche Welle des Mitgefühls nicht alles bewirken kann. Wir wünschen uns zwar alle, dass Tinka so bald wie möglich gesund und wohlbehalten wieder auftaucht, aber …«

»Was aber?«

»Falls ihre Leiche gefunden wird …« Daniel hielt inne. »So tragisch die Umstände auch sein mögen, kann das Mitgefühl der Wähler Ihren Vorsprung sehr schnell drastisch schrumpfen lassen.«

Aarni schluckte, als ihm etwas in die Kehle aufstieg. Er griff nach dem Kaffeeglas und war sich sehr deutlich bewusst, dass Daniel jede seiner Bewegungen aufmerksam verfolgte, als er das letzte Drittel seines Inhalts mit einem Schluck leerte. Dann holte er tief Luft, stellte das Glas auf den Tisch und ließ sich, imaginäre Keksbrösel von seinem Jackett wischend, in den Stuhl zurücksinken.

»Die Sympathiestimmen«, sagte er.

»Ja.«

»Das kann sich so und so auswirken.« Aarnis Zuversicht wuchs wieder. Er spielte mit dem Gedanken, auf Grönländisch umzusteigen, wollte es dann aber doch nicht überreizen. »Im Fall einer solchen Tragödie könnte sich die Frage stellen, ob eine trauernde Mutter in der Lage ist, das Land zu führen.«

»Das wäre natürlich möglich.«

»Richtig, und in diesem Zusammenhang stellt sich eine weitere Frage. Haben Sie jemanden in Ihrer Partei, der Nivi Winthers Platz einnehmen könnte, wenn sie sich zum Rücktritt gezwungen sähe?«

»Gezwungen? Halten Sie das in diesem Zusammenhang nicht für etwas arg drastisch?«

»Dann eben gedrängt. Was ist, wenn Nivi Winther aus familiären Gründen ihren Platz räumen müsste?«

»Etwa wegen des Verlusts ihrer Tochter.«

»Zum Beispiel, ja. Wer würde an ihre Stelle treten?«

In dem Schweigen, das sich über den niedrigen Tisch zwischen ihnen legte, wurde Aarni bewusst, dass sich Daniel bereits über die möglichen Auswirkungen von Tinka Winthers Verschwinden oder gar ihres Todes Gedanken gemacht hatte. In diesem Moment musste er Daniel zugutehalten, dass er nicht im Interesse seiner Chefin verhandelte, sondern in seinem eigenen. Er gestattete sich ein Lächeln über die Textnachricht, die er vor Kurzem erhalten hatte, denn damit war eine offene Frage geklärt. Er schob die Gedanken an die Implikationen der Nachricht beiseite und beschloss zu warten, bis Daniel das Wort ergriff. Lange dauerte es nicht.

»Wir haben eine ganze Reihe geeigneter Kandidaten.«

»Nein«, sagte Aarni. »Haben Sie nicht.«

»Wir haben einen geeigneten Kandidaten«, sagte Daniel.

»Deshalb.« Aarni tippte mit dem Finger auf sein Knie. »Wenn ich Ihnen helfen soll, indem ich das Narrativ ändere, was springt dann für mich dabei heraus? Denn von dem Moment an, in dem ich Malik Uutaaq mit Fragen konfrontiere, die über Sprache und Identität hinausgehen …«

»Würden wir den Wahlkampf auf Augenhöhe führen. Mehr will ich gar nicht. Das ist alles, worum ich Sie bitte.«

»Wenn wir uns darauf einlassen, dann aus reinem Mitgefühl«, sagte Aarni.

»Ich verstehe.«

»Und als Gegenleistung sehen Sie von der Veröffentlichung von jeglichem schlüpfrigen Material ab, das meinen Boss belasten könnte?«

»Mhm.«

Aarni holte tief Luft. »Na dann. Sollen wir über die Fragen beim TV-Duell sprechen?«

»Ist das denn überhaupt nötig? Nivi ist viel zu sehr mit anderen Dingen beschäftigt.«

»Heißt das, Sie werden es absagen?«

»So weit würde ich nicht gehen. Ich finde, wir sollten trotzdem weitermachen. Es ist wichtig, eine starke und belastbare Führung zu zeigen, auch in schweren Zeiten, und ganz besonders in den jetzigen, finden Sie nicht auch?«

»Wen werden Sie dann an ihrer Stelle antreten lassen?«

Daniel machte eine beiläufige Handbewegung und sagte: »Wir haben mehrere Möglichkeiten, aber nötigenfalls kann ich jederzeit für unsere Vorsitzende einspringen. Nur dieses eine Mal, verstehen Sie?«

»Ja, tue ich«, sagte Aarni. »Sehr gut sogar.«

Daniel stand auf, knöpfte sein Jackett zu und steckte den Ordner in seine Aktentasche. Er deutete mit dem Kopf in Richtung Bar. »Ich habe bereits bezahlt, aber bestellen Sie sich ruhig noch einen Kaffee auf meine Rechnung, wenn Sie noch bleiben und über alles nachdenken wollen. Sie haben ein paar stressige Tage vor sich, wenn Sie Ihren Kandidaten bis Sonntagabend einsatzbereit haben wollen. Viel Erfolg.« Er winkte und entfernte sich vom Tisch.

Aarni sah ihm nach. Er warf einen kurzen Blick auf die Gäste an den anderen Fenstertischen, dann signalisierte er dem Kellner, dass er noch etwas zu trinken wollte.

»Noch einen Latte?«

»Nein«, sagte Aarni auf Dänisch. »Einen Whisky. Einen doppelten.«

Ihm stand ein langes Wochenende bevor.

8

Stiefelgetrampel auf der Veranda und ein lautes Klopfen an der Tür zwangen Maratse, die Augen aufzuschlagen und sich einem neuen Tag in Inussuk zu stellen. Als Karl die Tür öffnete und in der Diele seine Gummistiefel abstreifte, schwang er die Beine über die Seite des Sofas und wischte sich den Schlaf aus den Augen und Reste getrockneten Speichels aus dem Mundwinkel. Wegen der vielen Sachen, die Karl in den Armen hielt, konnte Maratse kaum etwas von seinem Gesicht sehen. Karl kippte alles auf den Couchtisch und wünschte Maratse einen guten Morgen.

»Kaffee?«, fragte Karl.

»Ich habe keinen.«

»Aber ich.« Karl griff nach der Plastiktüte, die auf dem Kleiderhaufen lag, und ging in die Küche. »Zieh dich an.«

»Wo gehen wir hin?«

»Fischen.«

Maratse zog an dem Klamottenhaufen und trennte warme Schichten von einem derben Steppoverall, der sich speckig anfühlte. »Ich muss noch duschen«, sagte er.

»Wenn wir zurückkommen.« Karl füllte den Wasserkessel, stellte ihn auf den Herd und löffelte Pulverkaffee in zwei Becher. Maratse begann, sich anzuziehen, und tauschte sein verschwitztes Hemd und die Polizeijogginghose gegen Sachen aus dem Kleiderhaufen. Er steckte seine Füße in den Overall und zog ihn langsam zu den Knien hoch. »Brauchst du Hilfe?«, fragte Karl, als er die Kaffeebecher auf den Tisch vor dem Sofa stellte.

»*Iiji.*« Maratse richtete sich mühsam auf und hielt sich mit einer Hand an Karls Schulter fest, um vollends in den Overall zu schlüpfen. »Wo soll's hingehen?«

»Ich habe vor der Küste nördlich von Inussuk eine Langleine ausgelegt. Nach der will ich sehen.«

»Okay.«

»Unterwegs kann ich dir ein paar gute Stellen zeigen. Für deine eigene Leine.«

»Dafür bräuchte ich ein Boot.«

»Edvard hat eins, das er verkaufen will.«

»Und Leinen, Ausrüstung?«

»Habe ich genug für uns beide.«

Karl ging ans Fenster, tippte mit seinem brüchigen Daumennagel dagegen und grinste, als der kleine Hund den Kopf hob.

»Er war die ganze Nacht hier«, sagte Maratse.

»Und hat auf die Treppe gekotzt.«

»Das muss der Fisch gewesen sein.« Maratse zog den Reißverschluss des Overalls bis zum Hals hoch und dann wieder bis zum Bauch hinunter. »Ich muss pinkeln.«

»Edvard leert die Eimer zweimal die Woche, aber du musst dich beim Rat registrieren lassen.«

Maratse nickte. »Heißt das, ich muss mich registrieren, bevor ich pinkeln darf?«

»Ja«, sagte Karl und lachte. »Pinkle draußen, bevor wir ins Boot steigen.« Er reichte Maratse einen Kaffeebecher und zog eine Packung Kekse aus einer Tasche seines Overalls.

»Was hast du sonst noch dabei?«, fragte Maratse, als er sich eine Handvoll Kekse nahm.

»Kaffee und Zigaretten.«

Maratse tauchte die Kekse brummend in den Kaffee und aß. Karl lehnte am Fenster. Maratse war versucht, sich zu setzen, aber nachdem er schon einmal stand, beschloss er, stehen zu bleiben. Er versuchte, die Entfernung zur Diele zu schätzen, schaute sich nach seinen Stöcken um und beschloss schließlich, ohne sie zur Tür zu schlurfen. Er stellte den Kaffeebecher auf den Tisch und bewegte sein rechtes Bein. Sofort durchfuhr ihn ein heftiger Stich, der jedoch genauso schnell wieder nachließ. Maratse biss die Zähne zusammen und ignorierte den permanenten Schmerz in seinen Beinen, während er sich zur Diele kämpfte. Als Karl ihm seine Hilfe anbot, schüttelte er den Kopf.

»Deine Stiefel sind die mit den orangen Kappen«, sagte Karl, als sich Maratse an die Tür lehnte.

Maratse nickte, stützte sich mit einer Hand an der Tür ab und packte mit der anderen seinen Overall, um das Bein anzuheben und den Fuß in den Gummistiefel zu schieben. Danach ruhte er sich kurz aus, bevor er den anderen Fuß in den zweiten Stiefel zwängte.

»Können wir?«, fragte Karl und schlüpfte ebenfalls in seine Stiefel.

»*Iiji*«, sagte Maratse und öffnete die Tür. Der kleine Hund sprang auf und stieß Maratse beinahe um. Der knurrte einen kurzen Befehl, und der Hund zog sich zurück. Karl schloss lachend die Tür hinter ihnen. »Ich hatte mal Hunde«, sagte Maratse.

»Du wirst wieder welche haben«, sagte Karl. »Den als Ersten.«

»Mal sehen.«

Maratse hielt sich am Geländer fest, um die vier Stufen der Eingangstreppe hinunterzusteigen. Er bewegte sich langsam, sehr bedächtig, und als er mit beiden Beinen auf dem Strand stand, schlurfte er zum Wasser und auf Karls Boot zu, das an einer rostigen Eisenöse festgemacht war, die in einen großen Gesteinsbrocken auf dem Strand gebohrt war. Der Hund, der den ganzen Weg zum Boot nur einen halben

Meter vor Maratse herumsprang, war einerseits die Karotte, die ihm vor der Nase baumelte, andererseits aber auch der Stock, der ihn zum Stolpern bringen konnte. Hätte er sich darüber Gedanken gemacht, hätte Maratse dem Hund vielleicht zugutegehalten, dass er ihn ermutigte, ohne Hilfe zu gehen. Aber Maratse konzentrierte sich nur darauf, zum Boot zu kommen. Als er es erreichte, lehnte er sich an das Dollbord, ließ die Hand sinken und pfiff dem Hund, der prompt auf ihn zustürmte. Maratse musste grinsen, als das weiche Fell seine raue Hand kitzelte, und er dachte an die Hunde und Gespanne, die er an der Ostküste gehabt hatte. Aber das war gewesen, bevor er Betjent Fenna Brongaard kennengelernt hatte und in die Gewalt des Chinesen geraten war.

Maratse schaute den Strand hinunter und winkte den Fischern zu, die ihre Ausrüstung zusammenpackten, Langangeln verstauten und Außenbordmotoren abbauten. Nur vier Männer und keiner jünger als Karl. Alle waren mindestens zehn, fünfzehn Jahre älter als Maratse.

»Wo sind die ganzen Jungen?«

»In der Schule oder in der Stadt«, sagte Karl und deutete in Richtung Uummannaq. »Inussuk stirbt allmählich. Im Sommer haben wir noch eine Einnahmequelle, wenn von den Kreuzfahrtschiffen Passagiere an Land kommen, um Kuchen zu kaufen und grönländisches Essen zu probieren. Aber immer mehr ziehen aus Inussuk weg. Irgendwann wird es ganz verschwinden.«

Maratse winkte den Fischern noch einmal, dann scheuchte er den Hund fort. Er stemmte sich am Dollbord hoch, bevor Karl das Boot ins Wasser schob. Maratse tappte ihm in der kleinen Furche hinterher, die der Rumpf im Sand hinterließ. Das Meer leckte an seinen Stiefeln, als er sich über das Dollbord hievte. Karl packte ihn am Arm und half ihm zu dem Sitzbrett in der Mitte des Boots. Maratse zog den Reißverschluss des Overalls bis zum Hals hoch und beobachtete den Hund, der hektisch am Wasser entlangrannte, als Karl den Außenbordmotor nach hinten kippte, Benzin aus dem Plastikkanister in den Motor pumpte und am Starterseil zog. Maratse spürte, wie sich das Gewicht des Boots verlagerte, als sich Karl setzte, und noch einmal, als er ihm eine brennende Zigarette reichte. Maratse schraubte sie in die Lücke zwischen seinen Zähnen, zog den Kragen seines Overalls um den Hals zu und paffte eine Rauchwolke in den Wind, als Karl Gas gab und losfuhr. Bis sie genügend Abstand zu einem nah am Ufer kalbenden Eisberg hatten, schlugen immer wieder kleine Eisbrocken mit einem dumpfen Knall gegen die Seiten des Boots.

Karl ging auf dem Weg zu seiner Langleine immer wieder vom Gas und deutete auf Felsen, an denen sich gut eine Leine festmachen ließ. Außerdem machte er Maratse auf Höchststandmarkierungen und Stellen aufmerksam, an denen er Steinfallen aufgestellt hatte, um Polarfüchse zu fangen.

»Buuti säubert die Felle und verkauft sie dann an Touristen«, sagte er.

»Dürfen sie die überhaupt kaufen?«

»Keine Ahnung«, sagte Karl achselzuckend. »Wir fragen nicht und sie auch nicht.«

Als sie sich einer Stelle der Halbinsel näherten, hinter der sich eine weite Bucht öffnete, drosselte Karl die Geschwindigkeit. Er steuerte das Boot frontal auf die Spitze zu und tippte Maratse auf die Schulter. Hundert Meter vor ihnen schaukelte ein großer Styroporwürfel, in dem eine verblichene Fahne steckte, auf den Wellen. Karl nahm den Gang heraus, ließ den Motor aber noch kurz weiterlaufen, bevor er ihn ganz ausmachte. Jetzt trieben sie lautlos auf die Fahne zu. Karl griff nach dem Tau, das an einer Plastikboje hinter dem Styroporwürfel befestigt war, und machte das Boot daran fest. Dann setzte er sich, tippte Maratse auf den Rücken und bedeutete ihm, sich umzudrehen.

»Kaffee«, sagte Karl und holte eine Thermosflasche aus dem Beutel zu seinen Füßen.

»*Iiji*«, sagte Maratse grinsend. »Du denkst wirklich an alles.«

»Ich denke an das Wesentliche«, sagte Karl und reichte Maratse ein Päckchen Zigaretten.

»Du bist sehr großzügig.«

Karl zuckte mit den Achseln. »Du bist mein Nachbar. Nächstes Mal kannst du Zigaretten mitbringen.«

Maratse nickte und beugte sich zur Flamme von Karls Feuerzeug vor. Die nächsten zehn Minuten schwiegen sie, genossen nur das Schaukeln des Boots und suchten die Wasseroberfläche nach einer Robbe ab, die zum Luftholen nach oben kam. Maratse ließ den Blick über die Taue und Ausrüstungsgegenstände gleiten, die im Boot herumlagen, entdeckte den rostigen Lauf der Sako .22 und grinste. Karl tätschelte die Brusttasche seines Overalls und öffnete sie, sodass eine Plastikbox mit Munition zum Vorschein kam.

Der Trick war, wusste Maratse, die Robbe mit dem ersten Schuss zu erschrecken, damit sie mit wenig oder gar keiner Luft in der Lunge wieder abtauchte, dann schnell zu dieser Stelle zu fahren und immer wieder zu feuern, bis man der Robbe in den Kopf oder ins Auge schießen und sie mit einem Gaff ins Boot ziehen konnte, bevor sie versank. Die Robbe würde mehrere Wochen lang den Fleischbedarf von Karls Familie decken, und ihre Haut konnten sie je nach Jahreszeit für einen geringen Betrag verkaufen, oder sie nähten Handschuhe oder einen Kittel daraus, die sich dann für deutlich mehr Geld an Touristen verkaufen ließen. Der

Speck der Robbe wurde im Winter an die Hunde verfüttert, und wenn nur noch das Skelett von ihr übrig war, dienten die Knochen als Belohnung für die Gespanne.

Maratse lief das Wasser im Mund zusammen bei dem Gedanken an Robbenfleisch am Knochen, das an einem Berghang auf einem flachen Stein mit einem Feuer aus Zweigen und Treibholz darunter in seinem eigenen Fett brutzelte.

»Wie sieht's aus?«, fragte Karl und stand auf. Er legte Maratse die Hand auf die Schulter und stieg über den Mittelsitz, um die Stifte eines Holzgestells durch zwei Löcher am Bug des Boots zu stecken und eine hölzerne Spule mit Angelschnur daran festzumachen. Dann griff er nach einem in eine Kerbe im Holz geklemmten Stück Draht, an dessen Ende ein Karabiner befestigt war, fasste über das Dollbord nach dem Styroporwürfel mit der Fahne und klinkte den Karabiner in eine an der Fahne befestigte Öse ein. Dann setzte er den Würfel wieder ins Wasser und ließ ihn am Ende einer kurzen an der Boje befestigten Leine treiben. Karl richtete sich auf und klatschte mit der Hand aufs Steuerrad. »Du oder ich?«

»Ich«, sagte Maratse, wartete aber, bis sich Karl auf den Hecksitz niedergelassen hatte, bevor er die Zähne zusammenbiss und sich auf die Spule im Bug zubewegte. Er kniete sich auf zwei Taurollen, packte die Griffe auf den beiden Seiten und begann die Spule zu drehen. Hinter ihm zog Karl eine flache Plastikbox unter der Bank in der Mitte hervor, stellte sie vor sich und hakte das Gaff an der Angelschnur fest, während Maratse sie aus der Tiefe hochkurbelte. Das Boot drehte sich, und Karl ließ die Leine durch den Gummihandschuh gleiten, den er sich übergestreift hatte. Als der erste Heilbutt an die Oberfläche kam, rief Karl Maratse zu, er solle aufhören, machte den platten Fisch vom Haken und warf ihn in die Plastikbox.

So machten sie fünf Minuten – und sieben Fische – weiter, bis Maratse die Griffe aus den Händen glitten und die Leine ins Meer zurücksank. Trotz der Schmerzen in seinen Beinen stand Maratse auf, packte die Griffe und bremste das Auslaufen der Leine. Er ächzte unter ihrem Gewicht, als er erneut an der Spule zu drehen begann. Als er innehielt, um mit einer Hand den Reißverschluss seiner Jacke zu öffnen, spürte er in der Handfläche der anderen, wie der Griff vom Zug der Angelleine zu zittern begann. Die Abschürfungen, die die rostige Stange der Krankenwagenwerkstatt in den Furchen seiner Handteller hinterlassen hatte, gingen auf. Die Griffe färbten sich rot von seinem Blut, und wegen der enormen Kraftanstrengung geriet er heftig ins Schwitzen.

»Fühlt sich nach einem Hai an.« Karl schaute über die Seite des Boots, während sich Maratse, eine langsame Umdrehung nach der anderen, an der Kurbel abmühte.

»Kannst du ihn sehen?«, fragte Maratse in einer Pause.

»Irgendwas sehe ich.« Das Boot neigte sich nach Backbord, als Karl die Angelleine packte und daran zog. »Nur noch ein bisschen, dann erwische ich ihn mit dem Gaff.« Maratse schaffte drei weitere Umdrehungen, dann hörte er Karl nach Luft schnappen.

»Ist er jetzt zu sehen?« Maratse wartete auf eine Antwort, bekam aber keine. Er griff nach einem Seil mit einer Schlinge an einem Ende. Es war an der Kurbel befestigt, und Maratse legte die Schlinge um den gegenüberliegenden Griff, um das Rad zu fixieren. Als er sich umdrehte, kotzte Karl gerade seinen Morgenkaffee über das Dollbord, und Maratse starrte über Karls Mageninhalt hinweg auf die träge an der Oberfläche schlingernden Locken und Wellen langer schwarzer Haare.

»Hast du ein Handy, Karl?«

»Klar«, sagte Karl und fummelte sein Mobiltelefon aus

der Tasche. Er reichte es Maratse und tastete sich am Hecksitz entlang auf die Steuerbordseite.

Ohne sich um das Schaukeln des Boots zu kümmern, stieg Maratse über die Mittelbank, beugte sich über das Dollbord und starrte in das gletscherweiße Gesicht eines toten Mädchens, das am Ende der Leine trieb. Er fasste ins Wasser und drehte ihren Kopf nach oben. Die Augen fehlten, und der Schädel fühlte sich auf einer Seite weich an. Das Mädchen war jung und trug zu Maratses Verwunderung Winterkleidung. Die Leiche wies nämlich kaum Verwesungsspuren auf und war möglicherweise nur ein, zwei Wochen alt. Trotz der schweren Kopfverletzungen kam ihm das Mädchen bekannt vor, und er musste an das Foto denken, das er am Abend zuvor in den Nachrichten gesehen hatte. Er ließ den Kopf des Mädchens los und hangelte sich zur mittleren Sitzbank vor.

»Karl?«, sagte er. »Rauch mal eine Zigarette.« Karl nickte, und Maratse entsperrte die Tastatur des Handys und wählte die Nummer der Polizeistation in Nuuk.

9

Petra bemerkte den Polizeipräsidenten, sobald er durch die Tür des Großraumbüros kam, in dem ihr Schreibtisch stand. Er überragte die meisten Polizeibeamten von Nuuk. Die Leute fanden ihn sogar für einen Dänen sehr groß. Petra war in ihrem zweiten Ausbildungsjahr gewesen, als Lars Andersen zum Polizeipräsidenten von Grönland ernannt wurde. Schon vor seinem Amtsantritt hieß es, dass er kein Verständnis für Ignoranz und Inkompetenz hatte. Er blickte auf eine beeindruckende Polizeikarriere in Dänemark zurück, einschließlich eines kurzen Auslandsaufenthalts in Nicaragua. Dass er jedoch an leichter Legasthenie litt, wussten nur er und Petra. Polizeikadetten absolvierten ihr zweites Ausbildungsjahr an der Polizeiakademie in Nuuk und machten anschließend unter der Aufsicht eines Mentors in den unterschiedlichsten Teilen des Landes ein Praktikum. Petra hatte ihres in Nuuk absolviert und den Polizeipräsidenten eines Tages dabei überrascht, wie er sich mühsam durch einen Stapel ausführlicher Berichte kämpfte. Sie bot ihm ihre Hilfe an, und er war beeindruckt, wie leicht ihr das Lesen fiel und wie firm in dänischer Grammatik sie war.

Als der Polizeipräsident auf ihren Schreibtisch zukam, musste sie lächeln bei dem Gedanken, wie dankbar er damals für ihre Hilfe gewesen war.

Der Polizeipräsident lächelte allerdings nicht. Er nickte zur Begrüßung, zog sich von einem anderen Schreibtisch einen Stuhl heran und setzte sich. Er schlug ein langes Bein über das andere und sagte: »Ich brauche ein Update über den Fall Tinka Winther.«

»Okay.« Petra schlug ihr Notizbuch auf und überflog ihre Notizen. »Der Letzte, der Tinka gesehen hat, war ihr Vater, Martin Winther. Ich habe gestern mit ihm gesprochen. Er dachte, sie wäre bei einer Freundin. Kaka Satorana. Aber das Mädchen hat zugegeben, dass das nicht gestimmt hat.«

»Sie hat Tinka gedeckt?«

»Ja, in Wirklichkeit wollte Tinka auf eine Party gehen. Kaka hat gesagt, dass Tinka dort einen Mann treffen wollte und schon ganz aufgeregt war.«

»Einen älteren Mann?«

Petra nickte. »Ja, Kaka hat gesagt, er war schon älter.«

»Irgendwelche Hinweise auf den Mann?«

»Nein, aber …« Petra klappte ihr Notizbuch zu.

»Aber? Haben Sie einen Verdacht?«

»Na ja, schon.« Sie öffnete die oberste Schublade ihres Schreibtischs und legte die Fotokopie eines Zeitungsartikels vor den Polizeipräsidenten. »Das hat gestern jemand auf meinen Schreibtisch gelegt.«

»Was steht da drin?«, fragte Andersen leise.

»Es geht um die Partykultur in Grönland.«

»In Grönland gibt es eine Partykultur?«

»Ja, in bestimmten Politikerkreisen.« Petra zögerte. »Der Artikel ergeht sich in zahlreichen Andeutungen, nennt aber keine aktuellen Namen, nur welche aus der Zeit vor der Jahrtausendwende.«

»Sie haben also den Verdacht, dass sich Tinka mit einem Politiker getroffen hat?«

»Ich glaube, deshalb hat das jemand auf meinen Schreibtisch gelegt.«

»Irgendeine Idee, wer das gewesen sein könnte?«

»Wer mir den Artikel hingelegt hat?«

»Ja. Aber auch, wer der Politiker war. Haben Sie da schon jemanden im Auge?«

Petra schaute über die Schultern des Polizeipräsidenten. Drei ihrer Kollegen arbeiteten an ihren Schreibtischen, und ein vierter kam mit einem Bericht in der einen Hand und einem Kaffee in der anderen zur Tür herein. Petra spürte ein Zwicken im Magen.

»Petra?«

»Können wir …« Sie deutete mit dem Kopf auf das verglaste Besprechungszimmer an der Seite des Großraumbüros. Sie stand auf und bedeutete Andersen, ihr zu folgen. Petra konnte sich gut vorstellen, wie die Aktivitäten an den Schreibtischen ihrer Kollegen ins Stocken gerieten, als sie die Tür des Besprechungszimmers öffnete. Sie schloss sie hinter Andersen, drückte die Handflächen aneinander und tippte mit den Fingerspitzen auf ihre Lippen.

»Jetzt ist uns jedenfalls die ungeteilte Aufmerksamkeit der ganzen Dienststelle sicher, Petra. Halten Sie das wirklich für eine gute Idee? Wir sind hier schließlich in Grönland, Betjent, nicht in Hollywood.« Der Polizeipräsident setzte sich an den Tisch und streckte die Beine aus. »Andererseits ist die Sache politisch sicher höchst brisant. Deshalb kann es wahrscheinlich nicht schaden, vorsichtig zu sein.«

»Danke.«

»Haben Sie schon einen Namen?«

»Ich habe einen Namen und ein Datum und einen Ort.«

Andersen zog die Augenbrauen hoch. »Ich höre.«

»Das sind natürlich alles nur Vermutungen«, sagte Petra. Der Polizeipräsident kreiste mit dem Zeigefinger, worauf sie fortfuhr: »Malik Uutaaq war letztes Wochenende wegen eines Meetings in Ilulissat. Habe ich von seiner Sekretärin bestätigt bekommen.«

»Tinka besucht das Gymnasium in Aasiaat, richtig?«

»Ja, im zweiten Jahr. Sie war krank und war zu Hause bei ihrem Vater in Ilulissat.«

»Dann war sie also zur gleichen Zeit in Ilulissat wie Malik Uutaaq.«

»Ja.«

»Uutaaq ist doch verheiratet?«, fragte er, worauf Petra nickte. Andersen stand auf. »Was die Beweislage angeht, lässt sich damit nicht viel anfangen.«

»Es ist ja auch nur eine Vermutung, ausgelöst von einem Zeitungsartikel, den mir jemand auf meinen Schreibtisch gelegt hat.«

»Und wer könnte das gewesen sein?«

»Keine Ahnung.«

»Wie auch immer, wenn in diesem Zusammenhang mehr ans Licht kommt, sollten Sie vielleicht mal mit Uutaaqs Frau reden.« Andersen seufzte, ging ans Fenster des Besprechungszimmers und schaute aufs Meer hinaus. Die Wolken hatten die gleiche Farbe wie das Wasser und wälzten sich, begleitet von dichten Regenschwaden, auf das Land zu. »Im Regierungsgebäude nebenan ist ein Meeting anberaumt«, sagte er. »Sie und ich treffen uns dort mit Nivi Winther und ihrem Assistenten. Er heißt Daniel, glaube ich.«

»Daniel Tukku«, sagte Petra.

»Richtig. Wir sind zwar etwas spät dran, aber ich wollte vorher noch allein mit Ihnen sprechen.« Er ging zur Tür und öffnete sie. »Ach, und ich habe Gaba Alatak gebeten, ebenfalls zu kommen.«

»Warum?«, fragte Petra und blieb an der Tür stehen. Ihr Magenzwicken steigerte sich zu einem flauen Gefühl.

»Weil er als Leiter des Sondereinsatzkommandos eine Respektsperson ist. Ich möchte der Ministerin das Gefühl vermitteln, dass wir unsere besten Leute auf die Sache ansetzen. Sie eingeschlossen, Betjent.«

»Jawohl«, hauchte Petra, als sie dem Polizeipräsidenten aus dem Besprechungszimmer zur Treppe folgte. »Aber musste es unbedingt Gaba sein?«

»Habe ich etwas nicht mitbekommen?«, fragte Andersen, als er die Treppe hinunterstieg. Trotz der bleiernen Schwere in ihrem Magen versuchte Petra, mit ihm Schritt zu halten.

»Wir waren mal ein Paar«, sagte sie. »Bis er fand, dass jüngere Frauen interessanter sind.«

»Das scheint zurzeit weit verbreitet zu sein.«

»Allerdings.«

Der Polizeipräsident blieb kurz stehen, um einem jungen Polizisten, der gerade aus seinem Vaterschaftsurlaub zurückkam, die Hand zu schütteln. Petra wartete, als der stolze Vater ein Foto aus seiner Geldbörse fummelte. Der Polizeipräsident klopfte ihm lächelnd auf die Schulter und wünschte ihm alles Gute. Dann winkte er Petra, und sie gingen durch den Haupteingang in den Regen hinaus.

»Was ich Sie noch fragen wollte«, sagte er, als sie die kurze Strecke zum Regierungsgebäude hinüberliefen. »Wie geht es Betjent Maratse?« An der Tür blieb Andersen stehen und hielt sie Petra auf.

Petra strich den Regen aus ihren Haaren, wischte sich die Hände an ihrer Jacke ab und nickte. »Alles in allem ganz passabel. Er ist gestern nach Inussuk geflogen.«

»Wo ist das?« Der Polizeipräsident ging voran zum Lift.

»Am Uummannaq-Fjord, von Ilulissat noch ein Stück die Küste hoch.«

»Und was wird er dort machen?«

»Er sagt, er will fischen und jagen«, sagte Petra. Als der Lift kam, zögerte sie, bevor sie ihn betrat.

»Aber sicher sind Sie da nicht?«

»Nein. Er hat starke Schmerzen. Laut Aussagen der Ärzte

hat er schwere Nervenschädigungen erlitten, als sie ihn gefoltert haben.«

»Betjent«, sagte der Polizeipräsident ruhig, als die Tür zuging. »Das sind vertrauliche Informationen. Ich habe Ihnen das nur erzählt, weil ich jemanden gebraucht habe, der sich um Maratse kümmert.«

»Das ist mir durchaus klar, Chef.«

»Deshalb erwarte ich, dass niemand zur Sprache bringt, was tatsächlich mit Maratse passiert ist, wenn wir über ihn sprechen, vor allem nicht in diesem Gebäude.«

»Jawohl. Tut mir leid.«

»Dann sind wir uns da also einig. Gut. Aber jetzt wird es ernst. Ich werde Sie der Premierministerin gleich als eine von Grönlands fähigsten Polizistinnen vorstellen.«

»Danke«, sagte Petra, und als die Tür aufging, fragte sie: »Und Gaba?«

»Reine Dekoration. Außer wir brauchen seine Einheit. Er wird in dieser Sache nichts zu sagen haben. Es ist Ihr Fall, und Sie sind einzig und allein mir unterstellt. Direkt.«

»Aber ich bin nur eine Betjent«, sagte Petra, als sie aus dem Lift in den Flur hinaustraten.

»Nicht mehr«, sagte der Polizeipräsident. Sie blieben vor Nivi Winthers Büro stehen. »Herzlichen Glückwunsch, Kommissær.« Er schüttelte ihr die Hand. »Ihre Prüfungsergebnisse sind heute Morgen eingegangen. Die offiziellen Bescheinigungen werden Sie bis heute Abend auf Ihrem Schreibtisch finden.« Er zwinkerte, klopfte an die Tür und öffnete sie.

Die Worte des Polizeipräsidenten weckten zwiespältige Gefühle in Petra. Dass sie bei der Kommissærprüfung gut abgeschnitten hatte, wusste sie, aber es jetzt vom Polizeipräsidenten bestätigt zu bekommen, machte es erst richtig real. Petra gestattete sich ein verhaltenes Lächeln, bevor sie das Büro betrat. Sie warf einen kurzen Blick auf Gaba, der imposant wie immer aussah, dann auf die Premierministerin. Nivi Winther hatte offensichtlich beschlossen, sich nicht zu schminken, und beim Anblick der in ihre Augen tretenden Tränen hielt Petras das für eine kluge Entscheidung.

»Das ist Kommissær Jensen«, sagte der Polizeipräsident und winkte Petra an den Schreibtisch. Sie schüttelte Nivi Winther die Hand, ihrem Assistenten Daniel, der hinter der Premierministerin stand, nickte sie zu. »Petra ist für Vermisstenmeldungen zuständig und wird mir in dieser Angelegenheit Bericht erstatten.«

»Und er?«, sagte Daniel mit einem Blick auf Gaba.

»Gaba ist auf meine Bitte hier. Ich möchte, dass er für den Fall, dass wir ihn brauchen, auf dem Laufenden ist.«

»Warum könnten wir ihn brauchen?«, fragte die Premierministerin. »Was ist sein Ressort?«

Gaba trat vor. »Ich leite das Sondereinsatzkommando Falls wir Ihre Tochter finden, sind wir vielleicht auf meine Einheit angewiesen.«

»Falls?«, sagte Nivi. »Das verstehe ich nicht.«

»Das ist ein extrem brisanter Fall, Frau Premierministerin«, sagte der Polizeipräsident. »Wären wir in Amerika, und die Tochter des Präsidenten wäre verschwunden, nun, ich glaube, wir können uns alle vorstellen, wie sie dort drüben reagieren würden.«

»Und hier?«, fragte Daniel.

»Das ist Grönland«, sagte der Polizeipräsident. »Wir haben keinen Präzedenzfall für so etwas, aber ich möchte Ihnen versichern, dass wir diese Sache sehr ernst nehmen und alles in unserer Macht Stehende tun, um die Tochter der Premierministerin zu finden.«

»Ach, tun Sie das?«, fragte Daniel Tukku.

»Allerdings.«

»Daniel, nicht«, sagte die Premierministerin.

»Schon gut, Nivi«, sagte Daniel. »Ich möchte nur sichergehen, dass sie wirklich alles in ihrer Macht Stehende tun. Haben Sie schon irgendwelche Anhaltspunkte?«

»Ich kann Ihnen versichern, dass wir intensive Nachforschungen über Tinkas Verschwinden anstellen.«

»Und Sie haben noch keine Verdächtigen?«

»Daniel«, ging die Premierministerin dazwischen. »Bitte lass das.«

Ihr Assistent wandte sich ihr zu und sagte: »Das ist aber wichtig. Ich muss es fragen.«

»Und ich habe gesagt, dass ich das nicht will.«

Petra beobachtete, wie die Premierministerin versuchte, ihre Atmung unter Kontrolle zu bringen. Sie sah den Polizeipräsidenten an, öffnete den Mund, um etwas zu sagen, schloss ihn aber sofort wieder, als er mit einer kurzen Handbewegung zur Vorsicht mahnte.

»Hier geht es nicht um einen Artikel, Nivi, hier geht es um deine Tochter.« Daniel machte einen Schritt auf seine Chefin zu und legte die Hand auf ihre Schulter. Er sah den Polizeipräsidenten an. »Was ist mit Malik Uutaaq?«

»Was soll mit ihm sein?«

»Es gab Andeutungen, dass ihn Tinka auf einer Party kennengelernt hat und dass sie möglicherweise ...« Er hielt inne, um Nivis Schulter zu drücken, und artikulierte stumm das Wort »Entschuldige«. Als sie nickte, fuhr er fort: »Sie könnten einige Zeit miteinander verbracht haben. Sie könnten intim geworden sein.«

Der Polizeipräsident nickte und wandte sich seinen Beamten zu. Als Petra vortrat, machte er ihr Platz und winkte sie an den Schreibtisch.

»Haben Sie einen Zeugen, der bestätigen kann, dass Malik Uutaaq mit Ihrer Tochter zusammen war, Frau Winther?«

Petra wartete, während Nivi ihren Assistenten ansah, worauf dieser sagte: »Wir wissen zumindest, dass er zur gleichen Zeit wie Tinka in Ilulissat war.«

»Ja, das haben wir auch bestätigt bekommen.«

»Heißt das, Sie haben bereits mit Malik gesprochen?«, fragte Daniel.

»Nein.«

Daniel ließ Nivis Schulter los und ging ans Fenster. Gaba machte einen Schritt zurück, um ihm Platz zu machen. Der Regen wurde stärker, und die sanften Rundungen des Katuaq-Kulturzentrums waren kaum mehr zu erkennen. Daniel sah Petra an. »Warum nicht?«

»Bloß weil Malik Uutaaq ein Mann ist und in Ilulissat war, ist er noch kein Verdächtiger. Außerdem ist er Politiker. Wenn wir ihn ohne berechtigten Grund vernehmen, könnte das alles nur noch schlimmer machen.«

»Wie könnte es denn noch schlimmer werden?«, fragte Nivi. »Meine Tochter ist verschwunden. Seit dem Wochenende hat sie niemand mehr gesehen, vielleicht sogar schon seit Freitagabend.«

»Das ist mir durchaus bewusst«, sagte Petra. »Aber solange wir keinen Zeugen haben – oder irgendwelche Hinweise, die Ihre Tochter mit Malik Uutaaq in Verbindung bringen, laufen wir Gefahr, einen Mediensturm auszulösen, und man würde Ihnen vorwerfen, das Verschwinden Ihrer Tochter dazu zu verwenden, einen politischen Gegner in Misskredit zu bringen.«

»Das nenne ich politisches Verständnis, Kommissær«, sagte Daniel. »Danke. Aber wenn wir Ihre politische Meinung wollen, fragen wir Sie danach, nicht schon vorher. Deshalb schlage ich vor, Sie konzentrieren sich auf Ihre polizeilichen Aufgaben und nicht auf Ihren offenkundigen Hang zu politischen Kommentaren.«

Petra spürte, wie sich ihre Wangen röteten, und sah hilfesuchend den Polizeipräsidenten an, aber es war Gaba, der die Situation entschärfte und den Assistenten der Premierministerin in die Schranken wies.

»Kommissær Jensen macht ihre Arbeit. Sie zieht alle Eventualitäten in Erwägung und konzentriert sich auf die eine Person, für die sie bei diesen Ermittlungen verantwortlich ist: Tinka Winther. Deshalb schlage ich vor, Sie lassen sie ihre Arbeit machen oder stellen ihr die erforderlichen Beweise zur Verfügung, damit sie in der Richtung ermitteln kann, die Sie vorschlagen.« Gaba sah Petra an und bedachte sie mit einem kurzen Lächeln. Dann wandte er sich Daniel zu und wartete.

»Nivi?«, sagte Daniel.

»Ja«, sagte die Premierministerin und nickte.

»Danke, Kommissær Alatak. Ich kann Ihnen versichern, dass ich vollstes Vertrauen in Kommissær Jensens Fähigkeit habe, diese Ermittlungen zu leiten, und um in diese Richtung zu ermitteln, wie Sie es so schön ausgedrückt haben, möchte ich vorschlagen, dass sie mit Aarni Aviki spricht, dem Pressesprecher von *Seqinnersoq*.« Daniel richtete sich an Petra. »Ich glaube, er wird Ihnen den erforderlichen berechtigten Grund liefern, mit Malik Uutaaq zu sprechen, ohne ein politisches Erdbeben auszulösen, obwohl ich Ihre Rücksicht sehr zu schätzen weiß.«

»Danke«, sagte Petra und sah in der Absicht, ihr Mut zu machen, die Premierministerin an, als das Handy in ihrer Tasche zu vibrieren begann. Zum Zeichen, dass sie den Anruf entgegennehmen sollte, nickte Nivi, und Petra strich mit dem Daumen über das Display.

»Piitalaat«, meldete sich Maratse. Seine Worte knisterten im Wind. »Ich habe was gefunden.«

10

Malik Uutaaq machte den Fernseher an und ging auf den Teletext-Kanal von Grönlands staatlicher Sendeanstalt *Kalaallit Nunaata Radioa*. Währen der Kanal durch kurze Texte auf Grönländisch und Dänisch rödelte, schaltete er das Radio ein, schaute auf die Uhr und wartete auf die stündlichen Nachrichten. Aarni hatte gesagt, er sollte sich auf beunruhigende News gefasst machen, und er wäre bereits auf dem Weg zu ihm. Als Malik die dänische Version der Meldung über die Leiche eines Mädchens sah, die vor einer Stunde im Uummannaq-Fjord gefunden worden war, drehte er das Radio lauter und bekam die letzten Worte des Nachrichtensprechers über das Mädchen mit, bei dem es sich um Nivi Winthers Tochter handelte, bevor der Sender auf ein Telefoninterview mit dem Politiinspektør von Uummannaq umschaltete.

Als Aarni eintraf, saß Malik, den Kopf in die Hände gestützt, auf der Sofakante. Die Nachrichten waren vorbei und allem Anschein nach auch Maliks Hoffnungen auf eine Karriere in der Politik.

»Ich schmeiße hin«, sagte er, als Aarni ins Wohnzimmer kam.

»Das geht jetzt nicht. Das Land braucht eine starke Führung, und dafür bist du genau der richtige Mann.«

»Eine starke Führung?« Malik hob den Blick. »Und was ist, wenn jemand dem Land erzählt, dass sein Führer die letzte Person ist, die Tinka Winther lebendig gesehen hat? Kannst du mir vielleicht sagen, was dann passiert?«

»Dazu wird es aber nicht kommen.«

»Das hast du schon mal gesagt, Aarni. Deshalb solltest du mir das vielleicht ein bisschen genauer erklären.«

»Wenn du meinst.« Aarni ging in den Flur und schaute die Treppe hinauf. Als er zurückkam, schloss er die Wohnzimmertür. »Sind wir allein?«

»Ja.« Malik stand auf. »Die Kinder sind in der Schule, Naala auf der Arbeit.«

»Mach dein Handy aus.«

»Wieso?«

»Mach es einfach aus«, sagte Aarni. Er fand das Festnetztelefon in der Küche, folgte der Leitung zum Wandanschluss und zog den Stecker.

»Was soll das?«

»Vorsichtsmaßnahmen. Mehr nicht.«

Aarni schob einen Sessel an den Couchtisch und bedeutete Malik, sich aufs Sofa zu setzen. Der Schatten eines Lieferwagens glitt am Fenster vorbei, und Aarni stand auf, um die Jalousie herunterzulassen. Dann kehrte er unter Maliks fragenden Blicken zum Sessel zurück und setzte sich wieder.

»Was hast du gemacht?«, fragte Malik.

»Warte einfach.« Aarni holte tief Luft und lockerte die Krawatte um seinen Hals. Dann sah er Malik an und fuhr fort: »Die Dinge überstürzen sich gerade. Ich versuche, der Entwicklung immer einen Schritt voraus zu sein, aber du musst verstehen …«

»Komm endlich zur Sache. Sofort.«

»Na gut.« Aarni wischte sich mit der Hand übers Gesicht. »Also. Es ist folgendes passiert. Du warst letzte Woche, wie geplant, in Ilulissat.«

»Und ich bin am Samstagnachmittag zurückgekommen.«

»Genau, nach der Party am Freitagabend. Wo du dich mit Tinka Winther getroffen hast.«

»Ich wusste nicht, wer sie ist, Aarni. Ich schwör's dir.«

»Schon klar, aber du hast dich mit ihr getroffen, und jemand hat euch zusammen gesehen. Das weiß ich, weil ich Samstagmittag einen Anruf erhalten habe. Noch bevor du in Nuuk gelandet bist.«

Malik stand auf und ging ans Fenster, wo er sich neben der Jalousie an die Wand lehnte und durch einen Spalt zwischen den Lamellen auf die Straße hinausspähte. Er tippte mit den Fingern auf seinen Oberschenkel.

»Der Anrufer war ein Mann«, fuhr Aarni fort, »aber die Verbindung war sehr schlecht – er hat Dänisch gesprochen, gutes Dänisch.«

»Was wollte er?«

»Er hat gesagt, er könnte das Problem aus der Welt schaffen, aber das würde einiges kosten.«

»Aarni«, sagte Malik und sah ihn durchdringend an. »Hast du jemanden bezahlt, Tinka Winther zu töten?«

»Nein.« Aarni schüttelte den Kopf. »Natürlich nicht.« Er deutete auf Malik. »*Wir* haben jemanden bezahlt, deine sexuellen Eskapaden zu vertuschen. Das ist alles, was *wir* getan haben.«

»Du sprichst von *wir*, Aarni. Meinst du damit die Partei? Ich kann mich nämlich nicht erinnern, dir mal Geld gegeben zu haben, damit du ein Problem aus der Welt schaffst. Und das werde ich nötigenfalls auch vor Gericht sagen.«

»Das wird nicht nötig sein«, sagte Aarni lauter, als er erwartet hatte. Er schöpfte Atem und fuhr leise und in gemessenen präzisen Worten fort: »Man hat sich im Ausland für die Partei zu interessieren begonnen. Wir haben Ende letzter Woche eine Finanzspritze erhalten, und einen Teil dieses Gelds habe ich dafür verwendet, den Schlamassel aufzuräumen, den du angerichtet hast. *Wir*, die Partei, stecken da alle zusammen drin.«

»Wann wolltest du mir von dem Investor erzählen?«

»Am Montag. Aber stattdessen musste ich mich hiermit herumschlagen.« Er deutete auf den Text auf dem Bildschirm. »Als wir Dienstagmorgen zusammen Kaffee getrunken haben, habe ich eine Textnachricht bekommen, dass das Problem gelöst ist.«

»Auch, dass Tinka tot ist?«

»Nein. Damit hätte ich nie gerechnet.«

»Und womit hast du gerechnet?«

»Keine Ahnung.« Aarni wurde bewusst, dass er wieder lauter geworden war. »Mit Geldforderungen vielleicht. Mit Drohungen. Mit irgendeiner Form von Erpressung. Das schien mir das Wahrscheinlichste. Ich habe mit nichts anderem gerechnet, als dass das Problem aus der Welt geschafft wäre und wir weitermachen könnten.«

»Und du hast nicht gewusst, dass es Tinka Winther war?«

»Doch, das habe ich gewusst. Das hat mir der Mann am Telefon gesagt. Deshalb musste ich etwas unternehmen. Von den anderen Mädchen«, sagte Aarni, als Malik den Getränkeschrank neben dem Fernseher öffnete, »hat dir keine Gefahr gedroht. Sie waren entweder zu betrunken oder zu stoned, um sich an dich zu erinnern.«

»Hast du sie gefragt?« Malik nahm zwei Gläser und eine Flasche Gin heraus, stellte alles auf den Couchtisch und füllte beide Gläser randvoll. Aarni schüttelte den Kopf, als ihm Malik mit zwei Fingern ein Glas zuschob. Malik zuckte mit den Achseln und trank beide Gläser leer.

»Ja, Malik, ich habe sie gefragt. Ich habe nach all deinen Eskapaden aufgeräumt. Ich habe sogar mit deiner Frau geredet.«

»Du hast was?« Malik prustete die letzten Tropfen Gin von seinen Lippen.

»Ich habe mit Naala geredet. Wir waren uns einig, dass du

ein Schwein bist. Wir waren uns aber auch einig, dass du das nächste Staatsoberhaupt Grönlands werden könntest und sie damit rechnen könnte, dass sich die Dinge zum Besseren ändern, sowohl finanziell als auch in eurer Ehe. Wir waren uns auch darin einig, dass es besser wäre, sich mit deinem Rumgevögle abzufinden, als die Kinder mit einer schmutzigen Scheidung zu belasten.«

»Wirklich sehr umtriebig, Aarni.« Malik griff nach der Ginflasche, schob sie aber wieder von sich. Er ließ sich in das Sofa plumpsen und den Kopf auf die Rückenlehne sinken. »Und jetzt bin ich der Hauptverdächtige in einem Mordfall.«

»Jetzt übertreibst du aber.«

»Ich bitte dich, Aarni. Es ist nur eine Frage der Zeit.« Malik schlenkerte die Hand Richtung Fernseher. »Dein geheimnisvoller Unbekannter wird mehr Geld verlangen. So ist es doch immer. Oder siehst du nie fern?«

Aarni stützte den Ellbogen auf die Sessellehne und legte das Kinn in die Handfläche.

»Aber das ist noch nicht alles, oder?«, sagte Malik.

»Daniel Tukku weiß, dass du mit Tinka zusammen warst.«

»Was?« Malik schnellte nach vorn und starrte Aarni an. »Du hast doch gesagt, wir hätten nichts zu befürchten.«

»Richtig. Und das haben wir auch nicht.«

»Wie stellst du dir das vor, wenn Nivi Winthers Assistent weiß, dass ich mit ihrer Tochter zusammen war?«

»Ganz einfach. Ich habe gestern Nachmittag eine Abmachung mit ihm getroffen.«

»Was für eine Abmachung?«

»Ich habe mich einverstanden erklärt, dass wir uns nicht mehr auf Grönländisch als Amtssprache versteifen und stattdessen am Sonntag auch über Themen wie Wohnungsnot und Arbeitslosigkeit diskutieren.«

»Glaubst du wirklich, zu dem TV-Duell kommt es noch? Nach allem, was passiert ist? Nivi ist nicht in der Verfassung für eine solche Debatte. Sie wird absagen. *Ich* würde absagen, wenn es Pipaluks Leiche wäre, die sie aus dem Meer gefischt haben.« Der Gedanke an seine Tochter ließ Malik mit einem Schlag nüchtern werden, und er stieß sich vom Sofa hoch. Er schraubte die Ginflasche wortlos zu und stellte sie in den Getränkeschrank zurück. Dann nahm er die Gläser vom Couchtisch und trug sie in die Küche. Er stellte den Wasserkocher an und suchte im Geschirrschrank nach zwei sauberen Tassen, bevor ihn Aarni unterbrach.

»Das TV-Duell wird stattfinden, und du wirst daran teilnehmen. Ich habe mich mit Tukku darauf geeinigt, dass er den Mund hält, wenn bei eurem Rededuell auch andere Themen zur Sprache kommen als unsere eigenen.«

»Darauf hast du dich eingelassen?«

»Ja«, sagte Aarni.

»Dann hast du gerade die Wahl für uns verloren. Sobald ich von unserer Linie abweiche, muss ich zu Themen Stellung beziehen, auf die ich nicht vorbereitet bin.«

»Vielleicht wärst du darauf vorbereitet, wenn du nicht so viel rumvögeln würdest.«

Malik hob den Finger und senkte ihn wieder. »Da hast du natürlich recht.« Er lehnte sich an die Küchentheke. »Trotzdem, Nivi wird sich wohl kaum dazu äußern, wenn sie überhaupt erscheint.«

»Ich glaube nicht, dass sie kommen wird«, sagte Aarni. »Ich vermute, dass Daniel sie vertreten wird. Ich glaube, er will sich das Mitgefühl der Wähler zunutze machen – und das Vakuum füllen, das jetzt wahrscheinlich in der Partei entstehen wird. Ich glaube, er will nicht nur am Sonntag für Nivi einspringen, sondern auch in Zukunft.«

»Ganz schön herzlos.«

»Nein«, sagte Aarni. »So ist es einfach in der Politik.« Er nahm seine Schlüssel aus der Tasche und deutete mit dem Kopf auf den neben dem Kochfeld dampfenden Wasserkocher. »Ich will keinen Kaffee. Ich fahre jetzt ins Büro zurück. Lass dein Telefon aus. Ich schicke dir eine Mail, wenn ich dich erreichen will.«

»Und was wirst du jetzt tun?«

»Ich schreibe eine Presseerklärung, in der ich Nivi Winther und ihrer Familie unser Beileid ausdrücke, und dann werde ich mit Tukku über das TV-Duell reden.«

»Einfach so.«

»Ja. Alles läuft weiter wie gehabt, Malik. Vergiss das nicht.«

Aarni ging aus der Küche, schloss die Haustür hinter sich und stieg in sein Auto. Wie am Tag zuvor war der Himmel bedeckt, aber es regnete nicht. Er ließ den Motor an und stieß rückwärts aus der Einfahrt. Als er auf dem Weg in die Stadt am ersten Kreisverkehr langsamer wurde, bemerkte er im Rückspiegel ein Polizeiauto. Er beschleunigte und jagte mit quietschenden Reifen um den Kreisverkehr und in eine Straße, die einen kleinen Abhang hinaufführte, bevor sie sich in einer weiten Kurve zum Zentrum von Nuuk hinabsenkte. Er schaute wieder in den Rückspiegel, stieg aufs Gas und schloss die Hände fester ums Lenkrad, als sich die blauen Lichter auf dem Dach des Polizeiautos zu drehen begannen und die Sirene losheulte.

Die Kurve war schärfer, als Aarni sie in Erinnerung hatte. Er versuchte, den Wagen am Ausbrechen zu hindern, doch das Lenkrad drohte seinen schweißnassen Händen zu entgleiten. Das Polizeiauto fiel etwas zurück, als Aarni auf die Gegenfahrbahn geriet. Der Fahrer des ersten der drei Wagen, die ihm entgegenkamen, bremste, sodass Aarni ihn nur seitlich mit der Stoßstange touchierte, bevor er unter lautem

Reifenquietschen selbst zum Stehen kam. Er versuchte, die Fahrertür zu öffnen, stand aber zu dicht am anderen Auto. Aarni versuchte, über die Handbremse auf den Beifahrersitz zu klettern, wurde aber vom Sicherheitsgurt und von einem groß gewachsenen Polizisten zurückgehalten, der durch das Beifahrerfenster ins Wageninnere schaute. Aarni kannte das Gesicht von Gaba Alatak nicht, der seine Oakley-Sonnenbrille zurechtrückte, bevor er ans Seitenfenster klopfte und ihm bedeutete, es zu öffnen.

»Das war ganz schön dämlich«, sagte Gaba, als Aarni auf den Knopf des Fensterhebers hinter der Handbremse drückte.

»Ich weiß«, sagte Aarni und versuchte, mit den Achseln zu zucken. Aber der Sicherheitsgurt hinderte ihn daran.

»Sind Sie Aarni Aviki?«

»Ja.«

»Ich suche schon die ganze Zeit nach Ihnen. Warum gehen Sie nicht ans Telefon?«

»Ich habe es ausgestellt.«

»Wirklich?« Gaba nickte. »Das finde ich jetzt aber interessant. Ein Pressesprecher, der sich selbst der Möglichkeit beraubt, mit der Öffentlichkeit zu kommunizieren.« Er schaute auf den entgegenkommenden Verkehr und dann zu seinem Kollegen, der mit dem Fahrer des anderen Autos sprach. »Vielleicht sollten wir erst mal das hier klären, bevor wir weiterreden, einverstanden?«

Aarni nickte und beobachtete, wie Gaba den Verkehr um die Unfallstelle in der Mitte der Straße leitete. Sein Kollege nahm die Aussage des anderen Fahrers zu Protokoll, dann trat er zurück, um mit seinem Smartphone ein paar Fotos zu machen, und winkte den Fahrer schließlich weiter. Dann klopfte er an Aarnis Fenster, forderte ihn auf auszusteigen und fuhr den beschädigten Wagen auf die Kiesfläche vor einem Grillrestaurant, während Gaba Aarni bat, zu ihm ins Polizeiauto zu steigen.

»So«, sagte er, als Aarni auf dem Rücksitz des Toyota Platz nahm und die Tür schloss. »Das wäre erledigt. Alles Weitere überlassen wir Ihrer Versicherung.«

»Okay«, sagte Aarni.

Der zweite Polizist öffnete die Fahrertür, setzte sich ans Steuer und nickte, als ihm Gaba sagte, sie zur Station zu fahren.

»Ich bin nicht für die Ermittlungen zuständig«, sagte Gaba zu Aarni, als sie vom Straßenrand losfuhren. »Aber bevor wir Sie zu der Kollegin bringen, die sie leitet, möchte ich Ihnen noch kurz sagen, wer ich bin.« Er senkte den Kopf und fing Aarnis Blick auf. »Ich bin sozusagen der Mann fürs Eingemachte. Ich werde geholt, wenn die Situation eine, wie soll ich sagen, körperlichere Herangehensweise erfordert, wenn Sie verstehen, was ich meine.«

»Ich weiß nicht, ob ich das tue.« Aarni versagte die Stimme, als Gaba den Kopf schief legte und grinste.

Gaba wandte sich seinem Kollegen zu und sagte: »Er versteht es nicht.«

Der Polizist schüttelte den Kopf. »Dann musst du wohl deutlicher werden, Boss.«

»Meinst du, eine direktere Herangehensweise wäre besser?«

»Auf jeden Fall.«

Als sie die Polizeistation erreichten, fuhr der Polizist langsamer, fand gegenüber vom Haupteingang einen Parkplatz und stellte den Motor ab. Er wartete, bis Gaba ausstieg, die hintere Tür auf der Fahrerseite öffnete und sich neben Aarni setzte.

»Mein Partner findet, ich soll ruhig etwas direkter sein. Wie wär's also damit?« Er stieß Aarni mit den Knöcheln in die Brust. »Ich bin der, den sie holen, um Leute zu verhaften, die unsägliche Dinge getan haben.« Er ließ seinen Knöchel tiefer gleiten, und Aarni schnappte nach Luft. »Festnahmen wie diese können brutal werden. Es lässt sich nicht immer vermeiden, dass so eine Situation aus dem Ruder läuft.« Er sah Aarni an. »Das kann schnell mal schmerzhaft werden.«

»Ich glaube«, stammelte Aarni. »Ich glaube, langsam verstehe ich, was Sie meinen.«

»Gut«, sagte Gaba und tätschelte ihm mit seiner mächtigen Pranke die Brust. »Nur dass Sie das nicht vergessen, wenn Sie mich wiedersehen. Okay?« Gaba stieg aus, öffnete Aarnis Tür und führte ihn in die Polizeistation, wo Petra an der Tür wartete.

»Was sollte das gerade?«, fragte sie mit einem Blick auf Aarni.

»Was?« Gaba zuckte mit den Achseln. »Ich weiß nicht, was du meinst. Du, Miki?« Letzteres war an seinen Partner gerichtet.

»Nein. Keine Ahnung, Boss.« Miki wandte sich Petra zu und sagte: »Jetzt gehört er dir.«

11

Das von der Polizei von Uummannaq gecharterte Hotelboot neigte sich auf die Seite, als Politiinspektør Torben Simonsen und sein Assistent Betjent Danielsen Tinka Winthers Leiche über die Reling an Bord hievten. Der Körper des Mädchens sank in sich zusammen, als das Wasser durch die offene Wunde in ihrem Schädel austrat und eine Pfütze unter ihren Kleidern bildete. Simonsen winkte Maratse zu sich. Karl startete den Außenbordmotor und manövrierte sein Boot am Rumpf des Hotelboots entlang, bis sich Maratse an der Öffnung in der Reling befand. Simonsen half ihm an Bord, und Karl drehte mit seinem Boot ab, um möglichst viel Abstand zwischen sich und das tote Mädchen zubringen.

»Betjent«, sagte Simonsen, während er darauf wartete, dass Maratse sein Gleichgewicht wiederfand. »Wir hatten noch nicht das Vergnügen, aber wir haben eine gemeinsame Bekannte.«

»Tatsächlich?«

»Fenna Brongaard.« Er nickte in Richtung Danielsen. »Ich gebe es nur ungern zu, aber sie hat uns beiden dieses Jahr mit ihrer Pistole eins übergezogen. Gefolgt von einem Schusswechsel im alten Schulhaus von Uummannatsiaq.« Simonsen deutete mit dem Kopf auf die Spitze einer Insel, die zwischen den Eisbergen in der Ferne kaum zu sehen war. Stirnrunzelnd warf er einen Blick auf Maratses Hand, die sich an die Reling klammerte, und sagte: »Wie es scheint, bin ich noch gut davongekommen.«

»Hmm«, brummte Maratse. Er zwang sich, nicht das Gesicht zu verziehen, und hangelte sich an der Reling entlang.

»Darüber sprechen Sie wohl nicht gern, Betjent?«

»Ich bin kein Betjent.«

»Vielleicht nicht mehr«, sagte Simonsen und stellte sich neben Maratse. Sie schauten auf die Tote hinab. »Wissen Sie, wer sie ist?«

»*Iiji*«, sagte Maratse. »Tinka Winther, die Tochter der Premierministerin.«

»Sie ist hier aus der Gegend. Aus Inussuk.«

»Ich weiß.« Maratse kniete mit zusammengebissenen Zähnen neben Tinkas Leiche nieder, um sich über ihren Kopf zu beugen und das Gesicht dicht an die offene Wunde in ihrem Schädel zu halten. So arbeitete er sich immer weiter nach unten vor und untersuchte, ohne sie zu berühren, ihren ganzen Körper.

»Könnte ein Bootsunfall gewesen sein«, sagte Simonsen, klopfte eine Zigarette aus einem Päckchen und bot sie Maratse an.

»Möglich.« Maratse schraubte die unangezündete Zigarette in die Lücke zwischen seinen Zähnen. Er musterte die Kleidung des Mädchens, zog die mit Wasser vollgesogene Canada-Goose-Jacke zur Seite und zupfte an der Fleece-Jacke, die sie darunter trug. Dann zog er sich an der Reling wieder hoch und sagte: »Keine Unterwäsche.«

»Nicht?«

»Und ihre Sachen sind ihr zu klein.«

»Die Jacke passt aber«, sagte Simonsen, reichte Maratse sein Feuerzeug und kniete neben dem Kopf des Mädchens nieder. Auf der Innenseite der Kapuze war, gerade noch sichtbar, ein Namensschild. Er bewegte Tinkas Kopf ein Stück zur Seite, um es lesen zu können. »Pipaluk Uutaaq.« Er sah Danielsen an. »Notieren Sie sich das.«

Danielsen schrieb etwas in sein Notizbuch und hielt es seinem Vorgesetzten hin.

»Uutaaq. Sagt Ihnen der Name was? Kommt mir irgendwie bekannt vor.«

»Der Politiker«, sagte Maratse und musste an Petras empörten Kommentar zu dem Zeitungsartikel denken.

»Malik Uutaaq?«

»*Iiji.*«

Simonsen stand auf, lehnte sich an die Reling und stippte die Asche seiner Zigarette ins Meer. Dann nahm er sein Feuerzeug wieder an sich, nachdem Maratse seine Zigarette damit angezündet hatte. »Was meinen Sie?«

»Ich bin kein Polizist. Ich sollte mich nicht dazu äußern.«

»Aber Sie waren einer, und ich frage Sie«, sagte Simonsen. »Außerdem haben Sie sie gefunden und, wie ich erfahren habe, zuerst in Nuuk angerufen und nicht bei mir.« Er starrte Maratse, der an seiner Zigarette zog, durchdringend an. »Würden Sie mir vielleicht mal erzählen, was da los ist, *Betjent*?«

Maratse schob die Hände in die Taschen des Overalls und paffte eine Rauchwolke in die Luft. Er musste daran denken, wie er Petra gesagt hatte, dass er nicht nach Ittoqqortoormiit zurückkehren könnte, weil er dort immer ein Polizist bleiben und wie ein solcher behandelt werden würde. Nach Inussuk zu ziehen, hatte aber auch nichts daran geändert. Er war immer noch Polizist, wenn auch inoffiziell. Er schnipste gegen den Filter der Zigarette und zuckte mit den Achseln.

»Ich habe Petra Jensen angerufen.«

»In Nuuk?«

»*Iiji.*«

»Warum?«

»Weil sie nach einem vermissten Mädchen sucht.« Maratse deutete mit dem Kopf auf Tinkas Leiche. »Nach ihr.«

»Und Sie sind sicher, dass das Tinka Winther ist?«

»Es ist dasselbe Mädchen wie in den Nachrichten.«

»Halten Sie das auch fest«, sagte Simonsen zu Danielsen. »Eigenartig, dass Sie so sicher sind, dass sie es ist.«

»Ich habe sie in den Nachrichten gesehen.«

»Ich auch. Aber ich erkenne sie nicht.« Simonsen nahm einen letzten Zug von seiner Zigarette und schnippte sie ins Wasser. »Zu unserem Glück – und Ihrem – kommt Nivi Winther morgen her.«

»Hmm.«

»Betjent Maratse.« Simonsen löste sich von der Reling. »Wenn Sie sich hier niederlassen und an meinen Ermittlungen beteiligen wollen, würde ich es begrüßen, wenn Sie etwas kooperativer wären.«

»Ich kooperiere doch.«

»Und setzen sich über mich hinweg.«

»Das habe ich Ihnen doch erklärt.«

»Richtig.« Simonsen hakte die Daumen in seinen Gürtel. »Aber das ist mein Zuständigkeitsbereich. Und wie Sie selbst gesagt haben, sind Sie nicht mehr bei der Polizei. Deshalb«, er beugte sich vor, »sollten Sie sich vielleicht mal über Ihre Prioritäten Gedanken machen. Andernfalls könnte mich das veranlassen, andere Aspekte dieses Falls stärker zu berücksichtigen.«

»Wie zum Beispiel?«

»Wie gelegen es Ihnen kommt, dass Sie derjenige sind, der das Mädchen gefunden hat …«

»Sie ist schon ein paar Tage tot.«

Ohne auf diesen Einwurf einzugehen, fuhr Simonsen fort: »Und das gleich an Ihrem ersten Tag in Inussuk.«

Maratse lehnte sich an die Reling, als das Boot von einer

leichten Welle gehoben wurde. Er starrte den Inspektør durch eine Wolke Zigarettenrauch an. »Geht es hier wirklich um mich?«

»An sich nicht«, sagte Simonsen. »Aber Sie wissen ebenso gut wie ich, dass Ermittlungen viele Richtungen einschlagen können, bevor sie zum Ziel führen.«

»Und Sie wollen gegen mich ermitteln?« Maratse schüttelte den Kopf. »Bloß weil ich zuerst in Nuuk angerufen habe?«

»Sie haben eine rätselhafte Vergangenheit, Betjent, mit einer Menge Leerstellen, über die anscheinend niemand sprechen will. Sie hatten mit einer Person von Interesse zu tun ....«

»Fenna Brongaard ...«

»Richtig. Dem Wenigen nach zu schließen, was ich darüber weiß, könnten Sie sogar gegen ein paar Gesetze verstoßen haben, um ihr zu helfen.«

»Und das bringt mich mit diesem Mädchen in Verbindung?« Maratse warf einen kurzen Blick zu der Leiche auf Deck. »Ein bisschen arg an den Haaren herbeigezogen.«

»Aber es ist alles, was ich im Moment habe«, sagte Simonsen lächelnd.

»Ich glaube, ich gehe jetzt lieber.« Maratse winkte Karl.

»Wir können Sie auch nach Inussuk zurückbringen. Der Umstieg auf Karls Boot ist nicht ganz ohne.«

»Das schaffe ich schon.«

»Aber natürlich.« Simonsen wartete, als Maratse sich erneut an der Reling entlanghangelte. »Aber vergessen Sie unser kleines Gespräch nicht, Betjent. Und denken Sie an Ihre Prioritäten.«

»Werde ich.« Maratse nickte Karl zu, als er den Gang des Außenborders herausnahm und gegen die Seite des Boots stieß. Er warf einen letzten Blick auf Tinkas Leiche, bevor

Danielsen sie mit einer Plastikplane zudeckte. Der Steuermann des Hotelboots wirkte erleichtert, als Maratse ihn ansah.

Maratse ließ sich zu Karls kleinem Boot hinab, und sobald er sich gesetzt hatte, legte Karl den Rückwärtsgang ein und manövrierte vom Hotelboot weg.

Simonsen steckte sich eine frische Zigarette an. »Ich melde mich, wenn ich Sie brauche«, rief er.

Maratse hielt sich am Sitz fest, als Karl eine scharfe Kurve fuhr und den Bug auf Inussuk richtete. Als das Boot Fahrt aufnahm, zupfte er die Kippe aus seiner Zahnlücke und schnippte sie ins Wasser. Karl steuerte schweigend auf die Siedlung zu und wich nur ab und zu vom Kurs ab, um im Wasser treibenden Eisbrocken auszuweichen oder einen großen Eisberg zu umfahren. Die Luft fühlte sich kalt an auf Maratses Wangen, und als er zu den dicken grauen Wolken über ihnen hinaufschaute, konnte er sich gut vorstellen, dass bald der erste Schnee des Jahres fallen würde. Als er Karl gegenüber eine entsprechende Bemerkung machte, zuckte der ältere Mann nur mit den Achseln. Ihn interessierte nur, nach Hause zu kommen. Zehn Minuten später schob sich der Rumpf des kleinen Boots holpernd auf den Strand.

»Lass ruhig«, sagte Karl, als ihm Maratse helfen wollte. »Um die Fische und die Ausrüstung kümmere ich mich. Reden können wir später.«

Maratse nickte und begann, sich über den Strand zu schleppen, worauf der kleine Hund, der im Sand unter der Veranda von Maratses Haus geschlafen hatte, auf ihn zugesprungen kam. Das dänische Mädchen spielte im Sand und sagte Hallo, als er die Treppe erreichte. Maratse scheuchte den Hund von seinen Füßen und lächelte.

»Ich bin Nanna«, sagte sie. »Mama ist drinnen. Sie hat einen Kuchen gemacht.«

»Mhmm«, sagte Maratse und begann, langsam und mit zusammengebissenen Zähnen die Treppe hinaufzusteigen. Er hob immer ein Bein nach dem anderen und setzte die Sohle eines schweren Gummistiefels auf die jeweils nächste Stufe, bevor er das Ganze wiederholte. Etwa auf halbem Weg die Treppe hinauf, öffnete die Mutter des Mädchens die Tür und winkte.

»Hat Nanna dich zum Kuchen eingeladen?«, fragte sie.

»*Iiji*«, sagte Maratse.

»Wirst du kommen?«

»Erst muss ich duschen.«

»Klar. Aber nach der Dusche? Der Kuchen ist gut.« Sie lächelte. Maratse sah Mehl an ihren Wangen und an ihrer Hose. Sie wischte es ab, und er nickte. »Super. Ich mache frischen Kaffee.«

Maratse winkte und setzte seinen Aufstieg fort. Der Hund schnappte nach den Absätzen seiner Stiefel, als er sich am Geländer abstützte, um sie abzustreifen. Dann kickte er sie über die Veranda, um den Hund von sich abzulenken, und ging ins Haus. Er schaute die Treppe zum Obergeschoss hinauf, wo das Badezimmer war, und runzelte angesichts des nicht sehr stabilen Geländers die Stirn. Er öffnete den Reißverschluss des Overalls und schälte sich aus ihm heraus. Bevor er sich daran machen konnte, die Treppe hinaufzusteigen, läutete das Telefon. Er humpelte ins Wohnzimmer zurück, nahm ab und setzte sich aufs Fensterbrett.

»Piitalaat«, sagte er.

»Woher wusstest du, dass ich es bin?«

»Du bist die Einzige, die meine Nummer hat.« Maratse überlegte kurz. »Nicht mal ich weiß sie.« Er grinste, als er Petra lachen hörte.

»Ich rufe wegen was Dienstlichem an.«

»*Iiji*.«

»Ich werde gleich mit Aarni Aviki reden.«

»Wer ist das?«

»Uutaaqs Pressesprecher. Wir glauben, er kann bezeugen, dass Malik mit Tinka zusammen war, bevor sie verschwunden ist.«

»Piitalaat.«

»Ja?«

»Warum erzählst du mir das?«

»Weil …« Petra verstummte, und Maratse vermutete, dass sie sich gerade dieselbe Frage stellte. Er hörte sie seufzen, dann sagte sie: »Ich vertraue dir, und ich muss einfach mit jemandem reden.«

»Bei dir alles okay?«

»Ja.« Sie zögerte. »Aber die Presse wird durchdrehen, wenn sie von dem toten Mädchen erfahren. Vor allem, wenn es Tinka Winthers Leiche ist, die ihr aus dem Meer gefischt habt.«

»Sie ist es«, sagte Maratse.

»Ganz sicher?«

»*Iiji.*«

Darauf sagte Petra lange nichts. Maratse wartete. Er beobachtete den Hund, der auf der Veranda an einem von Karls Stiefeln nagte. Maratse klopfte ans Fenster und knurrte. Der Hund schaute auf und setzte seine beste Unschuldsmiene auf, mit großen Augen und leicht zur Seite geneigtem Kopf. Maratse knurrte noch einmal, worauf sich der Hund aufrichtete und ans andere Ende der Veranda trollte.

»David?«, fragte Petra. »Hast du gerade geknurrt?«

»Ich habe einen kleinen Hund.«

»Das ging aber schnell.«

»Es war nicht meine Entscheidung«, sagte er und runzelte die Stirn, als er merkte, dass er ihn demnächst würde füttern müssen.

»Aber du lebst dich ein. Ich meine, du warst fischen und …«

»Du kriegst das schon geregelt, Piitalaat«, sagte Maratse.

»Ich weiß, aber du fehlst mir einfach.«

»Wir reden bald miteinander.« Maratse wartete, dass sich Petra verabschiedete, dann legte er den Hörer auf die Gabel des uralten Apparats. »Wie ich mich fühle«, brummte er und schaute zur Treppe. Wie alt würde er sich fühlen, wenn er sie hinaufstieg? Er roch am Kragen seines Hemds und fand, dass er es versuchen sollte.

Maratse wurde von Bildern von Tinkas Leiche verfolgt, als er sich die Treppe hinaufmühte. Froh, etwas zu haben, womit er seinen Verstand beschäftigen konnte, kaute er die Details durch, und dann noch einmal von vorne, als er an der fremden Dusche herumdrehte und sich hinterher mit einem Handtuch abtrocknete.

Am meisten Kopfzerbrechen bereitete Maratse Tinkas Kleidung: dass sie Wintersachen trug, obwohl sie laut Petra erst vor ein paar Tagen verschwunden war. Ein weiteres eigenartiges Detail war das Namensschild. Damit befasste sich Maratse, als er nackt, bis auf das Handtuch um seinen Hals, die Treppe hinunterstieg. Als er unten ankam, lehnte er sich zum Ausruhen kurz an die Wand der Diele, bevor er ins Wohnzimmer weiterging und sich aufs Sofa plumpsen ließ. Er schlüpfte in sein verschwitztes Hemd und die Jogginghose und nahm sich vor, am nächsten Morgen im Laden ein paar Klamotten zu kaufen, wenn sie dort etwas Brauchbares hatten. Der Gedanke an frischen Kaffee ermutigte Maratse, Tinka eine Weile zu vergessen und seine Nachbarn kennenzulernen. Er ging zur Tür, schlüpfte mit seinen bloßen Füßen in die Stiefel und verließ das Haus. Zur Sicherheit knurrte er den Hund noch einmal an und grinste in sich hinein, als er sich ans andere Ende der Veranda zurückzog.

Vom Strand auf die Veranda des Nachbarhauses war es nur eine Stufe, ein Fakt, den Maratse zu schätzen wusste. Er klopfte an die Tür und lächelte, als ihm das kleine Mädchen öffnete.

»Hallo«, grüßte er sie und ging, als sie die Tür weit aufstieß und sich dagegen lehnte, an ihr vorbei ins Haus.

»Mach schön Platz, Nanna«, rief ihre Mutter aus der Küche. Das Haus war ganz ähnlich wie das von Maratse, aber anders als in seinem waren die Fensterbänke voll mit Flügeln, Knochen, Muscheln, Steinen und Tierschädeln. Er betrachtete die Sammlung, als ihn Nanna zu einem Stuhl an einem Tisch am Fenster führte. Sie reichte ihm alle möglichen Gegenstände und erklärte ihm, worum es sich dabei handelte, wann und wo sie sie gefunden hatten und was ihre Mutter und ihre Freundin damit machen würden.

»Mami ist Künstlerin«, erklärte sie Maratse und legte ihm eine Rabenklaue in die Handfläche.

»Hmm.« Maratse befühlte die Klaue mit dem Daumen.

»Das stimmt leider.« Nannas Mutter stellte eine Platte mit einem großen Kuchen auf den Tisch, kehrte aber sofort wieder in die Küche zurück, um Kaffee, Tassen und Teller zu holen. Sie bat Nanna, die Milch aus dem Kühlschrank zu holen, und versetzte ihr mit der Fußspitze einen leichten Stups, als sie an ihr vorbeiging. »Das müsste eigentlich alles sein«, sagte sie und setzte sich. Sie lächelte Maratse an, reichte ihm die Hand und sagte: »Ich bin Sisse. Meine Partnerin, Klara, ist irgendwo am Strand unterwegs.«

»Maratse.«

Sisse runzelte die Stirn. »Nur *Maratse*?«

»David«, fügte er hinzu.

»Bist du Polizist, David?« Sisse beobachtete, wie Nanna die Milch auf den Tisch stellte. Sie zog einen Stuhl heraus und half ihrer Tochter, sich darauf zu setzen. »Das haben wir nämlich gehört.«

»Ich war einer.«

»Und jetzt?«

»Bin ich pensioniert«, sagte er und nickte, als ihm Sisse Kaffee einschenkte.

»Wie bist du darauf gekommen, dich in Inussuk niederzulassen? Hast du hier Familie?«

»Aus purer Bequemlichkeit. Eine Krankenschwester hat mir erzählt, dass hier ein Haus frei ist.«

»Eine Krankenschwester? Warst du im Krankenhaus?«

»*Iiji.*« Maratse legte die Rabenklaue auf die Fensterbank zurück.

»Ist das Ostgrönländisch?«, fragte Sisse und versuchte zu wiederholen, was Maratse gesagt hatte.

»An der Ostküste heißt das *Ja.*«

»Ist ja interessant.« Sisse half Nanna, Milch in ihre Tasse zu gießen, und strich ihr mit der Hand durchs Haar. »Wir haben den Eindruck, dass es jedes Mal, wenn wir – auf Dänisch – Nachrichten hören, ausschließlich um die Sprache geht und dass man nie ein richtiger Grönländer werden kann, wenn man nicht Grönländisch spricht. Findest du das auch, David?«

Maratse nahm einen Schluck Kaffee, während Sisse drei Scheiben Kuchen abschnitt. Er musste an Petra denken, und wie die aktuelle Diskussion ihrem Selbstverständnis zu schaffen machte. Eine gute Polizistin, eine gute Person, eine gute *Grönländerin*, und trotzdem war sie gezwungen, sich jeden Tag bis zur Wahl – und vielleicht den Rest ihres Lebens – über ihre Stellung in ihrem Land und ihrer Kultur Gedanken zu machen. Sisse hob eine Schnitte Kuchen auf einen kleinen Teller und schob ihn Maratse über den Tisch hinweg zu. Sie reichte ihm einen Teelöffel und versuchte dann, seinen Blick aufzufangen, weil sie auf seine Antwort gespannt war.

»Ich rede nicht gern über Politik«, sagte er.

»Aber egal, ob im Radio oder im Fernsehen, im Moment geht es um nichts anderes mehr. Man kann diesem Thema gar nicht entkommen.«

Maratse zuckte mit den Achseln. »Ich höre kein Radio, und einen Fernseher habe ich nicht.«

»Was machst du dann in Sachen Unterhaltung?«

Maratse trennte ein Stück Kuchen ab und schob es, als es ihm vom Teelöffel rutschte, mit dem Daumen wieder darauf. Er nickte in Richtung Fenster und deutete mit der Löffelspitze auf die Eisberge, die Berge und das Meer. »Und wenn es dunkel ist«, sagte er und schob sich den Kuchen in den Mund, »lese ich.«

Nanna verschüttete etwas Milch und holte aufgeregt einen Lappen aus der Küche, um sie aufzuwischen. Froh über die Ablenkung und zufrieden damit, aus dem Fenster zu schauen, aß Maratse seinen Kuchen. Sisse half ihrer Tochter, den Tisch sauber zu machen, und Maratse nahm einen Schluck von seinem Kaffee, um nach einem kleinen Flecken Ruhe in dem Wörtersturm zu suchen, den Dänen zu brauchen schienen, wenn sie mit anderen aßen. Aber selbst als Nanna ihre Mutter in die Küche zog, um den Lappen sauber zu machen, war er nicht allein am Tisch, weil ihn Bilder von Tinka verfolgten, und er fragte sich, ob dieser Teil seines Hirns, der Teil, der immer ein Polizist bleiben würde, jemals zur Ruhe kommen würde, selbst an einem so kleinen und abgeschiedenen Ort wie Inussuk.

12

Petra steckte ihr Handy ein und betrat das Besprechungszimmer. Sie schloss die Tür und bot Aarni Aviki etwas Heißes zu trinken an. Als er ablehnte, schenkte sie sich aus einer Thermoskanne eine Tasse Kaffee ein und setzte sich an den Tisch. Sie musterte seine Hände, als sie ihr Notizbuch und ein kleines digitales Diktiergerät zwischen ihnen auf den Tisch legte. Der Pressesprecher von *Seqinnersoq* begann, an seinem Daumennagel zu zupfen. Petra beobachtete ihn, trank ihren Kaffee und wartete. Es war Aarni, der als Erster das Wort ergriff, auf Grönländisch.

»Ich möchte einen Dolmetscher.«

Petra schaltete das Diktiergerät ein und sagte: »Können Sie das auf Dänisch wiederholen?«

»Ich habe um einen Dolmetscher gebeten.«

»Aber Sie sprechen doch perfekt Dänisch, Herr Aviki.«

»Ich habe ein Recht auf einen Dolmetscher.«

Petra schob den Kaffee beiseite und machte sich eine Notiz auf ihrem Block. »Es wundert mich, dass Sie keinen Anwalt verlangen.« Sie blickte zu ihm auf. »Wäre das vielleicht angemessener?«

Aarni hörte auf, an seinem Daumennagel zu knibbeln und verzog das Gesicht. »Sie sind eine von denen.« Er wechselte auf Dänisch. »Den Dänisch sprechenden Grönländern.«

Petra nahm den Stift in ihre Finger und atmete geräuschvoll ein. »Viele Grönländer sprechen Dänisch, Herr Aviki.«

»Ja, aber die haben gemischte Eltern. Was ist Ihre Ausrede?«

»Ich glaube nicht, dass ich eine brauche«, sagte Petra. Sie hielt kurz inne, um sich zu fassen. Wenn sie nicht aufpasste, merkte sie, konnte sie dieser Mann leicht vom Thema abbringen.

»Ich habe gehört, Sie sind hier in Nuuk in einem Kinderheim aufgewachsen«, sagte er.

»Herr Aviki«, sagte Petra und tippte mit ihrem Bleistift auf den Tisch. »Ich würde Ihnen gern ein paar Fragen über Ihre Beziehung zu Tinka Winther stellen.«

»Ihre Eltern haben Grönländisch gesprochen«, sagte Aarni und lehnte sich zurück. »Warum Sie nicht?«

Petra beugte sich über das Diktiergerät und sagte: »Ich möchte hier zu Protokoll geben, dass Herr Aviki der Frage ausweicht.« Petra machte eine Pause, um Aarnis Blick aufzufangen. »Und die Ermittlungen behindert.«

»Moment«, sagte Aarni. »Ich behindere hier gar nichts.«

»Dann beantworten Sie die Frage. Welcher Art ist Ihre Beziehung zu Tinka Winther?«

»Ich habe keine Beziehung zu ihr. Wir sind uns nie begegnet.«

»Aber Sie wissen, wer sie ist?«

»Weiß das nach den Nachrichten von gestern Abend nicht jeder?«

»Ich würde Sie das gern sagen hören.«

»Ja, ich weiß, wer sie ist.«

Petra notierte sich etwas und machte ein dickes Fragezeichen dahinter. Sie griff nach ihrem Kaffee, nahm einen Schluck, stellte die Tasse auf den Tisch. »Und Malik Uutaaq, kennen Sie ihn?«

»Natürlich kenne ich ihn. Er ist der Vorsitzende meiner Partei, mein Chef.« Aarni lachte. »Das ist eine lächerliche Frage, Kommissær.«

Petra ging nicht darauf ein und machte sich eine weitere

Notiz. Sie zog einen Strich zwischen den beiden. »Welcher Art ist Herrn Uutaaqs Verhältnis zu Tinka Winther?«

Aarni warf zuerst einen Blick auf das Diktiergerät, dann auf Petras Notizen und kniff kurz die Augen zusammen, als versuchte er, sie zu lesen. Er trommelte mit den Fingern auf den Tisch und blickte sich im Raum um. Dann deutete er mit dem Kopf auf die Thermosflasche. Petra wartete, während er mit seinem Stuhl zurückrutschte, aufstand und den Tisch verließ. Sie bemerkte Schweiß auf seiner Stirn, als er zurückkam. Die Oberfläche des Kaffees in dem Plastikbecher in seiner Hand zitterte kaum merklich. Petra wiederholte ihre Fragen, während Aarni einen Schluck Kaffee nahm.

»Zeichnen Sie das auf?«, fragte er mit einem Blick auf das Diktiergerät.

»Ich bin keine Journalistin«, sagte Petra. »Alles wird aufgezeichnet. Selbstverständlich.« Sie schob den Notizblock vor Aarni hin. »Wenn Sie Ihre Aussage lieber schriftlich abgeben wollen …«

»Nein«, sagte er und stellte die Tasse auf den Tisch.

Petra beobachtete die Augen ihres Gegenübers, und hätte sie sehen können, was Aarni sah, als er seine Karriere gegen seine politische Loyalität abwog und über seinen nächsten Schritt nachdachte, hätte sie wegen seines heftigen inneren Zwiespalts vielleicht ein wenig Mitleid mit ihm gehabt. Aber unter den gegebenen Umständen verspürte sie nur Verachtung für den Mann, der sie gezwungen hatte, über ihre Identität und ihren Platz im Land ihrer Geburt nachzudenken. Es erfüllte sie mit Genugtuung zu sehen, wie er sich wand. Trotzdem überraschte sie seine Antwort.

»Nein. Malik hat keine Beziehung mit Tinka Winther, jedenfalls meines Wissens nicht.«

»Die beiden sind sich nie begegnet?«

»Nein.«

»Auch nicht flüchtig? Auf einer Party zum Beispiel?«

»Kommissær«, sagte Aarni, und Petra konnte sein neu erstarktes Selbstbewusstsein spüren – als hätte er Kraft und eine gewisse Gelassenheit aus der Entscheidung gewonnen, seinem Chef gegenüber loyal zu bleiben. »Wir wissen, glaube ich, beide, dass Malik Uutaaq in dem Ruf steht, gern zu feiern. Warum sollte er das auch nicht? Was er in seiner Freizeit macht, ist seine Sache.«

»Aber wenn ein Mädchen verschwindet und sein Name mit diesem Verschwinden in Verbindung gebracht wird …«

»Von wem, Kommissær? Wer hat eine Verbindung zwischen Malik Uutaaq und dem Verschwinden des Mädchens hergestellt?«

»Das spielt keine Rolle. Ich folge nur einer Spur.«

»Einer Spur?« Aarni sah Petra durchdringend an. »Und wie viele *Spuren* haben Sie?« Petra griff nach ihrem Block und wollte ihn wieder zu sich heranziehen, doch Aarni hinderte sie daran, indem er seine Hand darauf legte. »Wie viele, Kommissær?«

»Hier stelle ich die Fragen, Herr Aviki, nicht Sie.«

»Immerhin deuten Sie an, mein Chef könnte etwas mit dem Verschwinden der Tochter seiner politischen Gegenspielerin zu tun haben.« Aarni nahm die Hand vom Notizblock. »Ich bin der Pressesprecher von *Seqinnersoq*, und Fragen wie diese, Fragen, die meine Partei unmittelbar betreffen, fallen in mein Ressort. Deshalb frage ich noch einmal, Kommissær. Welche Hinweise liegen Ihnen vor? Und wie vielen gehen Sie nach?«

Der Schweiß auf Aarnis Stirn war verdunstet. Allem Anschein nach hatte der Medienansturm seit Beginn des Wahlkampfs seine Haut widerstandsfähiger gemacht. Alle Anzeichen seines früheren Unbehagens waren verflogen, und

Petra glaubte, einen anderen Ansatz versuchen zu müssen, wenn sie etwas Brauchbares aus ihm herausbekommen wollte. Ein Schatten am Fenster, gefolgt von einem Klopfen an der Tür, überraschte sie beide. Nicht minder überrascht waren sie von der Person, die den Raum betrat.

»Frau Winther«, sagte Petra und stand auf, als Grönlands Premierministerin hereinkam. »So leid es mir tut, hier handelt es sich um eine offizielle Vernehmung, und ich muss Sie bitten, wieder zu gehen.« Sie sah Nivi Winthers Assistenten an, der hinter ihr in der Türöffnung erschien.

Daniel Tukku nickte. »Ich mach das schon«, sagte er, und an seine Chefin gerichtet: »Nivi? Wir müssen los. Dein Flug geht in vierzig Minuten.«

Nivi Winther ignorierte ihn und machte einen Schritt auf Aarni zu. Ihr ganzer Körper bebte, und ihre Lippen zitterten, als sie sagte: »Ich muss nach Uummannaq fliegen, um die Leiche eines Mädchens zu identifizieren, bei dem es sich um meine Tochter handeln könnte. Ich habe gehört, dass Sie etwas darüber wissen. Angeblich liegen Ihnen Informationen vor, die der Polizei helfen könnten, die Person zu finden, die meine Tochter …«

»Nivi«, ging Daniel dazwischen und legte ihr eine Hand auf die Schulter, um sie behutsam vom Tisch weg und in Richtung Tür zu ziehen.

»Wenn Sie irgendetwas wissen«, sagte Nivi, »müssen Sie es der Polizei erzählen. Denn wenn Sie etwas verbergen, egal was …« Sie straffte die Schultern, holte tief Luft und fuhr mit festerer Stimme fort: »Dann werde ich dafür sorgen, dass Sie in Grönland einpacken können, dann werde ich Sie vor aller Welt bloßstellen.«

»Wir müssen los«, sagte Daniel und sah Aarni kurz an. Petra entging nicht, dass sich die beiden kaum merklich zunickten, als Daniel seine Chefin aus dem Besprechungszimmer und zur Treppe führte. Petra schloss die Tür hinter ihnen. Dann kehrte sie an den Tisch zurück, griff nach dem Diktiergerät und stellte es ab. Aarni deutete darauf.

»Sie haben es auf Band. Sie hat mir gedroht.«

»Sie ist mit den Nerven am Ende.«

»Das war total deplatziert. Mit dieser Aufnahme könnte ich ihre Karriere beenden.«

»Eigentum der Polizei«, sagte Petra und schob das Diktiergerät in ihre Tasche. Sie sah Aarni an. »Wenn Sie nichts weiter zu sagen haben, können Sie jetzt gehen.« Sie deutete auf die Tür. »Den Weg nach draußen kennen Sie, glaube ich.«

Aarni schob seinen Stuhl zurück und stand auf. Er trank seinen Kaffee aus, rückte Jackett und Krawatte zurecht und ging zur Tür.

»Nur noch eins«, sagte Petra, als sich seine Finger um den Türgriff legten. »Ganz unter uns.«

Aarni sah sie an. »Ich dachte, alles würde aufgezeichnet, Kommissær.«

»Das stimmt natürlich, aber was ich sagen will, ist was Persönliches.«

»Ich höre.«

»Sie glauben, Sie wären besser als ich, weil Sie Grönländisch sprechen und ich nicht. Aber dabei vergessen Sie etwas, *Arne*.« Petra legte eine Kunstpause ein, als er registrierte, dass sie seinen dänischen Namen verwendet hatte. »Ihre Mutter ist Dänin. Ihre Haut ist heller als meine. Sie hatten eine Ausrede, um in der Schule nicht Grönländisch sprechen zu müssen. Ich nicht. Und jedes Mal, wenn ich es versucht habe, bekam ich gesagt, ich solle es einfach bleiben lassen, wenn ich nicht gescheit Grönländisch kann. Und dann haben sie mich geschlagen.«

»Heischen Sie nach Mitgefühl, Kommissær?«

»Nein, nicht für mich, aber für die Kinder, für die nächste Generation. Sie sind älter als ich. Sie wurden nach der ersten Schulreform geboren, als Dänisch priorisiert wurde.«

Die Muskeln in Aarnis Gesicht spannten sich an. Er starrte Petra finster an. »Diese Reform hat mich verdammt, schon mein ganzes Leben lang. Mich und meine Generation.«

»Völlig richtig«, sagte Petra. »Genauso, wie Sie mit Ihrem Sprachextremismus eine ganze neue Generation von Grönländern verdammen. Er hat Tinka Winther verdammt, und jetzt ist sie verschwunden und wahrscheinlich tot.«

»Das wissen Sie doch gar nicht mit Sicherheit.«

»Ob sie tot ist oder verdammt? Spielt das denn eine Rolle?« Petra zuckte mit den Achseln. »Ich weiß, dass sie nicht Grönländisch konnte. Ihre Mutter hat in der Presse kein Hehl daraus gemacht.«

»Ich weiß nicht, was Sie mit diesem inoffiziellen Plausch bezwecken wollen, Kommissær, aber ich glaube, wir sind für heute fertig.« Aarni zog sein Smartphone aus der Tasche und verließ das Besprechungszimmer. Petra folgte ihm.

»Heute habe ich keine Fragen mehr an Sie, aber wenn Sie glauben, wir sind schon fertig miteinander, täuschen Sie sich. Falls die Premierministerin ihre Tochter in Uummannaq identifiziert, werden wir eine andere Gangart einschlagen. Und wenn sich herausstellt, dass Sie uns Informationen vorenthalten haben, während wir in einem verdächtigen Todesfall, wenn nicht sogar einem Mord ermitteln, tja …« Petra zuckte mit den Achseln, als Aarni sie finster anstarrte. »Durch Ihr Widerstreben zu helfen und Ihre mangelnde Kooperationsbereitschaft könnten Sie ohne Weiteres ganz oben auf der Liste der Leute landen, die wir noch einmal vernehmen wollen, allerdings unter weniger erfreulichen Umständen.«

Aarni schaute auf das Display seines Handys und steckte

es wieder ein. Danach wischte er sich die Hand an seiner Hose ab. Petra tippte mit dem Ende des Bleistifts an ihr Kinn.

»Ist Ihnen gerade was eingefallen, Herr Aviki?«

»Nein«, hauchte er, und dann etwas lauter, »nichts.«

»Wirklich nicht?«

»Nein, wirklich nicht.« Aarni blickte sich im Büro um, dann schaute er durch das Fenster auf den Parkplatz hinaus. »Ich habe kein Auto.«

»Das kriegen Sie schon hin.«

Petra schaute ihm den ganzen Weg bis zur Tür nach. Dann ging sie zum Fenster, lehnte sich an die Wand neben dem Schreibtisch ihres Kollegen und reckte den Hals, um den Eingang unten besser im Auge zu haben.

»Das könnte man auch als Stalken auslegen, Kommissær«, bemerkte der Polizist und tippte weiter seinen Bericht.

»Könnte man.«

»Du willst doch sicher nicht, dass das auf dich zurückfällt und an dir hängen bleibt«, sagte er lachend.

»Halt bloß die Klappe«, sagte sie. »Ich schaue aus dem Fenster. Was soll daran Stalking sein?«

»Er ist Malik Uutaaqs Spindoktor. Wenn er dich sieht, kann er dir anhängen, was er will.« Petra klatschte ihrem Kollegen ihren Notizblock auf die Schulter, worauf dieser erneut lachte. »Jetzt kommt auch noch Missbrauch dazu.«

Petra schenkte ihm keine Beachtung, sondern konzentrierte sich ganz auf Aarni. Der Lichtschein seines Handydisplays erhellte sein Gesicht, als er etwas eingab, was vermutlich die Nummer eines Taxiservice war. Er kam jedoch nicht mehr dazu anzurufen. Als plötzlich die Scheinwerfer eines gegenüber dem Haupteingang geparkten Wagens aufleuchteten, steckte Aarni das Handy wieder ein, ging unter Petras neugierigen Blicken auf das Auto zu und spähte durch das Fenster auf der Fahrerseite. Wegen des Schattens eines in der Nähe stehenden Polizeibusses konnte Petra jedoch nicht erkennen, wer am Steuer saß und ob es ein Mann oder eine Frau war. Aarni machte einen Schritt zurück und ließ den Wagen erst aus der Parklücke fahren, bevor er auf der Beifahrerseite einstieg. Petra versuchte, das Kennzeichen abzulesen, aber es war zu stark verdreckt. Sie packte ihren Kollegen an der Schulter.

»Schnell«, sagte sie. »Kannst du vielleicht die Nummer dieses Autos erkennen?«

Der Polizist stand auf und drückte das Gesicht ans Fenster, als der Wagen vom Parkplatz fuhr und sich in den Verkehr einordnete.

»Sorry«, sagte er. »Ich konnte sie nicht richtig sehen.«

»Ein schwarzer Suzuki«, sagte Petra und notierte es sich auf ihrem Block.

»Glaubst du, das ist wichtig?«

»Keine Ahnung. Aber im Moment kommt es auf jedes Detail an.«

Sie kehrte an ihren Schreibtisch zurück, setzte sich und legte ihren Notizblock neben die Tastatur des Computers. Dann begann sie, auf ihrem Schreibtischstuhl vor- und zurückzurollen und mit dem Ende ihres Stifts an ihr Kinn zu tippen. Die Person im Auto hatte auf Aarni gewartet, aber Petra konnte sich nicht erinnern, dass er während ihres kurzen Gesprächs jemanden angerufen oder eine Textnachricht geschrieben hatte. Und auf der Fahrt in die Station hatte ihn Gaba bestimmt zu sehr eingeschüchtert, um jemanden anzurufen, ein Gedanke, bei dem Petra grinsen musste. Diese Wirkung hatte Gaba auf Leute. Nein, die Person, die Aarni abholen gekommen war, musste auf einem anderen Weg herausgefunden haben, dass er in der Polizeistation war. Petra wusste allerdings nicht, ob das überhaupt wichtig war.

»Ein weiteres kleines Detail«, flüsterte sie an sich selbst gerichtet.

Sie rollte an ihren Schreibtisch zurück, bewegte kurz die Maus, um den Bildschirm zu aktivieren, gab ihr Passwort ein und checkte ihre Nachrichten. Nichts Neues. Sie tippte ihre Notizen ab und dachte darüber nach, was die Premierministerin über ihren Flug nach Uummannaq gesagt hatte. Eine endgültige Identifizierung würde den Ermittlungen eine neue Richtung geben und in den Medien für enormes Aufsehen sorgen, sowohl in Grönland als höchstwahrscheinlich auch in Dänemark.

Als Petra mit dem Abtippen fertig war, lehnte sie sich zurück. Sie sah auf ihre Armbanduhr, dann auf die Wanduhr. Noch zehn Minuten bis Schichtende. Die Frage, wer Aarni Aviki von der Polizeistation abgeholt haben könnte, ging ihr nicht aus dem Kopf, aber das war etwas, das bis zum nächsten Tag Zeit hatte.

Tallimanngorneq

FREITAG

13

Maratse beobachtete, wie das Hotelboot am Pier anlegte, wo eine kleine Menschenmenge auf die Ankunft Nivi Winthers und ihres Ex-Manns wartete, unter ihnen auch Karl und seine Frau Buuti. Die Nachricht, dass Nivi Winther das tote Mädchen als ihre Tochter identifiziert hatte, verbreitete sich rasch, und wenig später wurden erste Vorbereitungen für das Begräbnis getroffen.

Maratse nahm einen Schluck Kaffee, als Karl, Edvard, Martin Winther und drei andere Männer den Sarg mit Tinka Winther von Bord hievten und auf dem Anleger an den Strand trugen. Nivi ging hinter den Männern, die ihre Tochter zum Friedhof über dem Fjord hinauftrugen, und die Bewohner von Inussuk folgten ihr. Unter den Trauergästen waren mindestens drei Reporter, und zu Maratses Erstaunen schien Nivi nicht mitzubekommen, dass sie unterwegs immer wieder Fotos von ihr machten. Aber vielleicht war ihr Schmerz so tief, dass es ihr egal war, zumindest so lange, bis die Bilder auf den Titelseiten der Zeitungen erschienen. Maratse trank seinen Kaffee aus und rückte die schwarze Krawatte zurecht, die er sich von Karl geliehen hatte.

Froh, dass er gelernt hatte, die Schmerzen in seinen Beinen zu ignorieren, ging er in die Diele und schlüpfte in seine Stiefel. Es war immer noch eine Herausforderung, sich die Schuhe zu binden, aber die Treppe war eine große Hilfe. Als er mit den Stiefeln fertig war, zog er sich, eine Hand am Geländer, die andere an der Fensterbank, hoch. Als er auf die Veranda hinaustrat, schaute der kleine Hund von dem

Robbenknochen auf, den ihm Maratse gegeben hatte, damit er während seiner Abwesenheit mit etwas beschäftigt war.

»Ist das die Premierministerin?«, fragte Sisse, die auf der Veranda ihres Hauses stand.

»*Iiji*«, sagte Maratse und stieg die Stufen zum Strand hinunter.

»Meinst du, ich kann auch mitgehen?« Sisse deutete auf den Trauerzug, der Tinka Winthers Sarg den steilen Berghang hinauf folgte. »Oder wäre das unpassend?«

»Ich gehe mit«, sagte Maratse. »Du kannst mit mir kommen.«

Sisse fasste durch die Haustür nach ihrer Jacke. Ihre Partnerin bot ihr an, auf Nanna aufzupassen, während sie weg war. Sie schlüpfte in ihre Jacke und lief Maratse hinterher, der bereits über den Strand davonstapfte. Die Wolken am Himmel waren schwer von Schnee, und die ersten Flocken fielen, als Sisse den Reißverschluss ihrer Jacke bis zum Kragen hochzog. Sie schob die Hände in die Taschen und wechselte auf Maratses andere Seite, um dem Rauch seiner Zigarette zu entgehen. Sie machten auf dem steilen Weg mehrere Male eine Pause, damit er sich ausruhen konnte. Als sie den Friedhof erreichten, war die Trauerfeier fast vorbei, und es hatte heftig zu schneien begonnen.

»Lass uns hier warten.« Maratse blieb an dem weißen Lattenzaun stehen, der den Friedhof auf drei Seiten umgab. Auf der vierten Seite schützte eine Klippe die Toten vor dem Meer. Maratse steckte die Zigarettenkippe in das Päckchen zurück und schob es in seine Jackentasche. Er blinzelte in das Blitzlicht eines Reporters und merkte, dass er sich von seinem Nachbarn auch einen Mantel hätte leihen sollen. Das gelbe und grüne Polizeiabzeichen an der rechten Brust seiner Jacke war deutlich zu sehen.

»Sie machen Fotos von uns«, sagte Sisse, als die zwei anderen Reporter dem Beispiel des ersten folgten und festhielten, was die Zeitungen vermutlich als Polizeipräsenz beim Begräbnis ausgeben würden.

»Hmm«, brummte Maratse. Ohne den Kameras Beachtung zu schenken, beobachtete er, wie Nivi einen Kranz mit Plastikblumen neben das Grab ihrer Tochter legte. Karl und Edward würden sie und die Blumen der anderen Trauergäste später auf dem Grab arrangieren, wenn alle Abschied genommen hatten und zur Totenwache wieder den Hang hinunterstiegen. Buuti hatte sie organisiert und sich mit den gegenwärtigen Bewohnern von Nivi Winthers Elternhaus darauf geeinigt, sie dort abzuhalten.

Maratse beobachtete, wie Nivi ihren Arm um Tinkas Vater legte und ihn an sich zog, als er neben dem Grab zusammenbrach und auf die Knie sank. Die andere Hand hielt sie sich vor den Mund, und ihr leises Schluchzen wurde durch dem fallenden Schnee noch zusätzlich gedämpft.

»Warum legen sie Plastikblumen aufs Grab?«, flüsterte Sisse.

»Hast du in Grönland schon mal echte Blumen gesehen?«, fragte Maratse zurück.

»Nein«, sagte sie. »Aber Plastik …«

»Ist für immer«, sagte er und beobachtete, wie sich Nivi von ihrem Ex-Mann löste und sich einen Weg durch die Trauergäste bahnte, um wenigstens kurz allein sein zu können. Sie entfernte sich vom Grab, sah Maratse und kam, mit jedem Schritt energischer, direkt auf ihn zu. Sie bedachte Sisse mit einem kurzen Lächeln, bevor sie sich an ihn wandte.

»Sind Sie Polizist?«

»Ich war einer«, antwortete er. »Ich heiße Maratse.« Er schüttelte ihr die Hand und war überrascht, wie kühl und kräftig sie sich anfühlte.

»Sie haben meine Tochter gefunden.«

»*Iiji*«, sagte er und machte eine Kopfbewegung in Richtung Karl, der nahe am Grab stand. »Wir haben sie gefunden.«

»Danke«, sagte die Premierministerin. »Das muss nicht leicht für Sie gewesen sein.« Sie sah Sisse an und sagte: »Wenn Sie uns bitte entschuldigen würden.« Sie hakte sich bei Maratse ein und ging mit ihm Richtung Felskante. Als er langsamer wurde, blieb sie stehen. »Haben Sie Schmerzen?«

»Nicht weiter schlimm«, sagte er. »Ich erhole mich gerade von einer Verletzung.«

Nivi nickte und ließ seinen Arm los. Schnee rieselte auf ihr kurzes Haar, als sie auf den Fjord hinausblickte und dann auf die Trauergäste, die dem Pfad nach unten folgten. »Ich bin hier aufgewachsen. Wussten Sie das etwa?«

»*Iiji*«, sagte Maratse und drehte sich um, als Martin Winther den Hang hinuntergeführt wurde und Karl und Edvard sich daran machten, das Grab mit Tinkas Sarg zuzuschütten. Sie waren allein, nur das leise Knirschen der Spaten in der Erde war zu hören.

»Als ihre Großeltern noch gelebt haben, sind Tinka und ich oft hier heraufgekommen. Sogar jeden Tag.« Sie deutete auf eine kleine Erhebung auf der Seite. »Dann haben wir dort gesessen und nach Walen Ausschau gehalten.« Nivi wischte eine Träne beiseite, die ihre Wange hinunterlief. »Deshalb wollte ich sie hier begraben. Damit sie nach Walen Ausschau halten kann. Ist das lächerlich?«

»*Eeqqi*«, sagte Maratse. »Es ist ein guter Platz.«

»Sind Sie aus dem Osten? Aus Tasiilaq?«

»Ittoqqortoormiit.«

»Trotzdem sind Sie hierher gezogen?«

»Erst mal schon.«

»Warum?«

»Ein Neuanfang.«

»Verstehe«, sagte sie. »Sie müssen mir helfen, Betjent.«

Nivi sah Maratse an. Sie holte tief Luft und biss sich auf die Unterlippe, als träfe sie eine Entscheidung und wüsste nicht, ob es die richtige war.

»Ich bin kein Polizist mehr«, sagte er.

»Aber die Jacke tragen Sie noch.«

Maratse zuckte mit den Achseln. »Es ist eine gute Jacke.«

Nivi rang sich ein Lächeln ab. »Ich möchte, dass Sie herausfinden, wie meine Tochter ums Leben gekommen ist. Ich weiß«, kam sie Maratse zuvor, als er etwas entgegnen wollte. »Kommissær Jensen leitet die Ermittlungen, und der Polizeipräsident hat mir persönlich versichert, dass sie alles in ihrer Macht Stehende tun werden, aber …« Nivi ballte seufzend die Fäuste. Sie schaute aufs Meer hinaus, leckte eine verirrte Träne von ihrer Lippe und holte tief Luft. »Ich habe nur nicht den Eindruck, dass sie das Zeug dazu haben, die Antworten zu finden.«

»Das Zeug? Wie meinen Sie das?«

Nivi rang sich ein weiteres Lächeln ab. »Entschuldigen Sie. Es soll heißen, dass ich nicht sicher bin, ob sie hartnäckig genug sind.«

»Und Sie glauben, ich bin es?«, fragte Maratse stirnrunzelnd.

»Hartnäckig genug, einen Berg hinaufzusteigen, auch wenn Sie eindeutig Schmerzen haben«, sagte sie mit einem Blick auf Maratses Beine.

»Ich weiß nicht«, sagte er. »Ich habe Freunde bei der Polizei von Nuuk. Kommissær Jensen zum Beispiel.«

»Und ich habe eine hohe Meinung von Kommissær Jensen, aber sie wird von der Zeit und vom Gesetz eingeschränkt.«

»Ich werde nicht gegen das Gesetz verstoßen«, sagte Maratse.

»Um Himmels willen, nein. Das wollte ich damit natürlich nicht sagen. Aber Sie könnten in inoffizieller Funktion

Fragen stellen und alles, was Sie in Erfahrung bringen, an die Polizei weiterleiten. An Kommissær Jensen.«

Maratse trat von einem Bein aufs andere und biss gegen den plötzlich aufwallenden Schmerz die Zähne zusammen. »Ich halte das nicht für eine gute Idee. Dafür bin ich nicht der Richtige.«

»Ich finde, das sind Sie sehr wohl, Betjent, und ich glaube auch, dass es kein Zufall ist, dass Sie hier in Inussuk sind und meine Tochter gefunden haben.«

»Also, ich weiß nicht.« Maratse schüttelte den Kopf. »Ich glaube …«

»Bitte«, sagte Nivi und streckte die Hand nach seinem Arm aus, zog sie aber wieder zurück und rang um Atem. »Inzwischen wurde Tinka im Krankenhaus obduziert. Der offizielle Befund lautet, dass sie bei einem Bootsunfall ums Leben gekommen ist. Aber was soll sie auf einem Boot gemacht haben? Und ausgerechnet hier? Ich brauche Hilfe, Betjent. Sie müssen sich ja nicht sofort entscheiden. Ich fliege morgen wieder zurück. Wir können am Vormittag noch mal reden, und ich werde Sie auch bezahlen – aus meiner eigenen Tasche. Im Gegensatz zu einigen meiner Kollegen halte ich nichts davon, die Kriegskasse der Partei anzuzapfen, wenn es gerade gelegen kommt.« Sie presste die Lippen in einem angespannten Lächeln aufeinander. »Wenn Sie mir helfen können, der Polizei zu helfen, und herausfinden, wie meine Tochter ums Leben gekommen ist, verhelfen Sie mir zu dem Seelenfrieden, den ich brauche, um weiterzumachen.« Sie neigte den Kopf auf die Seite und sah Maratse in die Augen. »Wären Sie dazu bereit?«

»Ich werde darüber nachdenken«, sagte er.

»Danke.« Nivi drückte seinen Arm und schaute zu Tinkas Grab, wo Karl und Edvard die Blumen auf die Erde und den Schnee legten. »Ich habe gehört, dass letzten Montag ein Baby hier begraben wurde, und jetzt liegt auch meines hier. Vielleicht trösten sie einander ein wenig.« Der Schnee knirschte unter Nivis Stiefeln, als sie den Berghang hinunterzugehen begann.

Maratse sah ihr nach und ärgerte sich über sich selbst, dass er so an seiner Jacke hing. Doch er trug sie nicht ohne Grund. Er war noch nicht bereit, sein altes Leben aufzugeben. Vielleicht sollte er Nivi Winther helfen aufzudecken, was ihrer Tochter zugestoßen war. Hatte er sich nicht schon Gedanken über die Kleider gemacht, die Tinka angehabt hatte, als sie sie aus dem Wasser zogen? Vor allem das Namensschild ging ihm nicht mehr aus dem Kopf. Aber Petra arbeitete bereits an dem Fall, und er wusste, dass sie ihn auf dem Laufenden halten würde, auch wenn er noch so sehr vorschützte, sich nicht dafür zu interessieren.

Er klopfte eine Zigarette aus dem Päckchen in seiner Tasche, zündete sie an und schraubt sie in die Lücke zwischen seinen Zähnen. Er winkte Karl zu und ging los zum Friedhof, blieb aber alle paar Schritte stehen, um an der Zigarette zu ziehen und den Schmerz in seinen Beinen abebben zu lassen. Als er am Grab ankam, bot er Karl und Edvard eine Zigarette an und zündete sie ihnen an, bevor er das Feuerzeug in seine Tasche zurücksteckte. Es war ein kleines Begräbnis im engsten Kreis und bliebe das auch so lange, bis die Reporter in ihre Hotelzimmer in Uummannnaq zurückkehrten und die Bilder hochluden. Er konnte die Maschinen des Hotelboots hustend anspringen hören, während sie rauchten, und bald würde es über den Fjord in die Stadt zurückdampfen.

»Fünf«, sagte Karl, als er seine Zigarette zu Ende geraucht hatte.

»Was fünf?«

»Noch fünf Gräber übrig.« Er bückte sich, um die Zigarette im Schnee auszudrücken, und steckte sie dann in seine

Jackentasche. Er deutete mit dem Kopf auf die restlichen Gräber.

»Und wenn es nicht genügend sind?«, fragte Maratse. »Was dann?«

»Das hängt vom Winter ab«, sagte Edvard und blickte zum Himmel hoch.

»Hmm«, brummte Maratse.

Karl und Edvard nahmen ihre Schaufeln und gingen zurück Richtung Siedlung. Sie warteten auf Maratse, aber er zeigte auf seine Beine und bedeutete ihnen weiterzugehen.

»Ich komme nach«, sagte er und sah ihnen hinterher, bis sie aus seinem Blickfeld verschwanden. Dann drehte er sich zu Tinkas Grab um. »Deine Mutter möchte, dass ich herausfinde, was mit dir passiert ist. Was möchtest *du*?«

Maratse zündete sich eine Zigarette an, ließ sich aber Zeit, als hätte Tinka umso mehr Zeit zum Nachdenken, je länger er dafür brauchte. In Wirklichkeit wusste er jedoch sehr genau, dass die Entscheidung bei ihm lag und die Toten tot waren, für immer. Er stand rauchend da, und der Himmel verdunkelte sich von anthrazit zu pechschwarz, als sich die erste richtige Winternacht auf Inussuk herabsenkte. Der Weg war jetzt kaum mehr zu sehen, aber das machte ihm nichts.

»Ich müsste viel herumfahren.« Seine Stimme drang laut durch den Kokon aus wirbelndem Schnee, der den Friedhof umhüllte. »Und was würde Petra sagen?« Er lächelte bei dem Gedanken, sie wiederzusehen, und weil er merkte, dass er mit sich selbst und einem toten Mädchen mehr redete als in Gesellschaft anderer.

Als er im Schnee hinter sich ein leises Tapsen hörte, drehte er sich um. Der kleine Hund näherte sich vorsichtig dem Eingang des Friedhofs, aber Maratse scheuchte ihn mit einem tiefen Knurren vom Tor zurück. Maratse wandte sich von Tinkas Grab ab, war aber in Gedanken immer bei ihr, als er dem Hund den Berghang hinunterfolgte, am Dorfladen vorbei, bis zu Nivis Elternhaus, in dessen Fenstern Kerzen brannten. Nivi war allein auf der Veranda, als er eine Stufe nach der anderen die Eingangstreppe hinaufstieg und sich umdrehte, um den Hund fortzuscheuchen.

»Ist das Ihrer?«, fragte Nivi, als er sich zu ihr stellte.

»So könnte man es vermutlich nennen.«

»Seelenverwandte«, sagte sie und deutete auf den Welpen, der, die Augen unverwandt auf Maratse gerichtet, im Schnee lag. »Haben Sie schon über meine Bitte nachgedacht?«

»Haben Sie nicht gesagt, ich hätte bis morgen Zeit?«

»Schon. Aber ich glaube, Sie haben Ihre Entscheidung bereits getroffen.«

»*Iiji*«, sagte er.

»Und?«

»Wenn ich Ihnen helfe, spreche ich über alles erst mit Kommissær Jensen, bevor ich es Ihnen sage.«

Nivi nickte. »Wenn Ihnen das wichtig ist.«

»Ja, ist es.«

»Dann habe ich nichts dagegen«, sagte sie.

Nach kurzem Überlegen sagte Maratse: »Ich weiß nicht, als was ich mich bezeichnen soll.«

»Als was Sie sich bezeichnen sollen?« Das Licht der Kerzen flackerte über Nivis gerunzelte Stirn. »Wie meinen Sie das?«

»Ich bin kein Polizist mehr. Privatdetektiv würde es eigentlich treffen, gefällt mir aber nicht«, sagte er mit einem Achselzucken.

»Wie wär's mit meinem ›Privatbetjent‹, wenn Ihnen dabei wohler ist?«

Maratse nickte. »Wahrscheinlich spielt es keine Rolle.«

»Alles spielt eine Rolle, Betjent«, sagte Nivi. »Alles *sollte* eine Rolle spielen. Wie auch der Tod meiner Tochter.« Nivi strich sich den Schnee von den Schultern ihrer Jacke. »Kommen Sie, im Haus gibt es Essen, und hier draußen ist es kalt.« Sie hakte sich bei Maratse unter und ging mit ihm zur Tür.

Als Maratse nach der Totenwache die Eingangstreppe seines Hauses hinaufstieg, hörte er das Telefon klingeln. Brummend streifte er seine Stiefel ab und ging ans Fenster, um abzuheben.

»Maratse«, meldete er sich.

»Hier Simonsen.«

»Mhm.«

»Haben Sie vergessen, worüber wir auf dem Boot gesprochen haben?«

»*Eeqqi.*«

»Ich spreche kein Grönländisch«, sagte Simonsen.

»Nein, ich habe es nicht vergessen.«

»Warum habe ich dann gerade einen Anruf bekommen, dass Sie der Premierministerin helfen wollen und Ermittlungen zum Tod ihrer Tochter anstellen? Muss ich Sie noch einmal ausdrücklich daran erinnern ...«

Maratse beendete das Gespräch und schleppte sich zum Sofa. Er ließ sich darauf niederplumpsen, griff nach seinem Buch auf dem Couchtisch und begann zu lesen. Simonsens versteckte Drohungen waren vergessen, als er sich auf den klein gedruckten englischen Text konzentrierte, von dem er nur sporadisch von dem Gedanken abgelenkt wurde, am nächsten Tag mit der Premierministerin nach Nuuk zurückzufliegen. Er ertappte sich dabei, wie ein Lächeln an seinen Mundwinkeln zupfte, lehnte sich zurück und schloss die Augen.

Arfininngorneq

SAMSTAG

14

Petra schloss den Polizei-Toyota ab, stapfte durch den Matsch zum Flughafeneingang und ging mit angehaltenem Atem durch die Qualmwolken der Fluggäste, die zwischen zwei Flügen eine Zigarettenpause einlegten oder auf ein Taxi warteten. Nachdem sie den Wartesaal durchquert hatte, klopfte sie an die Tür des Ankunftsbereichs mit der kleinen Gepäckausgabe. Die diensthabende Polizistin musterte sie kurz durch die Glasscheibe und ließ sie hinein.

»Willst du jemanden abholen?«, fragte sie.

»Ja. Und du, Atii? Viel zu tun?«

Atii Napa grinste und deutete auf den verlassenen Ankunftsbereich. »Sieht es etwa danach aus?« Sie schloss die Tür hinter Petra. »Aber später kommt aus Kangerlussuaq noch eine Person von Interesse an. Ich glaube, du kennst ihn sogar.«

»Wer?«

»Mala Toori.« Atii zog die Augenbrauen hoch und wartete, ob sich Petra an den Namen erinnerte.

»Ist schon eine Weile her, dass ich den Namen zum letzten Mal gehört habe.« Sie musste daran denken, wie sie damals mit Maratse einen Container nach einem vermissten Mädchen durchsucht hatten.

»*Aap*«, sagte Atii. »Es ist lange still um ihn geworden, aber kürzlich haben wir einen Hinweis erhalten, dass er wieder ins Haschischgeschäft eingestiegen ist. Selbst dealt er zwar nicht mehr, aber er koordiniert alles. Die Drogenfahnder wollen mit ihm reden.«

»Und deshalb bist du hier?«

»Nein, Sie haben mir den Zolldienst aufgedrückt, als sich Søren heute Morgen krankgemeldet hat. Aber dass sie Mala aufgegriffen haben, sorgt für etwas Abwechslung. Und was machst du hier?«

»Ich hole David Maratse ab.«

»Von ihm habe ich gehört. Er hatte einen Unfall und ist frühzeitig berentet worden.«

»Ja, aber ich habe das Gefühl, dass er sich noch nicht so recht zur Ruhe setzen will.« Sie dachte an die Nachricht, die sie vom Polizeipräsidenten erhalten hatte: dass die Premierministerin Maratse als Privatermittler engagiert hatte. Wenn das stimmte, war er der erste Privatdetektiv, den sie in Grönland kannte. Petras Lippen zuckten bei dem Gedanken, aber ihr Lächeln verflog, als ihr einfiel, dass der Polizeipräsident alles andere als begeistert war über Maratses neue Funktion. Egal, Petra freute sich, ihn zu sehen, und ging zum Fenster, als sie die Dash 8 aus Ilulissat auf dem Rollfeld ankommen hörte.

»Wo du gerade hier bist«, sagte Atii und berührte Petra am Arm, als die Bodencrew die Maschine zu ihrem Standplatz lotste.

»Ja?«

»Triffst du dich immer noch mit Gaba?«

»Nein«, sagte Petra und schaute Atii in die Augen. »Du brauchst mich nicht um Erlaubnis zu fragen. Es ist ja nicht so, dass er mir gehört.«

»Schon klar. Es ist nur ein bisschen komisch.«

»Ich weiß.« Petra zuckte mit den Achseln, und als Atii zum Eingang des Ankunftsbereichs ging, um die Passagiere in Empfang zu nehmen, rief sie ihr hinterher: »Viel Erfolg!«

Die erste Überraschung für Petra war, dass Maratse ohne

Stöcke auf sie zukam, die zweite, wie schnell er neben Nivi Winther einherschritt. Petra suchte nach Zeichen von Trauer im Gesicht der Premierministerin. Sie hatte erwartet, dass sie am Boden zerstört wäre, aber allem Anschein nach hatte der tragische Ausgang des Verschwindens ihrer Tochter ihre Entschlossenheit nur gestärkt. Sie sah aus wie der Inbegriff der Person, die das Land führen sollte, egal, was die Umfragen sagten. Die breite Mehrheit stand noch immer hinter Malik Uutaaq, und Petra konnte sich nicht vorstellen, wie Nivi Winther daran etwas ändern wollte. Der erste Vorgeschmack der neuen Zielgerichtetheit der Premierministerin ließ nicht lange auf sich warten.

»Kommissær Jensen«, sagte Nivi, als sie den Ankunftsbereich betrat, »erinnern Sie sich an Betjent Maratse?«

»Natürlich«, sagte Petra und lächelte ihn an. »Wenn ich mich recht erinnere, befindet er sich allerdings inzwischen im Ruhestand.«

»Er ist jetzt mein privater Betjent, Kommissær.«

Maratse trat von einem Fuß auf den anderen, während die Frauen über ihn redeten. Petra fiel auf, dass er das Polizeiabzeichen von seiner Jacke entfernt hatte, aber immer noch unverkennbar wie ein Polizist aussah. Dieser Gedanke wärmte ihr das Herz. Nivi erklärte ihr, was sie vereinbart hatten und dass Maratse sie über sein Vorgehen auf dem Laufenden halten würde.

Die Tür des Wartebereichs ging erneut auf, und Daniel Tukku kam herein. Petra entging der Blick nicht, mit dem er Maratse bedachte, bevor er die Premierministerin begrüßte und ihr die Reisetasche abnahm.

»Ganz schön eigenartig das alles«, sagte Petra, als sie mit Maratse zum Auto ging. »Und es scheint dir besser zu gehen. Keine Stöcke.«

»Schmerzen habe ich trotzdem noch«, sagte er und setzte

sich auf den Beifahrersitz, sobald Petra den Wagen aufschloss.

Petra nahm hinter dem Steuer Platz. Sie wartete kurz, dann sagte sie: »Der Polizeipräsident wollte, dass ich dich abhole. Aber es ist etwas komplizierter, als es sich anhört.«

»Er will nicht, dass ich euch in die Quere komme.«

»Ja, das befürchtet er. Und wir wissen nicht, warum du hier bist.«

»Nivi möchte, dass ich herausfinde, wie ihre Tochter ums Leben gekommen ist.«

»Aber das ist doch unsere Aufgabe.«

»Ich weiß«, sagte Maratse und sah Petra an. »Aber deshalb bin ich hier.«

»Das freut mich«, sagte Petra lächelnd und startete den Wagen.

Sie fuhr vom Parkplatz und blickte auf der Fahrt in die Stadt immer wieder zu Maratse, der aus dem Fenster schaute. Die Sonne krönte den Gipfel des Sermitsiaq mit ihrem goldenen Schein, der in auffälligem Gegensatz zu dem grauen Matsch auf den Straßen von Nuuk stand.

Maratse seufzte. »Wohin bringst du mich, Piitalaat?«

»Wo willst du denn hin?«

»Nivi meint, ich sollte mit Aarni Aviki reden.«

»Den habe ich gestern vernommen.« Sie rümpfte die Nase bei dem Gedanken an diese Begegnung. »Es lief nicht gut, und er hat wenig gesagt.«

»Glaubst du, mir wird er vielleicht mehr erzählen?«

»Weil du ein Mann bist?«

»Weil ich nicht von der Polizei bin.« Maratse zuckte mit den Achseln. »Versuchen kann ich es ja. Für mich ist das alles neu.«

»Es ist auch für Grönland neu.« An einem Kreisverkehr fuhr Petra langsamer. »Aber er scheint über Nacht untergetaucht zu sein. Ich habe ihn den ganzen Vormittag zu erreichen versucht. Vielleicht solltest du stattdessen mit Qitu Kalia reden, dem Journalisten.«

»Warum?«

»Ich glaube, er weiß was. Wir haben aber keinen Grund, ihn zu vernehmen. Vielleicht kannst du ja inoffiziell mit ihm reden.«

»Könnte ich. Und dann wäre da noch Malik Uutaaq.«

»Nein«, sagte Petra. Sie strich eine lose Haarsträhne hinter ihr Ohr. »Heute würde ich mich noch von ihm fernhalten.«

»Warum?«

»Die Kleider, die Tinka Winther anhatte. Du hast mir erzählt, in eins war ein Namensschild mit dem Namen Uutaaq eingenäht. Wir knöpfen ihn uns erst nach dem TV-Duell am Sonntag vor.«

»Warum nicht schon heute?«

»Der Polizeipräsident will nicht, dass unser Vorgehen politisch motiviert erscheint. Wenn wir ihn heute vernehmen, könnten die Leute denken, wir versuchen den Wahlausgang zu beeinflussen.« Sie sah Maratse an. »Viele Leute werden sich das TV-Duell ansehen. Es könnte die Wahlen entscheiden.«

»Hmm«, brummte Maratse und ließ sich in den Sitz zurücksinken.

Petra lachte. »Für jemanden, der Politik und Politiker nicht mag, steckst du jetzt ziemlich tief drin.«

»Ich weiß.«

Maratse zog ein Handy aus seiner Tasche. »Nivi meint, ich brauche eins. Ich sollte dir die Nummer geben.«

Petra fuhr langsamer und parkte vor dem Redaktionsbüro der Zeitung *Sermitsiaq*. Sie stellte den Motor ab, zog die Handbremse an und strich sich die störrische Haarsträhne erneut hinters Ohr, als sie den Kopf hob, um Maratse anzusehen.

»Wie ist die Nummer?«

»Das weiß ich nicht«, sagte er und reichte ihr das Handy.

Petra entsperrte es und drückte auf ein paar Buttons, bevor sie ihr Smartphone herausholte und Maratses neue Nummer ihrer Kontaktliste hinzufügte. »Ich speichere dir auch meine Nummer ein«, sagte sie und gab ihm das Handy zurück, als sie fertig war.

»*Qujanaq*«, sagte er und beugte sich vor, um zu dem Schild an der Fassade des Gebäudes hochzuschauen. Unter den Umrissen von Nuuks bekanntestem Berg standen dessen Name und der Name des Medienkonsortiums. »Hier arbeitet Qitu Kalia?«

»Ja.« Petra trommelte auf das Lenkrad und lächelte.

Maratse öffnete die Tür, wappnete sich kurz gegen den stechenden Schmerz, der seine Beine hochschießen würde, sobald er die Füße auf den Boden setzte, und stieg aus. Er biss die Zähne zusammen und sah Petra an. »Es war schön, dich zu sehen, Piitalaat. Und danke fürs Mitnehmen.«

»Ich fand's auch schön. Wo übernachtest du?«

»Nivi hat mir im Hotel Hans Egede ein Zimmer gebucht.«

»Okay«, sagte Petra. »Ich melde mich.«

Petras Handy läutete, und sie wartete, bis Maratse die Tür geschlossen hatte, bevor sie dranging. Noch bevor er den Eingang des Gebäudes erreichte, hörte er, wie sie den Motor anließ und die Sirene einschaltete. Kurz leuchtete am Rand seines Gesichtsfelds ein Blaulicht auf, dann war es verschwunden. Die Hand am Türgriff blieb Maratse kurz stehen und dachte an das letzte Mal, als er mit Blaulicht und Sirene losgerast war. Er schlug sich das Bild aus dem Kopf und öffnete die Tür.

Die Empfangsdame schickte ihn in den zweiten Stock. Er

verzog das Gesicht und machte sich daran, die Treppe hinaufzusteigen. Qitu Kalia erwartete ihn am Ende der Treppe, schüttelte ihm die Hand und führte ihn in sein Büro. Maratse fand, dass der Journalist ziemlich erfolgreich sein musste, um ein eigenes Büro zu haben, und war froh, einen bequemen Stuhl vor Qitus Schreibtisch angeboten zu bekommen. Maratse begann, auf Grönländisch zu sprechen, doch Qitu hob sofort die Hand.

»Dänisch, bitte. Das ist zum Lippenlesen einfacher.«

»Sie können Grönländisch nicht lippenlesen?«

»Schon auch, aber Sie sind doch von der Ostküste?«

»*Iiji*«, sagte Maratse.

»Es ist schwer, Sie zu verstehen.«

»Dann also Dänisch.«

»Danke«, sagte Qitu. Er blickte aufmerksam auf Maratses Lippen. »Was kann ich für Sie tun?«

»Was können Sie mir über Tinka Winther erzählen?«

»Sind Sie noch bei der Polizei?«

»Nein. Ich arbeite für Nivi.«

»Die Premierministerin?« Qitu machte sich auf dem Block auf seinem Schreibtisch eine Notiz. »Als Privatdetektiv?« Er schaute wieder zu Maratses Lippen auf.

Maratse nickte. »Gibt es eine Verbindung zwischen Aarni Aviki und Tinka Winther?«

»Meines Wissens nicht«, sagte Qitu. »Was werden Sie mit den Antworten machen, die ich Ihnen gebe? Leiten Sie sie an Nivi weiter oder an die Polizei?«

»An beide«, sagte Maratse. »Aber zuerst an die Polizei.«

»Warum sollte ich Ihnen irgendetwas erzählen? Wenn es überhaupt etwas zu erzählen gibt?«

»Weil ein Mädchen tot ist.«

Qitu machte sich eine weitere Notiz auf seinem Block, dann stand er auf. »Kaffee?« Er verließ das Büro und kam wenige Minuten später mit zwei Kaffeebechern zurück. Er stellte sie auf den Schreibtisch und schloss die Tür. Als er sich setzte, hatte Maratse den Eindruck, als wäre an dem Journalisten etwas verändert. Er bedankte sich für den Kaffee und wartete.

»Ich schreibe über alle möglichen Themen«, sagte Qitu, »aber neuerdings hauptsächlich über Politik.«

Maratse nahm einen Schluck von seinem Kaffee und hätte gern eine Zigarette geraucht.

»Was halten Sie von der politischen Einstellung von *Seqinnersoq*? Sind Sie einer Meinung mit ihr?«

»Ich mag keine Politik«, sagte Maratse.

»Aber Sie arbeiten für eine Politikerin.«

Maratse zuckte mit den Achseln und nahm einen weiteren Schluck Kaffee. »Mich interessiert nur, was mit dem Mädchen passiert ist. Dass ihre Mutter Politikerin ist, tut dabei nichts zur Sache.«

»Ich glaube, da täuschen Sie sich«, sagte Qitu. »Ich glaube, diese beiden Dinge sind eng miteinander verknüpft. Diese Wahl ...« Er hielt inne, um aufzustehen und seinen Stuhl näher an Maratse zu rücken. »In diesem Wahlkampf ist etwas faul, und ich glaube, die Sprache dient nur als Ablenkungsmanöver.«

»Glauben Sie, Malik Uutaaq hat etwas zu verbergen?«

»Ja, aber nicht, was Sie glauben. Ich glaube, einige Leute bedienen sich der Politik von *Seqinnersoq*, um etwas ganz anderes zu vertuschen.«

»Tinkas Tod zum Beispiel?«

»Ich weiß nicht.« Qitu schaute zum Fenster in der Tür, als jemand an seinem Büro vorbeiging. »Zuerst war ich wütend, wie Malik Uutaaq und Aarni Aviki die Sprache als Waffe benutzen. Ich hatte Zugang zu Nivi Winthers Wahlkampfteam und wurde ermutigt, einen Artikel zu schreiben und darin

Maliks Doppelmoral, seine Heuchelei und seine Schwäche für junge gemischtrassige Mädchen aufzudecken.« Qitu zuckte mit den Achseln. »Das hielt ich zunächst für richtig und dachte, ich könnte auf diesem Weg dazu beitragen, das Narrativ zu ändern.«

»Das haben Sie dann aber nicht getan?«, fragte Maratse. »Warum nicht?«

»Ich gewann mehr und mehr den Eindruck, dass ich benutzt wurde.«

»Von wem?«

»Von Daniel Tukku.«

»Nivis Assistent?«

»Ja. Er ist bei den Firmen in Nuuk sehr beliebt und hat eine Menge Kontakte im Ausland. Er hat schon viele Versprechungen gemacht, Versprechungen, die er nicht halten kann, wenn seine Partei die Wahlen nicht gewinnt.«

»Es ist nicht seine Partei«, sagte Maratse.

»Noch nicht. Aber was ist, wenn sich Nivi aus dem politischen Geschäft zurückzieht, wenn etwas passiert, was sie über ihre Zukunft in der Partei nachdenken lässt? Möglicherweise etwas, was in anderen Leuten Zweifel weckt, ob sie eine Führungsrolle ausfüllen kann. Wegen einer Familientragödie zum Beispiel. Wegen eines traumatischen Erlebnisses.«

»Wie der Tod ihrer Tochter.«

»Etwas in der Art, ja.«

»Sie zieht sich aber nicht zurück.«

»Noch nicht.«

Diesen Gedanken ließ Qitu im Raum stehen. Er griff nach seinem Kaffeebecher und lehnte sich im Stuhl zurück. Maratse biss sich auf die Lippe und bewegte die Beine, um sie in eine bequemere Stellung zu bringen. Qitu beobachtete ihn.

»Die Rezeptionistin hat gesagt, Sie waren Polizist. Aber

Sie haben Ihr Abzeichen abgemacht und bezeichnen sich jetzt als Privatdetektiv.«

»Das haben Sie gesagt, nicht ich.«

»Stimmt. Aber vielleicht spielt es gar keine Rolle, als was Sie bezeichnet werden. Vielleicht werden Sie genauso benutzt wie ich.« Qitu trank seinen Kaffee aus und deutete auf Maratses Beine. »Ich glaube, Sie wurden schon vorher benutzt.«

»Warum?«

»Etwas, was ich über Sie gehört habe. Etwas, worüber niemand spricht. Aber kurz vor dem Sommer gab es hier in Nuuk eine Autoverfolgungsjagd.«

»Daran war ich nicht beteiligt.«

»Und ein Feuer in einem Bergwerk. Angeblich war es ein Unfall.«

»Ich weiß wirklich nicht, was Sie meinen«, sagte Maratse.

»Das tun Sie, glaube ich, sehr wohl, aber vermutlich sind Sie auch loyal«, sagte Qitu. »Das gefällt mir. Ich finde, Sie sind ein guter Grönländer. Sie tun diesem Land gut.«

»Hmm«, brummte Maratse. »Vielleicht.«

»Vielleicht können wir uns gegenseitig helfen.«

»Ich dachte, das tun wir bereits.«

»Schon, aber wenn Sie mich diesen Artikel schreiben lassen, kann ich den Bewohnern Grönlands helfen, die richtige Entscheidung für die Zukunft des Landes zu treffen.«

»Und die wäre?«

»Die Wahrheit. Die Grönländer müssen für die Wahrheit stimmen.«

Maratse veränderte seine Haltung und stellte seinen Kaffeebecher auf den Schreibtisch. Er stand auf, versuchte eine Weile, sein Gleichgewicht zu finden, und streckte die Hand aus. »*Qujanac.*« Er schüttelte Qitu die Hand. »Ich glaube, das ist erst einmal genug.«

»Werden Sie mit Daniel Tukku reden?«

»Das sollte ich wahrscheinlich.«

»Allerdings«, sagte Qitu. »Aber reden Sie bitte auch mit mir noch mal. Wir können einander helfen.«

Maratse nickte und ging zur Tür. Aber bevor er sie erreichte, blieb er stehen, um sein Handy herauszuholen und einen Anruf zu beantworten. Er musste lächeln, als er den Namen auf dem Display sah.

»Piitalaat.«

»David«, sagte Petra.

Irgendetwas in ihrem Ton ließ ihn die Stirn runzeln. Er hielt das Handy dicht an sein Ohr und drehte dem Journalisten den Rücken zu. »Was ist?«

Petra holte tief Luft. »Wir haben Aarni Aviki gefunden. Komm schnell her und schau selbst.«

15

Der Taxifahrer bremste, als der Polizist in der Mitte der Straße dem schwarzen Mercedes signalisierte anzuhalten. Der Schnee im Norden kam in Nuuk noch nicht über das Matschstadium hinaus, und der Polizist war durchnässt. Als er zum Gruß an seine Mütze tippte, tröpfelte Regen von ihrem Schild. Maratse bezahlte den Taxifahrer und stieg aus, worauf der Mercedes in den dunklen Abend verschwand, dahin zurück, woher er gekommen war. Maratse wartete, bis der Schmerz in seinen Beinen nachließ, bevor er auf den Polizisten zuging.

»Näher kann ich Sie nicht ranlassen«, sagte der Polizist.

»Kommissær Jensen erwartet mich«, sagte Maratse. Der Polizist bedachte ihn mit einem skeptischen Blick. Maratse deutete auf die zwei Polizeiautos, die vor einem 20-Fuß-Container standen. Ihre Scheinwerfer waren auf dessen Inneres gerichtet. Maratse konnte Petra zwischen den Lichtkegeln sehen. »Dort ist sie. Fragen Sie sie.«

Der Polizist blickte sich kurz um, dann sagte er: »Warten Sie hier«, und entfernte sich. Maratse versank in die Betrachtung der blau blinkenden Regenperlen auf der Straßenoberdläche und überlegte, was ihm Petra wohl zeigen wollte. Sobald ihm der Polizist zuwinkte, ging er los.

Petra war in ein Gespräch mit einem Arzt und einem Rettungssanitäter vertieft, die im Innern des Containers die Leiche eines Mannes untersuchten. Sie winkte Maratse zu sich und schaute dann zu der Leiche. Maratse hörte eine Stimme neben sich, und als er den Kopf drehte, hatte er

Gaba Alataks Gesicht vor sich. Der Leiter des Sondereinsatzkommandos war in Zivil.

»Selbstmord«, sagte Gaba.

»Aarni Aviki?«

»Ja.« Gaba strich mit der Hand durch sein dichtes schwarzes Haar und setzte damit einen Sprühregen aus Wassertropfen frei. Kurz war Maratse beeindruckt vom Leiter der Spezialeinheit, den das blaue Licht umgab wie ein Heiligenschein. Doch dann ließ Gaba die Hand an seine Seite sinken. »Ich glaube nicht, dass Sie hier sein sollten, Maratse.«

»Schon verstanden.«

»Wirklich?« Gaba zupfte am Ärmel von Maratses Jacke. »Sie sind immer noch in Uniform.«

»Es ist eine gute Jacke«, sagte Maratse. Er bot Gaba eine Zigarette an, doch der lehnte dankend ab. Maratse zündete sich selbst eine an. »Sie sind nicht in Uniform. Was machen Sie hier?«

»Der Polizeipräsident hat mich herbestellt.« Gaba wischte sich den Regen aus dem Gesicht. »Anscheinend hat der Inspektør von Uummannaq etwas Bedenken.«

»Weswegen?« Maratse nahm einen tiefen Zug von seiner Zigarette.

»Er findet, Sie mischen sich zu sehr in den Fall ein. Er hat sogar Andeutungen gemacht, dass Ihre Beteiligung ein bisschen verdächtig ist. Dass es, was Sie und Ihre Vergangenheit angeht, zu viele unbeantwortete Fragen gibt, zwar nicht genügend, um Sie zu einer Person von Interesse zu machen, aber doch zu jemandem, den wir im Auge behalten sollten.«

»Was hat der Polizeipräsident dazu gesagt?« Maratse sah ein Lächeln über Gabas Züge huschen.

»Dass Ihre Vergangenheit Ihre Sache ist und dass Sie sich im Ruhestand befinden.« Gaba sah Maratse an. »Den Eindruck erweckt es natürlich nicht unbedingt.«

»*Iiji.*«

»Der Polizeipräsident hat auch gesagt, dass wir mit Ihnen kooperieren sollen. Deshalb darf ich Ihnen sagen, dass Aarni eine Abschiedsnachricht hinterlassen hat – in Form einer Sprachaufnahme. Wir haben ein Diktiergerät in seiner Jackentasche gefunden.« Er deutete auf die Tür des Containers. »Die Leute glauben, man müsste irgendwo hoch oben hängen, um zu sterben, aber das stimmt nicht. Ich habe Tote mit einer Krawatte um den Hals gefunden, die neben ihrem Bett auf dem Boden gelegen haben. Sie hätten sich nur auf den Ellbogen aufstützen müssen, um zu überleben. Avikis Füße waren ganz knapp über dem Boden. Wenn er sich also auf die Zehenspitzen gestellt und diese Stellung beibehalten hätte …« Und nach einer kurzen Pause fügte Gaba hinzu: »Natürlich nur, bis ihn die Kräfte verlassen hätten.«

»Sind Sie denn nicht sicher, ob es Selbstmord war?«

»Das versuchen die Ärzte gerade festzustellen. Im Container ist ein Stuhl. Deshalb habe ich die Vermutung: Wenn es kein Selbstmord war, könnte jemand auf diesem Stuhl gesessen und zugesehen haben, wie er sich auf den Zehenspitzen zu halten versucht hat, bis ihm die Kraft ausgegangen ist.«

»Wie lange ist er schon tot?«

»Mehrere Stunden. Wenn es natürlich kein Selbstmord war und wenn man in Betracht zieht, was er auf Band gesprochen hat, wenn ihn jemand dazu bringen wollte, bestimmte Informationen herauszurücken, könnte es eine Weile gedauert haben. Die Tonaufnahme hallt sehr stark. Sie hört sich an, als wäre sie im Innern des Containers gemacht worden. Wo er vor Blicken verborgen war.« Gaba starrte Maratse durch eine Wolke aus Zigarettenrauch an. »Was Ihre Vergangenheit angeht: Es heißt, Sie sind gefoltert worden.«

»Mhm«, brummte Maratse und fuhr mit der Zunge über den Filter seiner Zigarette.

»Aber Sie reden nicht gern darüber?«

»*Eeqqi*«, sagte Maratse und schüttelte den Kopf.

Gaba seufzte. »Wenn ich in eine solche Situation käme, würde ich wahrscheinlich alles erzählen, was sie von mir wissen wollen.«

Maratse warf die Kippe auf die Straße. »Der Typ, der mich gefoltert hat, hat keine Fragen gestellt. Er wollte auch nicht, dass ich irgendwas gestehe.« Er sah Gaba an und wartete, dass er auf die Seite trat.

»Tja«, sagte Gaba.

»Petra winkt uns zu sich.« Maratse deutete auf den Container. »Sollen wir rübergehen?«

»Gehen Sie schon voraus. Ich muss meine Leute briefen.«

»Wofür?«

»Dass sie Malik Uutaaq fassen«, sagte Gaba und zog die Augenbrauen hoch. »Reden Sie mit Petra. Sie erklärt Ihnen alles.« Er hielt kurz inne. »Machen Sie sich wegen Simonsen keine Gedanken. Der Polizeipräsident hat durchblicken lassen, dass Sie vielleicht nicht der Einzige sind, der frühzeitig in Rente geht.« Gaba zuckte mit den Achseln. »Halten Sie sich einfach an die Gesetze, *Betjent*.«

Maratse sah Gaba nach, wie er zu einem schwarzen SUV ging, der hinter den Polizei-Toyotas stand. Er wartete, bis Gaba weggefahren war, bevor er zwischen den Polizeiautos hindurch in den Container ging. Gleich hinter der Tür, wo er aus dem Regen war, nahm Petra ihn in Empfang.

Im Innern des Containers roch es stark nach Urin, und Maratse überlegte, ob er sich eine Zigarette anzünden sollte. Ein Sanitäter untersuchte die Kette um Aarnis Hals. Sie war zu dick, um sie mit einem normalen Bolzenschneider zu durchtrennen, weshalb Aarnis lebloser Körper von der

Decke hängen würde, bis die Feuerwehr eintraf, um ihn loszuschneiden. Maratse zuckte zusammen, als ihn Petra am Arm berührte.

»Alles okay?«

»*Iiji*«, sagte Maratse.

»Willst du wieder nach draußen gehen?«

»Es regnet. Bleiben wir lieber hier.« Maratse deutete mit dem Kopf auf Aviki. »Gaba hat was von einer Abschiedsnachricht gesagt.«

»Ja«, sagte Petra.

»Er meint, sie wäre interessant.«

»Und belastend«, sagte sie.

Als das Jaulen von Sirenen näher kam, tippte Petra Maratse an und deutete auf das nächste Polizeiauto. Sie stiegen ein und schlossen die Türen, als das erste Feuerwehrauto eintraf. Petra holte ein Diktiergerät aus ihrer Tasche.

»Das ist eine Aufnahme der Nachricht auf dem Diktiergerät, das wir in Avikis Tasche gefunden haben. Das Original haben sie zur Transkription sofort in die Zentrale bringen lassen.« Sie drückte auf die Abspieltaste, und Maratse starrte auf das Aufnahmegerät in ihren Händen. Wie Gaba gesagt hatte, hallte Aarni Avikis Stimme sehr stark. Petra spulte das Band ein Stück vor und stellte das Gerät lauter. Aarnis Stimme stotterte in den Raum zwischen ihnen.

»… Ich habe der Polizei bereits gesagt, ich bin Tinka Winther nie begegnet.«

Darauf ertönte ein Klicken, als wäre die Aufnahme gestoppt worden, dann fuhr Aarnis Stimme fort.

»Ja, er hat sich mit ihr getroffen.«

Ein weiteres Klicken.

»Malik Uutaaq.«

»Das habe ich ihn auch in der Station gefragt«, sagte Petra und hielt die Aufnahme an. »Wie es scheint, kann Aviki bestätigen, dass Malik Uutaaq Tinka Winther kannte und wahrscheinlich die letzte Person war, die mit ihr zusammen war. Vielleicht auch die letzte Person, die sie lebend gesehen hat.«

Maratse schaute aus dem Fenster, als die Feuerwehrleute zwei Rettungsscheren aus ihrem Fahrzeug in den Container trugen.

»Hat dir das Daniel Tukku erzählt?«

»Was?«

»Hat er gesagt, Aviki könnte bezeugen, dass Uutaaq mit Tinka zusammen war?«

»Ja«, sagte Petra stirnrunzelnd. »Warum?«

»Weil der Journalist glaubt, dass Tukku Uutaaq etwas anhängen will.«

Das Brummen eines Generators und das träge Kreischen der sich durch die Kettenglieder sägenden Rettungsscheren machte jede weitere Unterhaltung unmöglich, bis die Feuerwehrleute fertig waren und Aarni Aviki auf einer Bahre aus dem Container getragen wurde. Ein Arzt kam auf das Polizeiauto zu und klopfte an das Fenster auf Petras Seite.

Als sie es öffnete, sagte er: »Wir bringen den Toten jetzt ins Leichenschauhaus. Wir werden ihn gründlich untersuchen und geben Ihnen Bescheid, wenn wir glauben, dass eine Obduktion erforderlich ist. Im Moment sieht es nach einem normalen Selbstmord aus. Aber das hier«, er deutete auf das Diktiergerät in Petras Hand, »macht die Sache deutlich interessanter.« Auf einen Zuruf der Rettungssanitäterin und ihres Fahrers drehte sich der Arzt um und rief: »Ja, fahrt schon los. Ich komme gleich nach.« Er wischte sich den Regen aus dem Gesicht und sah Petra an, als die Sirene des Krankenwagens die Stille durchdrang.

»Rufen Sie einfach in der Station an, wenn Sie Genaueres wissen«, sagte Petra und holte ihr Smartphone heraus.

Der Arzt klatschte mit der flachen Hand gegen die Tür und trabte zu seinem Wagen. Er war bereits weggefahren, als Petra den Diensthabenden in der Station auf den neuesten Stand gebracht hatte und sich in den Sitz zurücksinken ließ. Sie drehte den Kopf zu Maratse und rang sich ein Lächeln ab. »Es war ein langer Tag, aber jetzt erzähl noch mal von Tukku.«

»Er hat einer Menge Leuten, Firmen und Ländern weitreichende Versprechungen gemacht und …«

»Ländern?«

Maratse zuckte mit den Achseln. »Hat zumindest der Journalist behauptet.«

»Und wie passt Tinka in dieses Bild?«

»Tukku will das Heft in die Hand nehmen. Er will derjenige sein, der die Entscheidungen trifft.«

»Aber Malik Uutaaq ist zu beliebt – und zu mächtig«, sagte Petra und seufzte. »Langsam verstehe ich, warum dir die Politik zuwider ist.« Sie wandte sich von Maratse ab, als der Polizist, der ihn auf der Straße abgefangen hatte, ans Fenster klopfte.

»Die Feuerwehr ist fertig. Wie geht's jetzt weiter?«

»Versiegeln Sie den Container über Nacht. Wir haben soweit alles dokumentiert. Den Rest übernimmt morgen die Spurensicherung.«

»Kann ich dann Pause machen?«

»Ja«, sagte Petra und ärgerte sich über den jungen Kollegen, als er an seine Mütze tippte und ein Wasserschwall durch das offene Fenster über ihr Gesicht spritzte. Er grinste nur und lief zum Container, um die Türen zu schließen und mit Vorhängeschlössern zu sichern.

»So«, sagte sie und startete den Motor. »Ich friere, ich bin bis auf die Haut durchnässt, und ich brauche was zu essen. Was ist mit dir?« Maratse nickte, und Petra stieß rückwärts auf die Straße und fuhr Richtung Innenstadt den Hügel hinauf. Wenige Minuten später parkte sie vor einem thailändischen Restaurant, in dem sie hinter den Büffettischen eine freie Sitznische fanden. Petra bestellte für sie beide, dann legte sie ihren Notizblock auf den Tisch. »Der Polizeipräsident will bestimmt wissen, was wir als Nächstes vorhaben.«

»Was *wir* als Nächstes vorhaben?« Maratses Gesicht zuckte, als er seine Beine in eine bequemere Position brachte. »Du meinst doch wohl eher, was *du* vorhast.«

»Ja, aber auch *du*. Wir arbeiten schließlich zusammen. Hat Nivi Winther ausdrücklich verlangt, und der Polizeipräsident spielt mit, zumindest vorerst noch. Deshalb«, sagte sie grinsend, »sind wir Partner.«

»Partner.« Maratse öffnete den Reißverschluss seiner Jacke und lachte kurz. Er merkte, dass er schon eine Weile nicht mehr gelacht hatte, und die Tatsache, dass er wieder als Polizist arbeitete, ließ das Lachen in ein Lächeln übergehen.

»Du wirkst ja plötzlich richtig gut gelaunt«, sagte Petra.

»Ich arbeite wieder.«

Die Bedienung brachte zwei Pappbehälter mit Essen und zwei große Cola. »Falls wir schnell wegmüssen«, sagte Petra, als Maratse stirnrunzelnd auf den Behälter mit Nudeln und Soße blickte. Sie klappte die vier Seiten des Deckels zurück und nahm die Einmalstäbchen aus ihrer Papierhülle. Maratse griff nach einer Gabel.

»Was wollte eigentlich Gaba im Container?«, fragte er und öffnete seinen Essensbehälter.

»Du hast doch die Aufnahme gehört. Der Polizeipräsident hat der Premierministerin versprochen, dass Gaba vollumfänglich an den Ermittlungen beteiligt ist. Avikis Selbstmord rückt alles in ein anderes Licht.«

»Falls es wirklich ein Selbstmord war.«

»Klar. Wenn jemand Aviki zu einem Geständnis gezwungen hat …«

»Ein Mann?«

»Vielleicht.« Petra nahm mit den Stäbchen eine Garnele auf, tauchte sie in ein Schälchen Soße und schob sie sich in den Mund. Sie musste an den Suzuki denken, in dem Aarni am Tag zuvor weggefahren war. »Das ist eine Möglichkeit. Ein Selbstmord kommt natürlich sehr gelegen, aber wenn es ein erzwungenes Geständnis war, das in einem Selbstmord geendet hat …«

»Oder einem Mord.«

»Genau.« Petra nahm einen Schluck Cola. »Deshalb soll die Aufnahme genauer analysiert werden.«

Maratse runzelte die Stirn. »Wenn es erzwungen war, muss der Täter gewusst haben, dass Aarni Aviki etwas zu erzählen hatte.«

»Oder«, sagte Petra, »er wollte, dass Aviki etwas Bestimmtes sagt, und hat ihn gefoltert, damit er es sagt.«

»Dann kommt Uutaaq schon mal nicht in Frage.«

»Richtig.«

»Womit wir wieder bei Tukku wären. Oder einem anderen Mann?«

»Oder einer Frau.« Petra legte die Stäbchen beiseite und lächelte.

»Was ist, Piitalaat?«

»Ich musste nur gerade an Gaba denken. Und was *ich ihm* alles antun wollte, als ich herausgefunden habe, dass er fremdgeht.«

»Und?«

»Wir vergessen jemanden.«

»Maliks Frau?«

»Genau.« Petra griff nach ihren Stäbchen, spießte eine Garnele damit auf und hielt sie vor Maratse hoch. »Angenommen, du bist richtig sauer auf deinen Mann und willst es ihm gewaltig heimzahlen, was gäbe es da für eine bessere Möglichkeit, als ihm den Mord an der Tochter seiner Konkurrentin anzuhängen?«

»Noch wissen wir nicht, ob es ein Mord war«, sagte Maratse und veränderte die Haltung seiner Beine. Er blickte sich im Restaurant um und nickte einem Gast zu, der seinen Blick aufgefangen hatte. Er sah Petra an. »Im Obduktionsbefund steht doch, dass es ein Bootsunfall war.«

»Ein Unfall?«, sagte Petra. »Von wegen. Uns ist doch beiden klar, dass es keiner war.«

»Mhm«, brummte Maratse.

»Trotzdem. Naala Uutaaq. Bestimmt würde sie ihren Mann am liebsten kastrieren. Das hätte ich jedenfalls gern bei Gaba gemacht. Und wenn sie es ganz öffentlich tun könnte …«

»*Iiji.* Aber hättest du einen anderen Mann gefoltert, um es Gaba heimzuzahlen?«

»Nein.« Die Aufregung in Petras Stimme war schlagartig verflogen. Sie schob sich die Garnele in den Mund und begann zu kauen.

Maratse nuckelte am Strohhalm seiner Cola und dachte darüber nach, wozu Frauen fähig waren, wenn sie sich an ihrem Ehemann oder Freund oder sogar einer Freundin rächen wollten. Er hatte zu viele Kneipenschlägereien auflösen müssen, bei denen Frauen um irgendeinen miesen Typen gekämpft hatten, und einmal hatte eine Frau bei einer Messerstecherei eine andere sogar umgebracht, weil ihr in der Stadt etwas zu Ohren gekommen war. Tratsch, der zu einem Mord führte. In Grönland war Eifersucht eine Droge, die die Polizei stets auf Trab hielt.

»Trotzdem sollten wir mit ihr reden«, sagte Petra.

»Mit Maliks Frau?«

»Ja«, sagte Petra und schüttelte den Kopf. »Woran denkst du gerade?«

»Du hast doch gesagt, dass sich Gaba Malik vorknöpfen will.«

»Ja, aber erst nach dem TV-Duell.«

»Und das ist morgen?«

»Ja.« Petra runzelte die Stirn.

»Wir müssen uns Malik, seine Frau und Daniel Tukku sofort vorknöpfen.«

»Ich weiß«, sagte Petra. »Aber der Polizeipräsident will keinen Mediensturm entfachen, wenn wir jemanden schon vor dem TV-Duell – oder auch kurz danach – vernehmen. Wir sollen uns auf keinen Fall einmischen.«

»Andererseits müsste Avikis Tod für Malik Uutaaq Grund genug sein, die Fernsehdebatte abzusagen.«

»Weil Tinkas Tod es nicht war?«

»Offensichtlich nicht. Nivi Winther ist eine starke Frau.« Maratse klopfte die Jackentasche ab, in der seine Zigaretten steckten, und sah Petra an. »Ist Maliks Beliebtheit ungebrochen?«

»Natürlich. Trotz des Mitgefühls, das Nivi Winther entgegengebracht wird, dürfte es schwer für sie werden, ihn beim Fernsehduell zu besiegen.« Sie tippte mit den Essstäbchen auf den Rand ihres Behälters. »Die Debatte abzusagen, ist für beide Seiten riskant. Dafür ist ein triftiger Grund nötig.«

»Zum Beispiel ein Todesfall. Auf beiden Seiten.«

»Richtig«, sagte Petra und lächelte. »Ich glaube nicht, dass ich dich mal so viel reden gehört habe.«

»Hmm«, brummte er. »Es ist schön, wieder zu arbeiten.« Er stand mit zusammengebissenen Zähnen auf und stützte sich so lange auf der Stuhllehne ab, bis er sich in der Lage fühlte zu gehen. »Wir müssen zahlen und los.«

»Wo willst du hin?«, fragte Petra und griff nach dem Behälter mit ihren Nudeln.

»Zu Malik Uutaaqs Haus.«

»Sollen wir mit seiner Frau reden?«

Maratse schüttelte den Kopf. »Wir parken nur davor und warten.«

»Warum?«

»Ich glaube, sein Leben ist in Gefahr.«

Petras Smartphone kündigte piepend den Eingang einer Textnachricht an, als sie für ihr Essen bezahlte. Nach einem kurzen Blick auf das Display reichte sie das Handy Maratse. »Der Journalist. Er hätte gern einen Kommentar von uns. Jemand hat ihm gerade eine Mail mit einer angehängten Tondatei geschickt.«

16

Um Malik Uutaaq herum tobte das Samstagabendchaos, aber er bekam nichts davon mit. In einer Hand ein Glas Gin, in der anderen sein Smartphone, saß er zu Hause in seinem Lehnsessel am Fenster. Auf dem Beistelltisch neben ihm lagen Aarnis Notizen für die Debatte. Malik warf hin und wieder einen Blick auf sie, als er seinen Pressesprecher zum vierten Mal – oder war es schon zum fünften? – zu erreichen versuchte. Malik wusste es nicht mehr, wie er auch nicht mehr wusste, wann Pipaluk zu schreien angefangen hatte oder warum Naala zurückgeschrien hatte: irgendwas, dass sich ihre Tochter aufführte, als wären sie reich, und dass Winterjacken, vor allem die von Canada Goose, nicht gerade billig waren. Malik hörte den Streit, er bekam sogar jedes einzelne Wort mit, aber er hörte nicht wirklich zu. Morgen sollte das TV-Duell stattfinden, und sein Pressesprecher – der Mann, den er angeheuert hatte, damit er sich um alles kümmerte und ihm sagte, was er sagen sollte und wann – war spurlos verschwunden. Malik nahm einen Schluck Gin. Das Mädchen war tot. Was spielte es da für eine Rolle, dass Pipaluk ihre Winterjacke verloren hatte?

»Malik«, sagte Naala, und erst jetzt merkte er, dass sie vor ihm stand.

»Was ist?«

»Dein Sohn ist in seinem Zimmer. Du musst raufgehen und mit ihm reden.«

»Ich muss mich auf das Fernsehduell vorbereiten. Da habe ich keine Zeit, mit Sipu zu reden.«

»Von wegen«, sagte seine Frau und deutete mit dem Finger auf seine Brust, »du besäufst dich doch bloß.« Sie zog die Ginflasche unter seinem Arm hervor, hielt sie ans Licht und schwenkte das bisschen Alkohol auf ihrem Boden herum.

»Gib her.« Malik ließ das Handy in seinen Schoß fallen und versuchte, nach der Flasche zu greifen.

»Erst gehst du und redest mit deinem Sohn.«

»Du meinst wohl, mit *unserem* Sohn.«

»Jetzt gerade? Er gehört dir«, sagte Naala und stapfte in die Küche. Sie leerte den Inhalt der Flasche in die Spüle und starrte ihren Mann herausfordernd an.

Malik trank den letzten Rest Gin aus seinem Glas und knallte es auf den Couchtisch, dann ging er aus dem Wohnzimmer, durch die Küche und in die Diele. Auf halbem Weg die Treppe hinauf blieb er stehen, um tief Luft zu holen und sich zu sammeln, bevor er seinen Weg ins Obergeschoss fortsetzte. Pipaluk steckte den Kopf aus der Tür ihres Zimmers und begann, sich über ihre Mutter zu beklagen.

»Nicht jetzt, Prinzessin«, sagte Malik und ging an ihrem Zimmer vorbei.

»Das ist einfach nicht fair, Dad«, rief sie ihm hinterher. »Ich habe meine Jacke und die anderen Sachen nicht verloren. Ich habe sie an meinen Haken gehängt. An *meinen* Haken. Du solltest bei der Polizei anrufen.«

Vor der Tür von Sipus Zimmer blieb Malik stehen und überlegte, wie er seiner Tochter beibringen sollte, warum es keine gute Idee war, die Polizei einzuschalten. Er öffnete die Tür und bereute sofort, nicht geklopft zu haben.

Bis auf des violette und blaue Licht des Computerbildschirms auf dem Schreibtisch war Sipus Zimmer vollkommen dunkel. Er drehte den Kopf zur Tür und tastete mit einer Hand hastig nach der Maus, während er die andere auf seinen Unterleib legte. Malik betrat das Zimmer und schloss leise die Tür hinter sich.

»Sipu?«

»Tut mir leid, Dad«, sagte Sipu und schloss mit einem Mausklick das Fenster auf dem Bildschirm, worauf jedoch nur ein zweites und drittes hinterherpurzelten. Alle pornographisch. Alle drastisch.

Malik ging zum Bildschirm seines Sohnes, schaltete ihn aus und sagte: »Zieh deine Pyjamahose hoch.«

Dann ging er zu Sipus Bett, setzte sich darauf und tätschelte die Matratze neben sich. Sipu zog sich die Pyjamahose zum Bauch hoch und setzte sich ebenfalls aufs Bett. Malik legte den Arm um seinen Sohn, dessen Körper von einem Schluchzen geschüttelt wurde, und Sipu vergrub seinen Kopf in der Achselhöhle seines Vaters.

»Ich bin nicht böse auf dich, Sipu. Du hast nichts Schlimmes getan. Wir müssen nur darüber reden.«

Malik hatte das Gefühl, als begänne sich der Raum um ihn herum zu drehen, und er blinzelte, um seinen Blick auf die Videospielposter an den Wänden zu fokussieren. Keines von ihnen schien aufhören zu wollen, sich zu bewegen, weshalb Malik die Augen schloss. Im Zimmer war es warm. Er ließ das Kinn auf die Brust sinken und stellte sich das Studio vor, das sie im Kulturzentrum für das Fernsehduell einrichteten, die Scheinwerfer, die Sitze für das Live-Publikum und den Standort der drei Kameras. Am Tag von Tinka Winthers Begräbnis hatte er sich das Studio zusammen mit Aarni angesehen und zustimmend genickt, als ihm die Fernsehtechniker erklärten, was sie machten. Zu Schminke hatte er *Ja* gesagt, zu einer Brille *Nein*. Sie zeigten ihm, wie das schnurlose Mikrophon funktionierte, und er erinnerte sich an die leichte Berührung der jungen Frau, die die Klammer des

Mikrophons zwischen seinen Gürtel und den Bund seiner Hose geschoben hatte. Sie war hübsch. Nicht sein Typ, aber andererseits brachte ihn sein *Typ* nur ständig in Schwierigkeiten. Wurde es vielleicht Zeit, sein Leben zu überdenken?

Malik hörte ein Schnarchen und öffnete blinzelnd die Augen. Sipu war auf seiner Brust eingeschlafen. Er hob die linke Hand, um auf die Uhr schauen, aber es war zu dunkel, um die Zeit ablesen zu können. Er wusste nicht, ob er geschlafen hatte und ob er vom Schnarchen seines Sohns geweckt worden war oder von dem Klopfen an der Tür. Er kniff die Augen zusammen, als Naala die Tür öffnete und, gefolgt von einem Streifen Licht, ins Zimmer schlüpfte. Sie schaute zum Fenster und schien erleichtert, als sie merkte, dass die Vorhänge zugezogen waren.

»Malik«, flüsterte sie.

»Naala? Was ist?«

»Draußen«, sagte sie. »Vor dem Haus steht ein Polizeiauto.«

»Was?« Malik setzte sich auf, schob seinen Sohn von seiner Brust und legte ihn auf die Matratze. Dann zog er das Federbett über ihn, ging ans Fenster und streckte die Hand nach dem Vorhang aus.

»Nicht«, sagte Naala. »Sonst sehen sie dich.«

Malik stellte sich an die Seite des Fensters und zog vorsichtig am Rand des Vorhangs, gerade so viel, dass er den Polizei-Toyota sehen konnte. Er ließ den Vorhang los und sah seine Frau an.

»Ich weiß nicht, was das soll«, sagte er, aber das Zwicken in seinem Magen deutete darauf hin, dass er sehr wohl eine Idee hatte.

»Wirst du es herausfinden?«

»Möchtest du, dass ich rausgehe und mit ihnen rede?«

»Ja«, sagte sie. »Die Polizei steht vor unserem Haus, Malik. Ja, ich will, dass du mit ihnen redest. Was sollen die Nachbarn denken?«

»Vielleicht sind sie wegen einem von ihnen da.«

»Das glaubst du doch selbst nicht«, sagte sie und seufzte.

Beide drehten sich um, als Pipaluk ins Zimmer kam. Sie sah ihre Mutter an und ging zum Fenster.

»Pipaluk, halt«, sagte Naala.

»Ich will aber schauen.«

»Da ist nichts, Prinzessin«, sagte Malik. »Geh wieder in dein Zimmer.«

»Warum flüstert ihr dann, wenn nichts ist?«, fragte sie.

»Weil dein Bruder schläft.«

Pipaluk lachte. »Tut er nicht, Dad.« Sie deutete auf Sipu, der das Federbett über seinen Kopf zog. »Schwindler«, sagte sie und verließ das Zimmer.

Malik sah seine Frau an, als er hörte, wie Pipaluk die Tür ihres Zimmers schloss und ihre Stereoanlage anmachte. Die Musik war laut genug, um sie zu hören, aber nicht laut genug, um ihr zu sagen, sie leiser zu drehen. Naala bedeutete Malik, ihr zu folgen, und sie gingen die Treppe hinunter in die Küche.

»Sie sind deinetwegen hier?«, fragte sie, als Malik die Küchentür schloss.

»Wieso soll das irgendwas mit mir zu tun haben?«

»Nicht mit dir persönlich, aber damit, wer du bist.«

»Weil ich der Parteichef von *Seqinnersoq* bin? Na schön, vielleicht.«

»Und mit dem, was du tust«, setzte sie nach und verschränkte die Arme über der Brust.

»Wegen der Politik?«

»Pah«, schnaubte sie. »So nennst du es also neuerdings?«

»Naala«, sagte Malik und legte die Hand an seine Stirn. »Ich will nicht mehr streiten.«

»Nicht?«

»Ich habe keine Kraft mehr. Die letzte Woche war …« Er hielt kurz inne. »… extrem anstrengend.«

Er sah seine Frau an und beobachtete, wie ihr Gesichtsausdruck weicher wurde und ihre Arme an ihren Seiten hinabsanken. Sie öffnete den Mund, als wollte sie etwas sagen, und er fragte sich, ob er es zu hören verdiente, Worte der Aufmunterung, des Mitgefühls und der Unterstützung, von der Frau, deren Liebe er immer wieder betrogen hatte. Doch dann sah er ihre Lippen zucken, und alles Mitgefühl, das er für seine Reue erhofft hatte, war verflogen.

»Du hattest eine anstrengende Woche? Ach, mein armer Liebling. Es muss wirklich schrecklich sein, du zu sein.«

»Lass das bitte, Naala.«

»Was soll ich lassen, du Dreckskerl?« Naala stieß mit den Fingern in Richtung des Wohnzimmerfensters, das sich auf die Straße öffnete. »Geh doch raus da und erkundige dich, was die Polizei vor unserem Haus macht. Wenn du das tust, lasse ich dich vielleicht wieder rein. Sonst …« Sie sprach nicht weiter, sondern lachte nur. »Aarni Aviki.«

Malik runzelte die Stirn. »Was soll mit ihm sein?«

»Er hat mir geraten, mich mit dir abzufinden. Dass es besser ist, die vernachlässigte Frau des Premierministers von Grönland zu sein, als ein geschiedener Niemand. Das muss man sich mal vorstellen. Er hat mir mehr oder weniger geraten, dich weiter rumvögeln zu lassen, weil nach der Wahl alles gut wird und wir dann mehr Geld haben. Hat er wortwörtlich so gesagt.«

»Das hat er mir erzählt.« Malik schaute zu dem Lehnsessel, in dem er sein Handy liegen gelassen hatte. Dann sah er seine Frau an und fragte: »Willst du die Scheidung, Naala?«

Die Worte überraschten ihn nicht einmal. Es schien, als geschähen sie einfach, als entwichen sie zusammen mit der seinen Körper verlassenden Energie, um ihm am Vorabend des wichtigsten Tags seines Wahlkampfs die letzten Kräfte zu rauben. Wenn es sowieso irgendwann dazu kam, dachte er, warum dann nicht jetzt gleich. Was konnte sonst noch schiefgehen?

Naala lehnte sich an die Küchentheke und starrte ihren Mann an, als hätte er in einer Fremdsprache zu sprechen begonnen, als versuchte er endlich, mit ihr kommunizieren. Auf diese neue Ebene von Verletzlichkeit innerhalb nur weniger Minuten war sie nicht gefasst, und sie kehrte Malik den Rücken zu, um ihn erst einmal im Ungewissen zu lassen und ihm keine Signale zu senden, ob nun in der einen oder anderen Richtung. Dafür war es noch zu früh. Sie sammelte ihre Gedanken und sagte: »Geh erst mal da raus. Wenn du mit der Polizei gesprochen hast, reden wir weiter.«

Malik wartete, dass sie sich umdrehte. Als er merkte, dass sie das nicht tun würde, verließ er die Küche, schloss leise die Tür hinter sich und schlüpfte in ein Paar Schuhe. Er nahm eine Jacke von der Garderobe und verließ das Haus. Der Weg über die Straße war doppelt so lang, als er ihn in Erinnerung hatte, und er fragte sich, wie viel Gin er getrunken hatte, bevor Naala den Rest der Flasche in die Spüle geleert hatte. Einen halben Meter vor dem Polizeiauto blieb er stehen, wischte sich den Regen aus dem Gesicht und spähte durch das Fahrerfenster. Er wartete.

Petra drückte auf den Knopf, um das Fenster herunterzulassen, und sah Malik an. Sie nickte und wartete, dass er etwas sagte.

»Sie kommen mir bekannt vor«, sagte er.

»Kommissær Jensen. Ich leite die Ermittlungen im Fall Tinka Winther.«

»Sind Sie deshalb hier vor meinem Haus?« Er wartete, als

Petra sich dem neben ihr sitzenden Mann zuwandte. Malik kam einen Schritt näher und spähte ins Wageninnere zu Maratse. »Sie kenne ich nicht.«

»Ich heiße Maratse.«

»Und arbeiten Sie auch an dem Fall?« Malik schüttelte den Kopf. »Zwei Polizisten vor meinem Haus, an einem Samstagabend. Haben Sie wirklich nichts Besseres zu tun? In der Stadt gibt es sicher genügend Betrunkene, die Sie festnehmen könnten.«

Petra seufzte. »Meine Schicht ist schon seit einer Stunde um.«

»Wirklich?«

»Und ich bin kein Polizist«, sagte Maratse und öffnete die Beifahrertür.

Malik beobachtete, wie Maratse langsam um das Polizeiauto herumging. »Was machen Sie dann hier? Ist das eine neue Form der Belästigung?«

»Schön wär's«, sagte Petra und bedachte Maratse mit einem scharfen Blick, als er sich an die Seite des Wagens lehnte.

»Dann sollte mir das lieber einer von Ihnen erklären, bevor ich den Polizeipräsidenten verständige.«

»Das können Sie sich sparen, Malik«, sagte Maratse. »Ich will nur reden.«

Petra unterdrückte ein Lachen, und Malik sah sie beide verwirrt an. »Mein *Freund* ist neuerdings eine richtige Plaudertasche.«

»Piitalaat«, sagte Maratse. »Bitte …«

»Nein, David«, sagte Petra und packte das Lenkrad. »Ich finde diese Aktion falsch.« Sie sah Malik an. »Und ich will auch gar nicht hier sein.«

Malik wischte sich den Regen aus dem Gesicht und versuchte blinzelnd, aus dem Gespräch schlau zu werden. Er blickte sich nach seinem Haus um und wünschte sich fast, zurück in der Küche zu sein und mit Naala zu streiten. »Was soll das eigentlich? Die alte Guter-Cop-böser-Cop-Nummer? Allerdings scheint keiner von Ihnen zu wissen, wer jetzt wen spielt. Kriegen Sie das also erst mal unter sich geregelt, dann können wir meinetwegen weiterreden. Ich habe weiß Gott Besseres zu tun.«

»Meine Freundin ist sauer auf mich, weil ich sie dazu gebracht habe, heute hierherzukommen«, sagte Maratse.

»Das sehe ich. Aber was hat das mit mir zu tun?«

»Sie sind ein Problem, und Sie haben ein Problem.« Maratse steckte sich eine Zigarette an und schraubte sie in die Lücke zwischen seinen Zähnen. »Sie sind ein Problem, weil Ihre Politik darauf hinausläuft, dass meine Freundin keine richtige Grönländerin ist.« Maratse überlegte, ob er auf Grönländisch umsteigen sollte, fuhr aber auf Dänisch fort. »Sie findet, Sie spalten das Land, und da kann ich ihr nur zustimmen. Aber das ist nicht der Grund, weshalb wir heute Abend hier sind.«

»Nicht? Gut, denn das wäre Belästigung.«

»Wir sind hier«, sagte Petra, »weil sich mein Freund Sorgen um Sie macht. Er glaubt, Sie könnten eine Dummheit begehen, oder jemand könnte Ihnen etwas antun.«

»Was zum Beispiel? Was haben Sie dabei im Sinn? Warum sollte ich eine Dummheit begehen?«

»Wann haben Sie zum letzten Mal mit Aarni Aviki gesprochen?«, fragte Maratse.

»Heute Morgen. Warum?«

»Er hatte einen unerfreulichen Tag.«

»Wieso? Ist Aarni was zugestoßen?« Malik sah Petra an. »Sagen Sie schon.«

Petra biss sich auf die Lippe und überlegte, was sie sagen sollte. »Er hat Selbstmord begangen.«

»Was?« Malik sah Maratse an. »Was hat sie gesagt?«

»Wir haben vor wenigen Stunden seine Leiche gefunden.« Petra schaute zum Haus. »Ist Ihre Frau zu Hause?«

»Ja«, sagte Malik. Er breitete ruckartig seine Hände aus. »Meine Frau, meine Kinder, alle sind zu Hause. Warum?«

»Das ist gut«, sagte Maratse. »Wir werden heute Nacht hierbleiben. Vielleicht sollten Sie sich schlafen legen. Damit Sie morgen beim TV-Duell fit sind.«

»Unser Beileid wegen Herrn Aviki«, sagte Petra. »Versuchen Sie zu schlafen.«

Malik wich einen Schritt zurück und starrte Maratse und Petra an. Ihm wollte immer noch nicht in den Kopf, was sie gerade gesagt hatten.

Naala kam aus dem Haus und spähte an ihm vorbei auf das Polizeiauto.

»Was wollen die beiden hier?«

»Sie wollen sich nur vergewissern, ob bei mir alles okay ist.«

»Bleiben sie die ganze Nacht hier?«

»Ja.« Malik griff nach Naalas Hand. »Aarni ist tot, Naala.«

»Was?«

»Selbstmord. Sie haben es mir gerade erzählt.«

»Und deshalb sind sie hier?«

»Vielleicht. Ich weiß es nicht. Ich glaube, sie wollen mich beschützen.«

»Malik«, sagte Naala. »Du brauchst Schutz?«

»Keine Ahnung, ich verstehe überhaupt nichts mehr.«

Sapaat

SONNTAG

17

Nivi Winther lächelte ihre Sekretärin an und unterschrieb drei Erlasse, die nach dem Wochenende in Kraft treten sollten. Die Sekretärin blieb zögernd an Nivis Schreibtisch stehen, bis diese von ihrem Laptop aufblickte. Der Miene der Sekretärin nach zu schließen, wollte sie Nivi ihr Beileid ausdrücken, womit sie an diesem Morgen schon die dritte und wahrscheinlich nicht die letzte Person war.

»Ist irgendwas, Bibi?«

»Nein. Ich wollte Ihnen nur sagen …« Bibi verstummte und drückte die Erlasse an ihre Brust. »Ich wollte nur sagen, wie leid mir das alles tut. Mit Tinka.«

»Danke, das ist sehr nett«, sagte Nivi.

»Wenn ich irgendetwas für Sie tun kann.«

»Werde ich es Ihnen bestimmt sagen.« Nivi lächelte und wartete, dass Bibi das Zimmer verließ. Als Bibi fragte, ob sie die Tür schließen sollte, nickte sie.

Einen Augenblick Ruhe, das wünschte sich Nivi jetzt am meisten. Als die Tür mit einem leisen Klicken zuging, ließ sie sich in ihren Schreibtischstuhl zurücksinken und schloss die Augen. Sie dachte an Tinkas Grab, das auf die Eisberge im Uummannaq-Fjord blickte. Fast konnte sie den kalten Hauch von Eis auf ihren Wangen spüren, der alles gefrieren ließ, was ihm in den Weg kam, auch die Tränen in ihrem Gesicht. Nivi merkte, dass sie weinte, und öffnete die Augen. Sie wischte sich die Tränen mit dem Finger weg und ärgerte sich, als sie sah, dass ihre Wimperntusche erneut zerlaufen war. Es würde ein schwerer Tag werden.

Um sich von ihren düsteren Gedanken abzulenken, griff sie nach ihrem Smartphone und rief Maratse an. In der Hoffnung, ihren Moment der Trauer dadurch zu überspielen, lächelte sie, als er abnahm. »Ich wollte mich nur mal melden«, sagte sie.

»*Iiji.*«

»Bei Ihnen alles in Ordnung? Irgendwas Neues?«

»Bisher nicht.«

»Wirklich?« Nivi blickte auf, als Daniel an die Glasscheibe ihrer Bürotür klopfte. Sie winkte ihn herein. »Sie hören sich müde an, Betjent.«

»Alles gut«, sagte Maratse.

Nivi bedankte sich, beendete den Anruf und legte das Handy beiseite. Sie deutete auf den Stuhl vor ihrem Schreibtisch und wartete, bis sich Daniel gesetzt hatte.

»Betjent?«, fragte er. »Ich dachte, Kommissær Jensen ist für den Fall zuständig.«

»Ist sie auch«, sagte Nivi. »Ich habe nur um etwas Unterstützung für sie gebeten.«

»Gebeten? Heißt das, du hast mit dem Polizeipräsidenten gesprochen? Dir ist doch hoffentlich klar, dass dir das als unerlaubte politische Einflussnahme ausgelegt werden könnte? Was stand im offiziellen Befund?«

»Das weißt du doch, Daniel.«

»Ein Unfall.« Daniel machte eine vage Handbewegung. »Tinkas Tod war ein Unfall. Der allerdings eine Menge Fragen aufwirft, wie es scheint.« Er hielt inne, als ihm Nivis verschmierte Augen auffielen. »Entschuldige. Du hast geweint. Das war nicht sehr rücksichtsvoll von mir.«

»Schon gut, Daniel. Ich werde noch oft weinen, bis ich wieder in die Spur komme.«

»Vielleicht sollten wir dann noch einmal über das Duell reden.«

»Nein.« Nivi schüttelte den Kopf. »Daran werde ich auf jeden Fall teilnehmen. Ohne Wenn und Aber. Also keine weiteren Diskussionen mehr. Meine Entscheidung steht.«

»Gut. Ich verstehe.«

»Wirklich?«

»Natürlich«, sagte Daniel. »Das Land muss dich sehen. Sie brauchen das Gefühl, dass du es führst. Auch in schweren Zeiten. Nur, das Begräbnis war erst am Freitag, Nivi. Es ist zu früh. Es ist nicht auszuschließen, dass die Leute denken, du bist zu entschlossen. Möglicherweise halten sie dich sogar für gefühllos.«

»Wenn wir das Fernsehduell absagen, gewinnt Malik Uutaaq. Hast du doch selbst gesagt.«

»Wir müssen es ja nicht absagen. Es gibt eine andere Möglichkeit.«

»Ah, jetzt kommen wir der Sache schon näher.« Nivi schob ihren Stuhl zurück und stand auf. Sie ging ans Fenster und lehnte sich an die Fensterbank. »Du witterst deine Chance, Daniel, nicht?« Sie lachte. »Und mich nennst du gefühllos?«

»Es wäre das einzig Richtige«, sagte er.

»Für dich vielleicht. Aber wäre es das auch für die Partei? Willst du mit Malik Uutaaq über die Sprachpolitik diskutieren? Und aus dem ganzen Abend einen Beliebtheitswettbewerb machen? Dann werden wir nämlich sicher verlieren. Ist dir das immer noch nicht klar?«

»Die Sprache ist nicht das einzige Diskussionsthema.«

»Für Malik Uutaaq schon.«

»Ich habe mit Aarni Aviki eine Abmachung getroffen. Sie sind bereit über alles zu reden.«

»Wirklich?«

»Ja.«

»Und worauf hast du dafür verzichtet?«

»Nichts.«

»Verstehe.« Nivi verschränkte die Arme über der Brust. »Womit hast du ihm dann gedroht?«

Daniel wandte kurz den Blick ab. »Dass ich sonst zur Presse gehe.«

»Womit?« Doch im selben Augenblick fiel bei Nivi der Groschen, und sie wusste nicht, ob sie wütend oder angewidert sein sollte. »Du hast Tinka als Druckmittel eingesetzt, oder?«

»Ich habe eingesetzt, was ich hatte.« Daniel zuckte auf seinem Stuhl zurück, als Nivi einen Schritt auf ihn zu machte.

»Habe ich dir etwa nicht in aller Deutlichkeit klargemacht, dass ich diesen Artikel nicht veröffentlicht haben will?« Nivi griff nach ihrem Handy. »Ausdrücklich.«

»Wen rufst du an?«

»Den Journalisten.«

»Er ist taub, Nivi.«

»Ich schicke ihm eine Textnachricht.«

»Das kannst du dir sparen. Er hatte nichts damit zu tun.«

»Dann sag mir, was du Aviki erzählt hast.«

Daniel strich mit den Händen über seine Hosenbeine, dann legte er die Fingerspitzen vor seinem Kinn aneinander und sah Nivi an. Sie klemmte sich das Handy in ihre Armbeuge und wartete.

»Ich habe ihm erzählt, dass wir beweisen können, dass Malik mit Tinka auf einer Party war, bevor sie gestorben ist.«

»Und? Können wir das beweisen?«

»Spielt das denn eine Rolle?«

»Und ob es eine spielt, Daniel.« Nivi wurde lauter. »Weil ich in wenigen Stunden neben einem Mann stehen werde, der möglicherweise der Letzte war, der meine Tochter lebend gesehen hat. Er könnte sogar ...« Ihre Stimme begann zu zittern.

»Ja?«

Sie senkte die Stimme und holte Luft. »Irgendwie könnte er sogar für ihren Tod verantwortlich sein. Er könnte sie umgebracht haben.«

Daniel stand auf, legte den Arm um Nivis Schultern und zog sie an sich, sodass ihr Kopf an seiner Brust zu liegen kam. Nivi schloss ihre Faust um das Handy und lehnte sich an Daniels Körper. Sie zitterte, und er drückte sie an sich.

»Genau aus diesem Grund«, flüsterte er, »sollte ich dich beim Fernsehduell vertreten, Nivi.«

»Nein«, sagte sie, ihre Stimme von seinem Körper gedämpft.

»Ruh dich erst mal aus und denk noch mal in Ruhe über alles nach. Dann reden wir weiter.«

Daniel führte sie aus ihrem Büro und in den Aufenthaltsraum am Ende des Flurs, wo es eine Kaffeemaschine und zwei große Sofas gab. Er lotste Nivi zu dem Sofa, das am weitesten von der Tür entfernt war, entwand ihr das Handy und legte es auf den Couchtisch. Dann nahm er die Decke, die auf dem Sofa lag, und schlug sie um ihren Körper, worauf sie die Füße hochlegte und ihren Kopf auf das Kissen sinken ließ.

»Lass mich nicht zu lange schlafen«, sagte sie, als Daniel zur Tür ging und das Licht ausmachte.

»Keine Angst«, sagte er und schloss die Tür.

Nivi ließ sich von ihren Gedanken zu den Eisbergen im Fjord treiben, wo Tinka einen Sandstrand entlanglief und den Dunstfontänen der Wale folgte, die weit draußen auf dem Wasser bliesen. Das Leben im Norden war einfacher – und härter. Hilfe, egal welcher Art, war weiter entfernt als sonst wo. Die Familien mussten einander beistehen, und alle Rivalität, egal wie groß und aus welchem Grund, musste hintangestellt werden, ganz besonders jetzt, bei Wintereinbruch.

Sie wachte auf, als Bibi flüsterte, es sei Zeit aufzustehen. Der Duft von frischem Kaffee stieg in ihre Nase, und sie fuhr sich über die Augen, als sie sich aufsetzte und die Decke zur Seite schlug. Sie griff nach der Kaffeetasse auf dem Tisch und nahm einen Bissen von dem Käsebrot, das ihr Bibi hingestellt hatte.

»Eigentlich sollte mich Daniel wecken«, sagte sie.

»Er hat mich gebeten, das zu übernehmen.«

»Wo ist er?«

»Im Katuaq. Er bereitet sich auf das TV-Duell vor.«

Nivi verkniff sich eine giftige Bemerkung und nahm einen weiteren bedächtigen Schluck von ihrem Kaffee. Sie wusste nicht, wann Daniel auf ihren Posten zu spekulieren begonnen hatte, aber sie merkte, es überraschte sie nicht, dass er Tinka als Druckmittel einsetzte; es machte sie nur wütend.

»Okay«, sagte sie. »Hat er eine Nachricht hinterlassen?«

»Nein.« Bibi schüttelte den Kopf. Nivi entging das Zucken im Gesicht der jungen Frau nicht, aber sie beschloss, nicht weiter in sie zu dringen.

Stattdessen sagte sie: »Danke für den Kaffee«, und stand auf. »Ich mache mich nur kurz frisch. Dann können wir zusammen ins Katuaq gehen.«

»Ja, Frau Premierministerin.«

Nivi ging ins Bad, und Bibi räumte die Kaffeetasse und die Reste des Käsebrots ab. Als Nivi wieder herauskam, war Bibi bereits für den Regen angezogen und hatte Nivis Jacke über dem Arm und ihr Handy in der Hand.

»Ich brauche meine Notizen«, sagte Nivi und machte einen Schritt in Richtung ihres Büros.

»Habe ich bereits hier.« Bibi drehte ihr die Schulter zu, von der Nivis Tasche hing.

»Sie haben ja an alles gedacht.«

»Ja«, sagte Bibi strahlend. »Ich will helfen, so gut ich kann.«

»Und das an einem Sonntag. *Qujanaq*.«

Nivi schlüpfte in ihre Jacke, steckte das Handy ein und schlang sich ihre Handtasche über die Schulter. Bibi ging mit ihr zur Tür, und sie liefen durch sintflutartigen Regen über den Parkplatz zum Eingang des Katuaq-Kulturzentrums. Sie schlüpften nach drinnen und schüttelten, erfrischt von dem kurzen Aufenthalt im Freien, den Regen von ihren Jacken. Bibi nahm Nivi ihre Jacke ab und sagte, sie werde hinter den Kameras auf sie warten. Als sie sich entfernte, erhaschte Nivi einen kurzen Blick auf Maratse, der an einem Tisch am Eingang des Cafés saß.

»Wir sind bereit, Frau Premierministerin«, sagte eine Frau aus dem Fernsehstudio.

»Einen Augenblick noch«, sagte Nivi und ging zu Maratse. »Schön, Sie zu sehen, Betjent.« Maratse stand auf und schüttelte Nivi die Hand. »Sind Sie allein hier?«

»Kommissær Jensen ist im Saal«, sagte er. »Im Publikum.«

»Ach so. Und Sie kommen nicht rein?«

»Ich mag keine Politik«, sagte er.

»Betjent.« Nivi beugte sich zu Maratse vor. »Ich möchte, dass Sie dabei sind. Ich möchte, dass Sie Malik Uutaaq im Auge behalten.«

»Von ihm droht Ihnen keine Gefahr. Ansonsten ist Gaba Atalak hier, um für Ihre Sicherheit zu sorgen.«

»Ich bezahle Sie nicht dafür, mein Bodyguard zu sein, Betjent.« Nivi versuchte, sich ihre Gereiztheit nicht anmerken zu lassen. »Ich möchte nur, dass Sie Uutaaq im Zuge Ihrer Ermittlungen im Auge behalten.«

»Seinetwegen mache ich mir keine Sorgen.«

»Na ja«, sagte Nivi, als die Studioassistentin ihren Namen rief, »vielleicht sollten Sie das aber.«

Nivi wandte sich ab und folgte der Frau vom Studio in die provisorische Maske, die sich in einer Ecke hinter dem Podium befand. Nivi konnte das Publikum hören, das sich auf seine Plätze begab, als sie sich setzte und die Augen schloss. Sie konzentrierte sich auf das sanfte Kitzeln des Pinsels, mit dem Puder auf ihre Wangen aufgetragen wurde. Es beruhigte sie, und sie versuchte, sich in einen Bereich in ihrem Innern zurückzuziehen, in dem sie funktionieren konnte und eine gewisse Kontrolle über das Geschehen hatte, auch wenn von außen noch so viele Kräfte auf sie einwirkten.

Dieses Gefühl von Gefasstheit wurde von einem leisen Geräusch gestört. Sie öffnete die Augen und sah Daniel neben dem großen Polizisten stehen, in dem sie den Leiter des Sondereinsatzkommandos erkannte.

»Du hast vergessen, mich zu wecken, Daniel«, sagte sie.

»Ich hielt es für das Beste, wenn du so lange wie möglich schläfst.«

»Aber sicher.« Nivi sah Gaba an. »Kommissær Alatak. Was gibt's?«

»Ich wollte Sie schon im Voraus warnen. Vor der Debatte.«

»Wovor?«

»Entschuldigung«, sagte Daniel zu der Maskenbildnerin, »könnten Sie uns kurz allein lassen?« Die Frau nickte, legte den Pinsel beiseite und entfernte sich. Nivi sah, dass auch Daniel eine dünne Puderschicht auf den Wangen hatte. Sie sahen sich in die Augen, und er trat einen Schritt zurück und gab Gaba mit einem Nicken zu verstehen, er solle fortfahren.

»Bei den Ermittlungen hat sich einiges getan«, sagte Gaba,

»und ich bin bereit, Malik Uutaaq zur Vernehmung in die Station zu bringen.«

»Wollen Sie ihn festnehmen?«, fragte Nivi.

»Ich bringe ihn in die Station.«

»Ist da ein Unterschied?«

»Nivi«, sagte Daniel. »Es ist noch etwas passiert. Gestern Nacht wurde Aarni Aviki gefunden. Er hat Selbstmord begangen und hatte ein Diktiergerät einstecken.«

»Was?« Nivi runzelte die Stirn. Das ging alles viel zu schnell.

»Aus der Aufnahme geht hervor, dass Malik Uutaaq mit deiner Tochter zusammen war und Aarni schon die ganze Zeit davon gewusst hat.« Daniel hielt inne, um einen Blick mit Gaba zu wechseln. Er sah wieder Nivi an. »Vielleicht bist du jetzt endlich einverstanden, dass ich dich bei der Debatte vertrete. Es steht doch völlig außer Frage«, er legte ihr die Hand auf die Schulter, »dass du unter Schock stehst. Was nur zu verständlich ist. Jeder wäre das.«

»Nein«, sagte Nivi. »Ich werde das durchziehen. Für Tinka.« Sie versuchte aufzustehen, aber Daniel erhöhte den Druck auf ihre Schulter, gerade stark genug, um sie auf den Stuhl niederzudrücken.

»Vor allem Tinka ist der Grund, weshalb du das nicht tun solltest. Die Polizei will Malik Uutaaq in Zusammenhang mit ihrer Ermordung ...«

»Das habe ich nicht gesagt«, sagte Gaba.

»Ich weiß«, sagte Daniel und nahm die Hand von Nivis Schulter. »Aber die Wahrscheinlichkeit ist hoch, dass er in irgendeiner Weise in die Sache verwickelt ist.«

»Auch das habe ich nicht gesagt.«

»Entschuldigung, Kommissær Alatak«, sagte Daniel. »Könnten Sie die Premierministerin und mich einen Moment allein lassen?« Daniel wartete, bis sich Gaba in das

Dunkel neben dem Bühneneingang zurückgezogen hatte. »Überleg doch mal, Nivi. Das TV-Duell ist ungeheuer wichtig. Es könnte sich entscheidend auf den Wahlausgang auswirken. Glaubst du wirklich, du kannst Malik Uutaaq in die Augen schauen, ohne das Gesicht von Tinkas Mörder zu sehen?«

»Ich …«, setzte Nivi an, doch Daniel fiel ihr ins Wort. Seine Stimme war jetzt nur noch ein heiseres Flüstern.

»Überleg dir das gut. Dieser Mann hat mit Tinka geschlafen …«

»Daniel, hör auf.« Nivi streckte ihm die Hand entgegen, als er sich ihr zu ihr vorbeugte.

»… er hat sie auf sein Boot mitgenommen und ist mit ihr nach Norden …«

»Daniel …«

»… bis rauf nach Inussuk gefahren, um sie direkt vor deinem Elternhaus zu töten.«

»Woher willst du das wissen?« Nivis Stimme zitterte, und auf ihren gepuderten Wangen glitzerten Tränen. Sie wischte sie fort, als Gaba auf sie zukam. »Schon gut«, sagte sie, als er Daniel die Hand auf die Brust legte und ihn von ihr fortschob.

»Ich werde dich bei der Debatte vertreten, Nivi«, sagte Daniel und schob Gabas Hand beiseite. »Du brauchst dringend Ruhe.«

Und da war er, ihr Ausweg. Daniel konnte sie vertreten, und sie musste nicht stark sein für Grönland oder für Tinka. Niemand würde ihr einen Vorwurf daraus machen. Sie hatte erst vor wenigen Stunden ihre Tochter begraben. Es war vollkommen normal. Verständlich. Sie konnte einen Rückzieher machen, und fast hätte sie es getan.

Wie weit würdest du gehen, Mama?

Kopfschüttelnd blickte Nivi auf, fest überzeugt, dass sie

gerade Tinkas Stimme gehört hatte. Aber das konnte natürlich nicht sein. Doch die Frage war berechtigt.

»Wie weit würde ich gehen?«, hauchte Nivi. Sie bemerkte Daniels fragenden Blick und wiederholte die Frage, wandelte sie aber leicht ab. »Wie weit, willst du, dass ich gehe?«

»Das verstehe ich nicht«, sagte er.

»Wirklich nicht?« Fast lachte sie. Sie wischte sich mit dem Handrücken über die Wangen und winkte der Maskenbildnerin. »Selbst wenn Malik Uutaaq ein Monster ist«, sagte sie an Daniel gewandt, »ist er unschuldig, solange es keine Beweise für seine Schuld gibt. Wenn er einer Sache schuldig ist, dann nur, dass er die Menschen dieses Landes spaltet. Ich kann ihn aufhalten. Für Tinka und für alle jungen Männer und Frauen, Mütter und Väter, für die Grönland ihre Heimat ist.« Nivi schöpfte tief Atem und sah Daniel lange an. »In einem hast du allerdings recht, Daniel. Ich stehe unter Schock. Aber das trifft auch auf das Land zu, und es wird Zeit, etwas dagegen zu unternehmen.«

Nivi setzte sich und schloss die Augen, als die Maskenbildnerin noch einmal eine Schicht Puder auf ihre Wangen auftrug. Als sie die Augen wieder öffnete, war Daniel verschwunden. Sie hörte, wie bei Malik Uutaaqs Eintreffen ein Raunen durch die Menge ging.

»Ich bin bereit«, sagte sie.

18

Von seinem Tisch im Café hatte Maratse einen guten Blick auf die eintreffenden Gäste. Er sah Malik Uutaaq und seine Frau durch den Haupteingang kommen. Naala deutete auf Maratse, aber Malik nahm sie am Arm und führte sie in den Saal. Keine zehn Minuten später hörte er aufgeregte Stimmen aus dem Studio kommen, gefolgt vom Geräusch von brechendem Holz und einer umfallenden Fernsehkamera.

»Was war da los?«, fragte er, als Petra aus dem Saal gestürzt kam.

»Uutaaq«, rief Petra. »Er haut ab!«

Petra packte Maratse am Arm und zog ihn hinter sich her am Vortragssaal vorbei zu der Garderobe und den Toiletten im hinteren Teil des Kulturzentrums. Maratse ächzte vor Schmerzen, fand seinen Rhythmus und wurde schneller. Durch den Notausgang platzte der Geruch des windgepeitschten Regens, als sich die Tür auf die leicht abschüssige Betonrampe öffnete, die auf die teils gekieste, teils gepflasterte Fläche hinter dem Kulturzentrum hinabführte. Petra blieb stehen und hielt sich gegen den Regen die Hand an die Stirn, um nach dem Flüchtigen Ausschau zu halten.

»Er ist hier lang«, sagte sie.

»Was ist da drinnen passiert?« Maratse blieb neben ihr stehen. Kurz waren seine Beine wie gelähmt. Dann setzten die Schmerzen wieder ein. Er biss die Zähne zusammen und atmete tief durch.

»Malik wollte gerade auf die Bühne gehen, als Daniel

Tukku stinksauer auf ihn zustürzte«, begann Petra. Als sie jedoch Maratse gegen die Schmerzen ankämpfen sah, verstummte sie. Doch er forderte sie mit einer Handbewegung auf fortzufahren. »Soviel ich von meinem Platz sehen konnte, hat Daniel Malik die Hand geschüttelt und sich dann zu ihm vorgebeugt, um ihm etwas ins Ohr zu flüstern. Daraufhin ist Malik zurückgezuckt, hat sich von Daniels Hand losgerissen und ist in Richtung Ausgang gerannt.«

»Und Daniel?«

»Hat sich gewaltig angestrengt, ein verdutztes Gesicht zu machen, aber ich bin mir sehr sicher, dass er sich hinter vorgehaltener Hand ein Grinsen verkneifen musste. Miki, ein Mitglied von Gabas Einheit, hat sich von hinten durch den Saal gedrängt, und Gaba selbst hat sich Malik an die Fersen geheftet, sobald er losgerannt ist.« Um Maratses Gesicht besser sehen zu können, machte Petra einen Schritt auf ihn zu, und sie seufzte, als er lächelte. »Wie wär's, wenn ich uns ein Auto besorge?«

»Gut«, sagte er.

Während Petra wieder nach drinnen lief, ging Maratse über das unebene Gelände hinter dem Kulturzentrum zur Straße. Er blinzelte gegen das Blaulicht an, als Petra mit dem Polizei-Toyota am Straßenrand schlitternd zum Stehen kam. Maratse stieg ein, und noch bevor er sich angeschnallt hatte, fuhr Petra Richtung Stadtzentrum los. Über das Funkgerät in der Mitte des Armaturenbretts kamen ständig Updates und Sichtungsmeldungen herein. Hin und wieder platzte Gabas Stimme mit Anweisungen durch das Rauschen. Malik Uutaaq war gerade ins Hotel Hans Egede gerannt.

Petra machte das Martinshorn an und stieg aufs Gas. Maratse beobachtete sie von der Seite und unterdrückte ein Lächeln, als er sah, wie sie vor Konzentration die Lippen aufeinanderpresste, ohne sich um die nassen Haarsträhnen zu kümmern, die ihr an Stirn und Wangen klebten. Petra bog scharf nach rechts in die Straße, die durchs Zentrum von Nuuk führte, bremste vor dem Haupteingang des Hotels und ließ das Fenster herunter.

»Fahrt nach hinten«, rief ihnen Miki von der Eingangstreppe zu. Maratse sah, dass er die Hand am Griff seiner Pistole hatte.

Petra nickte Miki zu und legte den ersten Gang des Toyota ein, um jedoch sofort wieder zu bremsen, als ein zweiter Streifenwagen zwischen den am Straßenrand geparkten Taxis hindurchschoss. Fluchend folgte sie dem Polizeiauto auf die Rückseite des Hotels.

Maratse streckte die Hand aus und drückte Petras Arm. »Schön ruhig bleiben.«

»Klar.« Petra fuhr im Schritttempo an Gaba vorbei, der sie weiterwinkte. Dann hörte sie, wie er über Funk an alle an der Suche Beteiligten durchgab, dass er versuchen würde, von hinten in das Hotel zu kommen.

»Er könnte umgedreht sein«, sagte er. »Platziert ein Auto am Ende der Straße, bei der Turnhalle.«

»Machen wir.« Petra griff nach dem Funkgerät und gab durch, dass sie sich dort postieren würde. Während das andere Polizeiauto wendete und zum Hotel zurückfuhr, brauste sie die Straße hinauf und bog auf den gekiesten Parkplatz des CrossFit-Studios ein. Sie hielt an, schaltete das Blaulicht aus und holte tief Luft. Wenige Sekunden später machte sie auch den Motor aus, und Maratse blickte auf, als auf dem Dach plötzlich lautes Regenprasseln zu hören war.

»Warum ist er abgehauen? Wo könnte er hin sein?«

»Das sind zwei Fragen«, sagte Maratse.

»Meinetwegen. Such dir eine aus.«

»Abgehauen ist er, weil es ihm Daniel gesagt hat.«

»Weil ihn Gaba auf die Station bringen wollte?«

»*Iiji.*«

»Und wohin? Wo könnte er hinwollen? Wenn er nicht gerade zum Hafen runter ist, kommt er nicht aus Nuuk raus. Außer er versucht, über die Berge zu entkommen.«

Maratse seufzte bei dem Gedanken. Beim Gehen waren die Schmerzen in seinen Beinen erträglich geworden, aber bei ungewohnten Bewegungen wie beim Laufen jagten sie mit unverminderter Heftigkeit durch seine Nervenbahnen. Die Vorstellung, Berge zu erklimmen, war unerträglich. Er beschloss stattdessen nachzudenken.

»Heißt das, er flieht, weil er schuldig ist?«, fragte Petra und schaute die dunkle Straße hinunter.

»Schuldig? Was soll er getan haben?«

»Mit Tinka Winther geschlafen.«

»Tinka war siebzehn. Das ist kein Verbrechen.«

»Und wenn er sie dazu gezwungen hat?«

»Wie willst du das jetzt noch beweisen? Das Einzige, was Malik mit Tinka in Verbindung bringt, ist die Winterjacke seiner Tochter.«

»Für den Anfang ist das ja schon mal etwas.« Die Lichter des Funkgeräts spiegelten sich in Petras Augen, als sie Maratse kurz ansah. »Ich dachte, du wärst auf meiner Seite.«

»Wie meinst du das?«

»Dieser Mann – und alles, wofür er steht – treibt einen Keil zwischen die Menschen dieses Landes. Sogar zwischen mich und meine Freunde. Und jetzt auch noch zwischen dich und mich.«

»Ich bin immer noch dein Freund, Piitalaat.«

»Aber du stehst auf seiner Seite.«

»Nein«, sagte Maratse. »Ich glaube bloß nicht, dass er Tinka umgebracht hat.«

Gabas Stimme platzte aus dem Funkgerät, leicht außer

Atem, aber triumphierend. Malik befand sich in Polizeigewahrsam und auf dem Weg in die Station.

»Das wär's dann erst mal«, sagte Petra und startete den Motor. »Gleich werden wir mehr wissen.«

»Führt Gaba die Vernehmung?«, fragte Maratse.

»Zunächst schon, ja.«

»Dann setz mich in Nivis Büro ab.«

»Okay.« Petra ordnete sich in den Verkehr ein und fuhr vom Hotel über die Hauptstraße, an der Polizeistation vorbei und auf die Rückseite des Regierungsgebäudes. Dort parkte sie und machte den Motor aus.

»Willst du mitkommen?«, fragte Maratse, als er sich abschnallte und die Beifahrertür öffnete.

»Ja«, sagte sie. »Wir haben eine lange Nacht und einen langen Tag hinter uns. Es baut uns bestimmt auf, ihr sagen zu können, dass wir Malik festgenommen haben. Vielleicht verschafft es ihr sogar eine gewisse Erleichterung.«

Maratse folgte Petra zum Haupteingang. Sie drückten auf den Türöffner, der jedoch nicht reagierte. Darauf winkten sie einem Raumpfleger, der gerade den Boden wischte. Er öffnete ihnen und sagte, außer ihm sei niemand mehr im Gebäude.

»Im ersten Stock brennt aber noch Licht«, sagte Petra. »Was dagegen, wenn wir kurz nachsehen?« Der Putzmann schüttelte den Kopf, und Petra führte Maratse zum Lift. »Heute ist Sonntag«, sagte sie, als die Tür zuging.

Im ersten Stock stiegen sie aus und gingen zu Nivis Büro. Im angrenzenden Büro war eine schemenhafte Gestalt zu sehen. Es war Nivis Sekretärin, die fast mit Maratse zusammenstieß, als sie auf den Flur herauskam.

»Oh, Entschuldigung«, entfuhr es ihr, und sie schlug die Hand an den Mund, als sie ihre Uniformjacken sah. »Ist irgendwas passiert?«

»Wir wollten nur kurz mit der Premierministerin sprechen«, sagte Petra. »Ist sie hier?«

Bibi schüttelte den Kopf und sah Maratse an. »Nach dem Tumult im Kulturzentrum haben wir uns zuerst hierher zurückgezogen, und sie hat sich kurz aufs Sofa gelegt. Dann ist Daniel vorbeigekommen.«

»Wo ist sie danach hin?«

»Er hat sie nach Hause gebracht.«

»Okay«, sagte Petra, während Maratse bereits sein Handy herausholte. Er schaute kurz auf das Display, öffnete seine Kontakteliste und klickte mit dem Cursor Nivis Namen an. Petra wartete, als er das Handy an sein Ohr hielt. Aber Nivi ging nicht dran. »Ich versuche, Daniel zu erreichen«, sagte Petra. Maratse nickte und nahm Bibi beiseite, als Petra wählte.

»Wie hat sie reagiert, als Daniel aufgetaucht ist?«

»Sie wurde wütend. Sie hat ihm vorgeworfen, dass er Malik Uutaaq etwas gesagt hat.«

»Und was hat er darauf geantwortet?«

»Er hat gesagt, das TV-Duell würde nicht stattfinden, und die Polizei würde mit Malik reden. Deshalb gäbe es heute nichts mehr für sie zu tun. Und dann hat er noch gesagt, sie müssten sich nur überlegen, was sie am Montag den Medien sagen würden.«

»Morgen.«

»Ja.«

Petra steckte kopfschüttelnd ihr Smartphone ein. »Er geht auch nicht dran.«

»Bibi«, fragte Maratse. »Wo wohnt Daniel?«

»In Qinngorput. In einer der neuen Wohnungen dort.«

»In welchem Block?«, fragte Petra.

»Nummer fünf.«

Petra nickte Maratse zu, und sie gingen in Richtung Lift.

»Stimmt irgendwas nicht?«, rief ihnen Bibi hinterher.

»Alles in Ordnung«, sagte Maratse. »Gehen Sie ruhig nach Hause. Es war ein langer Tag.« Er winkte, als sie den Lift betraten.

»Warum zu Daniel?«, fragte Petra, als sie das Gebäude verließen und ins Auto stiegen. »Sollten wir nicht zu Nivi fahren? Dorthin wollte Daniel sie doch bringen, hat Bibi gesagt.« Sie ließ den Motor an und fuhr nach Qinngorput los, einem erst vor wenigen Jahren fertiggestellten Wohnungsbauprojekt am Rand von Nuuk.

Maratse streckte die Beine aus und schaute auf die Uhr im Armaturenbrett. »Schneller, Piitalaat.«

Petra schaltete Blaulicht und Sirene ein und schnallte sich mit einer Hand an. »Verstärkung?«, fragte sie mit einem Blick zu Maratse und streckte die Hand nach dem Funkgerät aus.

»*Iiji.*« Maratse legte die Hand um den Türgriff, als Petra Verstärkung anforderte und beschleunigte. Sie schlängelte sich durch den leichten Verkehr hinaus aus dem Stadtzentrum, ging kurz vom Gas, als vor ihr ein Bus vom Straßenrand losfuhr, beschleunigte aber sofort wieder und überholte ihn. Maratse versuchte ein zweites Mal, Nivi anzurufen, und steckte das Handy wieder ein, als sie erneut nicht dranging.

»Das muss alles nichts bedeuten«, sagte Petra und drosselte wegen eines Kreisverkehrs kurz das Tempo, um danach sofort wieder zu beschleunigen. Der Regen trommelte aufs Dach des Toyota und spritzte von der Motorhaube gegen die Windschutzscheibe. Petra stellte den Scheibenwischer schneller und konzentrierte sich ganz auf die Straße, die nach der Abzweigung zum Flughafen wieder leicht bergab führte. Auf der anderen Seite des Fjords tauchten die in den Nachthimmel aufragenden Wohntürme von Qinngorput auf. Als Petra einen Blick in den Rückspiegel warf, sah sie darin Blaulichter blinken.

»Schon möglich«, sagte Maratse.

»Glaubst du aber nicht?«

»Ich glaube, Daniel hat alles so hingedreht, dass Malik Uutaaq als der Schuldige dasteht.«

»Wenn du recht hast, ist ihm das hervorragend gelungen.«

»Wenn ich recht habe«, sagte Maratse und sah Petra an, »geht es jetzt erst richtig los.«

»Ich weiß nicht, ob ich dir folgen …« Petra blieben die letzten Worte in der Kehle stecken, als ein schwarzer amerikanischer Pick-up den Polizei-Toyota seitlich rammte und von der Straße gegen die Granitwand des Durchstichs drängte, durch den die Straße an dieser Stelle führte. Die Hinterräder des Toyota schnellten von der Wucht des Aufpralls in die Höhe, und der Motor geriet heftig ins Stottern, als sie wieder auf der Straße landeten. Gleichzeitig beschleunigte der große schwarze Pick-up und raste in die Nacht davon.

»Piitalaat«, sagte Maratse und versuchte, den Sicherheitsgurt zu öffnen, der ihn an den Beifahrersitz fesselte. Er streckte die Hand nach Petra aus. Ihr Kopf war auf ihre Brust gesunken, und aus ihrer Nase tröpfelte Blut. Die Sirene des Polizeiautos, das sie als Verstärkung angefordert hatten, wurde abrupt lauter, als es über die Hügelkuppe jagte. Wenige Augenblicke später kam es im Kies neben ihnen schleudernd zum Stehen. Der Polizist auf dem Beifahrersitz sprang aus dem Wagen und rannte zu ihnen, worauf der Fahrer ein Stück zurückstieß und den Wagen mit eingeschaltetem Blaulicht am Straßenrand abstellte. Die Sirene verstummte, als der Polizist Petras Tür öffnete.

»Sind Sie verletzt?«

»Nein, alles okay«, sagte Petra, der das Sprechen schwerfiel. »Haben Sie ihn gesehen?«

»Wen?«

»Den Wagen, der uns von der Straße gedrängt hat«, sagte Maratse. »Ein großer amerikanischer Pick-up. Schwarz.«

»Nein, wir haben nichts gesehen. Wir waren noch hinter dem Hügel.« Der Polizist sah seinen Partner an, der auf die Beifahrerseite des demolierten Toyota lief. »Hast du einen schwarzen amerikanischen Pick-up gesehen?«

»Ja. Er hat uns überholt, als wir den Hügel raufgefahren sind.«

»Haben Sie den Fahrer gesehen?«, fragte Petra.

»Nicht richtig. Aber es war ein Mann.«

»War jemand bei ihm im Auto?«, fragte Maratse, als der Polizist seinen Sicherheitsgurt löste.

»Ja. Möglicherweise eine Frau. Aber es war dunkel.« Er half Maratse beim Aussteigen.

»Geben Sie über Funk eine Beschreibung des Wagens durch«, sagte Petra, als der Polizist sie vom Auto zu der Felswand entlang der Straße führte. »Und«, fügte sie hinzu, als sie der Polizist aufforderte, sich zu setzen, »wir müssen Daniel Tukku und Nivi Winther finden.«

»Die Premierministerin?«

»Ja, die Premierministerin«, sagte Petra und nickte. Der Polizist trat einen Schritt zurück und setzte den Funkspruch ab. Sie schloss die Augen, als sie die von Knistern durchsetzte Antwort hörte, dass der Aufruf eingegangen war und weitergeleitet wurde.

»Ich bleibe lieber stehen«, sagte Maratse, als ihn der Polizist zu Petra führte, die am Straßenrand saß.

»Klar, wie Sie wollen. Der Rettungswagen müsste jeden Moment hier sein.«

Petra hob die Hand, und Maratse ergriff sie. Sie legte den Kopf in den Nacken und blickte zu ihm auf. »Was wolltest du vorhin sagen? Irgendwas, dass es jetzt erst richtig losgeht?«

»Meinst du Daniel?«

»Ja.«

»Er ist der Einzige, der von dem Ganzen profitiert.«

»Inwiefern?«

»Wenn Malik als Heuchler bloßgestellt wird … wegen seiner Affäre mit Tinka Winther …«

»Sinkt *Seqinnersoq* in der Beliebtheit der Wähler deutlich.«

»Er kann nicht riskieren, dass Tinka sagt, sie hätte sich gar nicht mit Malik getroffen. Deshalb tötet er sie und hängt es Malik an, indem er Tinka eine Jacke anzieht …«

»Die Maliks Tochter gehört.«

Maratse drückte Petras Hand. Dann ließ er sie los, biss sich auf die Lippe und setzte sich ebenfalls.

»Ich dachte, es ist besser, wenn du stehst.«

»Mir wird nur gerade schwindlig«, sagte er.

»Mit Avikis Selbstmord-Tape hat sich alles geändert. Es kam sehr gelegen.« Petra sah Maratse an. »Du glaubst also definitiv nicht, dass es Selbstmord war, oder?«

»*Eeqqi.*« Maratse schüttelte den Kopf.

»Du meinst, Daniel hat ihn gezwungen, die Verbindung zwischen Malik und Tinka herzustellen?«

Maratse nickte. »Aber das war ein Fehler. Er hat es nicht zu Ende gedacht. Vielleicht hat es ihm auch einfach gefallen, vielleicht sogar noch mehr als das, was er Tinka angetan hat.«

»Wenn er sie tatsächlich umgebracht hat. Aber das lässt sich nicht mit Sicherheit sagen. Dafür gibt es keine Beweise.«

»Deshalb müssen wir ihn unbedingt finden. Malik hat er höchstwahrscheinlich diskreditiert, aber Nivi kann das Land nach wie vor regieren.«

»Deshalb muss Daniel sie aus dem Weg räumen, wenn er an die Macht kommen will.«

»*Iiji.*«

Petra puhlte etwas gestocktes Blut aus ihrer Nase und hielt dann die Hand darunter, um den Blutfluss zu stoppen. Sie fummelte fluchend eine Packung Papiertaschentücher aus ihrer Jackentasche. Das erste Tuch, das sie mühsam herausbekam, wurde vom Regen sofort durchnässt. Trotzdem presste sie es an ihre Nase.

»Das bringt nichts«, schimpfte sie.

Eine Sirene kam näher, und ein Rettungswagen hielt neben den zwei Polizeiautos. Die Sanitäter untersuchten zuerst Petra, dann Maratse.

»Verständigt bitte einer von Ihnen den Polizeipräsidenten. Er soll sich im Krankenhaus mit uns treffen.«

»Ist das wirklich nötig, Kommissær? Heute ist Sonntag.«

»Haben Sie denn nicht gehört, was ich über die Premierministerin gesagt habe?«

»Schon …«

Petra sah ihn durchdringend an, als sie von den Sanitätern auf eine Trage gelegt wurde. Der Polizist nickte und machte sein Funkgerät an.

19

Im selben Moment, in dem Daniel mit dem schwarzen Dodge RAM anhielt, ging die Natriumdampflampe über dem Fischkutter, der mit laufendem Motor am hinteren Ende des Kais lag, mit einem leisen Geräusch aus. Er machte den Motor aus, beugte sich über die Mittelkonsole zu Nivi Winther, sah sie zwinkernd an und zog das Seil, mit dem ihre Handgelenke gefesselt waren, fester zu. Dann zupfte er probeweise an dem Klebeband auf ihrem Mund. Es saß noch fest. Als Daniel sich darauf in den Sitz zurücksinken ließ und rhythmisch auf das Lenkrad trommelte, kam ein Mann die Gangway des Fischkutters auf den Kai herunter und spähte durch die Windschutzscheibe, zuerst auf Daniel, dann auf seine Beifahrerin. Daniel winkte ihm zu und ließ das Fenster herunter.

»Alles okay?«, fragte er.

»Wir können jederzeit ablegen«, sagte der Mann. Er sah Nivi an und senkte die Stimme. »Aber haben wir deswegen wirklich nichts zu befürchten?«

»Nein«, sagte Daniel. »Natürlich nicht.«

»Also, ich weiß nicht.«

»Dafür werde ich schon sorgen«, sagte Daniel. »Bringt mich einfach nach Ilulissat.«

Der Matrose schaute auf die Uhr. »Der Käpt'n sagt, wenn wir jetzt losfahren, kommen wir noch vor Tagesanbruch an.«

»Worauf warten wir dann noch«, sagte Daniel und öffnete die Tür. Er trabte um die Motorhaube des großen amerikanischen Wagens herum und verbeugte sich theatralisch, bevor er die Beifahrertür öffnete und sagte: »Frau Premierministerin, es kann losgehen.« Er streckte die Hand aus, um ihren Sicherheitsgurt zu lösen. »Ihre Kreuzfahrt beginnt. Wenn Sie also so freundlich wären …«

Nivi trat Daniel gegen das Knie, als er sie vom Beifahrersitz zog. Er sackte nach vorn, und sie setzte zu einem weiteren Tritt an, der aber nur seine Seite streifte und sie ins Straucheln brachte. Ihr Smartphone schlitterte über den Kai. Mit schmerzverzerrtem Gesicht richtete Daniel sich wieder auf und ging an Nivi vorbei, um es aufzuheben und ins Wasser zu werfen, wo es mit einem leisen Platschen versank. Dann packte er Nivi am Arm und zog sie über die Gangway an Deck des Fischkutters.

»Hey«, rief der Matrose vom Kai hoch. »Was ist mit dem Auto?«

»Das gehört nicht mir«, sagte Daniel. Er öffnete die Tür des Steuerhauses, zerrte Nivi die kurze Leiter hinauf und stieß sie auf die Bank nieder. Als sich Nivis Mantel an der Ecke des Tisches verfing, riss er ihn los. Der Kapitän, der sich wegen des Tumults hinter ihm umdrehte, zuckte bei Nivis Anblick leicht zusammen.

»Ist das, wer ich glaube, dass es ist?«, fragte er mit einer Stimme so rau wie der Meeresgrund.

»Ja.« Daniel klopfte den Schmutz von seiner Hose und sah den Kapitän an. »Ist das etwa ein Problem?«

»Es könnte eins werden.«

»Nur, wenn Sie nicht langsam in die Gänge kommen«, sagte Daniel. »Wenn Sie uns von Bord haben wollen, bevor es hell wird, sollten Sie vielleicht endlich ablegen.« Er drehte sich um, als der Matrose die Gangway unter lautem Knirschen an Bord zog. »Nehmen Sie sich ein Beispiel an ihm.«

»Es war nie die Rede davon, dass es um sie geht.«

»Richtig.« Daniel machte eine vage Handbewegung Richtung Nivi. »Ich frage Sie noch mal. Haben Sie damit ein Problem?«

»Nein.«

»Und das Geld?«

»Jetzt ergibt das Geld einen Sinn.« Der Kapitän machte die Lichter des Kutters an, und der Matrose beschirmte mit der Hand seine Augen und schaute vom Deck zum Steuerhaus hoch. Der Kapitän öffnete ein Fenster und erteilte den Befehl, die Leinen loszumachen.

Die Dieselmotoren brachten das Deck zum Beben, als der Kapitän ein Stück zurücksetzte, bevor er den Vorwärtsgang einlegte und ablegte. Daniel drückte sein Gesicht ans Fenster, als sie an zwei anderen Fischkuttern und einem Adventure-Kreuzfahrtschiff vorbeikamen, das das Ende der grönländischen Touristensaison hinauszögern sollte. Als der Kutter Fahrt aufnahm und sich von Nuuk entfernte, begann die Anspannung von ihm abzufallen. Wenn sich das Wetter nicht, wie das in Grönland oft der Fall war, drastisch änderte, würden sie entlang der Küste gut vorankommen, und von Ilulissat würde sie Daniels kleines Motorboot problemlos weiter nach Norden und um die Halbinsel Uummannaq herum bringen. Die Premierministerin wusste es noch nicht, aber er würde sie nach Hause bringen, um ihre Tochter zu sehen.

Als der Kapitän die Innenbeleuchtung auf einen schwachen rötlichen Schein reduzierte, setzte sich Daniel neben Nivi.

Der Matrose kam ins Steuerhaus und sagte zum Kapitän, ohne von den Passagieren Notiz zu nehmen: »Alles verstaut.«

»Gut.« Der Kapitän deutete auf die Kaffeemaschine.

»Mach eine frische Kanne und geh nach unten. Ich rufe dich, wenn ich abgelöst werden will.«

»Alles klar, Boss.«

Als der Matrose Kaffee kochte, neigte sich Daniel Nivi zu und flüsterte ihr ins Ohr: »Möchtest du dich ausruhen? Es war ein langer Tag, und morgen hast du einen weiteren langen Tag vor dir.« Er streifte seine Schuhe ab, streckte die Beine unter dem Tisch aus und legte die Füße auf die gegenüberliegende Sitzbank. Als sie die Mündung des Fjords passierten, stieg der Kutter über eine sanfte Welle. Daniel wartete, bis der Matrose nach unten verschwunden war, dann schloss er die Augen.

Nivi wand sich unruhig neben Daniel herum, aber er versuchte, keine Notiz von ihr zu nehmen. Er hatte ihr genügend Gelegenheiten geboten, ihren Platz zu räumen, aber sie schien es für besser zu halten, sich das Leben unnötig schwer zu machen. Der Gedanke amüsierte ihn, als er die Vorfälle der vergangenen Woche noch einmal Revue passieren ließ. Alles hatte sich bestens gefügt, genau so, wie er es sich vorgestellt hatte. Er hatte jeden Schritt, jedes Detail sorgfältig geplant, bis zurück zum letzten Schultag im Juni, vor dem Beginn der Sommerferien. Fast musste Daniel grinsen bei dem Gedanken an die Nonchalance, mit der er damals in die Schule marschiert war, sich Pipaluk Uutaaqs Wintersachen geschnappt hatte und das Schulgebäude mit den Kleidungsstücken über dem Arm wie die anderen Eltern verlassen hatte.

Der Kutter tuckerte eine weitere flache Welle hinauf. Daniel öffnete ein Auge, beobachtete eine Weile den Kapitän, der seinen Kaffee schlürfte, und schaute dann zu Nivi, die ihn mit weit aufgerissenen Augen anstarrte.

»Versuche zu schlafen«, sagte er und schloss die Augen.

Sein Meisterstück, fand er, war Aarni Avikis Selbstmord.

Es war schwer gewesen, auf die Entdeckung von Tinka Winthers Leiche zu warten, um Uutaaq mit ihrem Tod in Verbindung bringen zu können. Es hatte eine Phase gegeben, erinnerte er sich, als er sich Sorgen gemacht hatte, sie könnte gar nicht gefunden werden. Und deshalb hatte er Aarni Aviki ins Scheinwerferlicht rücken müssen, und die Abschiedsnachricht war die perfekte, vielleicht sogar die einzige Lösung gewesen.

Die Ironie des Ganzen blieb Daniel Tukku natürlich nicht verborgen. Der ganze Aufwand, die ganze Mühe – seine Machenschaften, wie er es gern nannte – waren jetzt umsonst. Jeglichen Erfolg, den er vielleicht erzielt, jegliche Macht, die er vielleicht errungen hätte, hatte er in dem Moment verspielt, als er Grönlands Premierministerin entführte. Darüber empfand er durchaus Bedauern. Aber dieses Bedauern wurde von einem Gefühl von Macht, viel berauschender als politische Führerschaft, mühelos wettgemacht: von der Macht über Leben und Tod.

Er öffnete die Augen und sah Nivi an, um nach der Angst zu suchen, die sich in kaum wahrnehmbaren Zuckungen ihres Gesichts zeigte. Plötzlich überkam ihn heftige Erregung, ausgelöst vielleicht nur von dem schmalen Streifen geröteter Haut, der die Ränder des Tapes auf ihrem Mund umgab. Möglicherweise eine allergische Reaktion. Er senkte den Blick auf ihre Hände und geilte sich am Anblick der Abschürfungen auf, die das Seil an ihren Handgelenken verursacht hatte. Zuletzt blickte er in ihre Augen und geriet fast in Ekstase angesichts der sich darin spiegelnden nackten Angst vor ihrem ungewissen Schicksal.

Das war der Punkt, an dem ihm klar wurde, dass er in dieser Nacht keinen Schlaf mehr finden würde. Aber die Augen würde er schließen, denn dort in der Dunkelheit konnte er sich immer wieder seine ersten Erfahrungen mit wahrer

Macht vergegenwärtigen, die er verspürt hatte, als er in der angstgetränkten Luft der Kajüte seines Motorboots gewaltsam in Nivis Tochter eingedrungen war. Und schon bald, wusste er, würde er es noch einmal tun. Mit der Mutter.

Mit solchen Gedanken vertrieb er sich während der ganzen Fahrt von Nuuk nach Ilulissat die Zeit, und erst als ihn der Kapitän am Arm schüttelte, merkte er, dass sie angekommen waren. Alles lief nach Plan. Er war nur noch Minuten von der Befriedigung seiner geheimsten Wünsche entfernt, und er war fest entschlossen, sie in vollen Zügen zu genießen. Doch die Pistole in der Hand des Kapitäns ließ ihn stutzen, und schlagartig war er hellwach.

»Was soll das?«

»Kein Grund zur Aufregung«, sagte der Kapitän. »Nur eine Pistole und natürlich nicht geladen, aber«, fügte er achselzuckend hinzu, »ich wollte trotzdem, dass Sie sie sehen.«

»Der Besitz einer Schusswaffe ist in Grönland verboten«, sagte Daniel und nahm die Pistole an sich, als sie ihm der Kapitän hinhielt.

»Ja«, sagte der Kapitän mit einer Kopfbewegung in Richtung Nivi, »aber unter den gegebenen Umständen …«

Daniel zog die Augenbrauen hoch und gab die Pistole zurück.

»Sie ist eine Absicherung.« Der Kapitän steckte einen Stift durch den Abzugbügel und steckte die Pistole in eine Plastiktüte.

»Moment«, sagte Daniel. Er sah den Kapitän an, dann das lange Filetiermesser in der Hand des Matrosen, der gerade die Leiter ins Steuerhaus heraufkam. »Was soll das?«

»Sie haben uns noch nicht bezahlt«, sagte der Kapitän. Er deutete nach vorn, wo der Hafen von Ilulissat vor ihnen auftauchte. Der Himmel färbte sich zu einem dunstigen, von Rosa durchsetzten Blau, als die Sonne ihren flachen, vom frühwinterlichen Zenit eingeschränkten Weg über den Horizont antrat und die schneebedeckten Berge anstrahlte.

»Das Geld ist auf meinem Boot. Sie brauchen mich nur hinzubringen, dann bezahle ich Sie. Wie wir abgemacht haben.«

Der Kapitän nickte dem Matrosen zu und steuerte den Kutter die letzten hundert Meter in den Bootshafen. »Wo ist Ihr Boot?«, fragte er.

»Es müsste an der Kaimauer liegen. Ich habe extra dafür bezahlt, an einer Stelle anlegen zu dürfen, wo Sie leicht beidrehen können.« Daniel stand auf und stellte sich neben den Kapitän. »Dort.« Er deutete auf ein großes Motorboot mit einem Blitz an der Seite des Rumpfs und warf einen kurzen Blick auf die Pistole in der Plastiktüte, die der Kapitän in einem Schrank verstaute.

»Notfalls«, sagte der Kapitän, »kann ich behaupten, Sie haben mich gezwungen. Mit meiner Pistole.«

»Die sich verbotenerweise in Ihrem Besitz befindet«, sagte Daniel.

»Angesichts der Dimensionen des Ganzen«, sagte der Kapitän, ohne Daniel anzusehen, »dürfte das kaum eine Rolle spielen.«

»Da haben Sie allerdings recht.«

Ein plötzliches Aufflackern von Angst drohte alles zu verderben. Aber das würde er nicht zulassen. Er sah die schlafende Nivi an und spürte beim Anblick ihres zuckenden Kopfs heftige Erregung in sich aufsteigen, so stark, dass sie ihn zu verzehren drohte, weshalb er erneut nach dieser Angst in seinem Bauch suchte, dass es nicht nach Plan laufen könnte. Doch rasch kam alles wieder ins Lot, und er fand die Konzentration, die nötig war, um seinen Plan mit kühlem Kopf durchzuziehen. In diesem Moment öffnete der Matrose die Tür des Ruderhauses und ließ die Fender an einem langen Seil zwischen Daniels Boot und dem Kutter über die Reling gleiten. Es war so weit.

Die frische Luft weckte Nivi, und der Kapitän nahm den Gang heraus, ließ die Maschinen aber im Leerlauf weitertuckern.

»Machen Sie schnell«, sagte er zu Daniel und blickte sich im Hafen um. Es waren jedoch nur ein paar Krähen und ein einsames Licht in der Hafenmeisterei zu sehen, die zum Teil von einem Stapel Schiffscontainer verdeckt war.

Daniel packte Nivi am Arm, zog sie hoch und schob sie die Leiter hinunter. Der Matrose hatte ein langes Gaff über die Reling von Daniels Boot gehakt und eine Leiter an die Seite des Kutters gehängt. Nivi rutschte auf dem vereisten Deck aus und wäre gestürzt, hätte sie der Matrose nicht mit seiner freien Hand festgehalten. Genauso schnell ließ er sie aber auch wieder los, als hätte sie eine Krankheit, mit der sie ihn gerade angesteckt hatte. Daniel rutschte vorsichtig über das Deck und zwang Nivi, die Leiter zu seinem Boot hinunterzusteigen. Er hielt sie an dem Seil, mit dem ihre Handgelenke gefesselt waren, und spürte, wie seine Armmuskeln unter ihrem Gewicht zitterten. Er ließ sie schon früh los, sodass sie mit solcher Wucht auf dem Deck landete, dass sie nicht sofort in der Lage war wegzulaufen. Daniel folgte ihr die Leiter hinunter, packte sie an den Haaren und zerrte sie in die überdachte Plicht. Er fummelte eine Weile am Schloss der Kajütentür herum und stieß Nivi nach drinnen, als er sie endlich aufbekam.

»Hey«, rief der Matrose. »Sie haben was vergessen.«

»Jetzt warten Sie doch«, sagte Daniel. Er duckte sich in die Kajüte, kniete sich auf Nivi, zog eine kleine Reisetasche aus einem Schränkchen und ging damit an Deck zurück. Der Matrose nahm die Tasche mit dem Haken des Gaffs aus Daniels Händen und hob sie an Bord des Kutters. Daniel tippte nervös mit dem Fuß, als der Matrose die Reisetasche öffnete, Daniel zunickte und dem Kapitän seinen erhobenen Daumen entgegenreckte, worauf dieser sofort den Rückwärtsgang des Kutters einlegte und sich von Daniels Boot entfernte.

Daniel fasste durch die Kajütentür und griff nach einem Überlebensanzug und einem Paar Gummistiefel. Er schlüpfte hinein, warf seine Stadtschuhe in die Kajüte und verschloss die Tür. Dann startete er den Motor, und während er warmlief, löste er die Taue und stieß das Boot von der Kaimauer ab, bis es gemächlich in der Heckwelle des Kutters schaukelte.

Ilulissat war berühmt für seinen Eisfjord, vor allem angesichts des weltweit wachsenden Interesses an der Erderwärmung. Aber Daniel hatte ganz andere Pläne für die Stadt: Er würde sie zum Anfangspunkt eines ebenso bösartigen wie zutiefst befriedigenden Akts der Grausamkeit machen. Er bedauerte nur, dass er nicht wusste, was er tun würde, wenn er mit Nivi Winther fertig war. Doch die wachsende Erregung, die er spürte, und das Adrenalin, das durch seine Adern strömte, verrieten ihm, dass ihn das nicht wirklich interessierte.

Er legte den Gang ein und steuerte das Motorboot auf die Hafenausfahrt und das offene Meer dahinter zu. Der rosafarbene Schein der Sonne verschmolz mit dem Blau des Himmels über den riesigen Eisbergen des Fjords, aber um dem Anbruch eines herrlichen Polartags in Grönland Beachtung zu schenken, kreisten seine Gedanken viel zu sehr um das, was er in der Kajüte seines Boots versteckt hatte. Die endlose Winterdunkelheit lag noch ein, zwei Monate vor ihm, aber auf ein paar Leute hatte sich die Finsternis schon jetzt herabgesenkt, und die Welt war so schwarz geworden wie der Tod.

20

Maratse musste zugeben, dass der Polizeipräsident einen beeindruckenden Auftritt hinlegte, als er, flankiert von Gaba und Miki, beide in voller Kampfmontur, in die Notaufnahme des Dronning Ingrids Hospital marschiert kam. Nach einem flüchtigen Blick auf Maratse und Petra bat er das Krankenhauspersonal, den Raum zu verlassen, und deutete auf Gaba.

»Status bei Malik Uutaaq?«, fragte er.

»Verwirrt und geständig«, sagte Gaba, »aber unverletzt.«

»Was genau hat er gestanden?«

»Dass er mit der Tochter der Premierministerin geschlafen hat.«

»Irgendwelche Angaben zur Kleidung, vor allem zu der Jacke, die Tinka Winther anhatte?«

»Nein. Er kann sich nicht erklären, wieso die Leiche damit bekleidet war?«

»Na schön.« Der Polizeipräsident trommelte mit den Fingern auf seinem Oberschenkel, schaute zur Tür und bedeutete Miki, sich daneben zu postieren. »Punkt zwei.« Er deutete auf Petra. »Status?«

»Meinen Sie die Premierministerin?«, fragte sie.

»Nein, Sie, Kommissær.« Er deutete mit dem Kopf auf Maratse. »Und unseren Spezialbetjent hier.«

»Bei uns ist alles bestens.«

»Können Sie los?«

»Ja«, sagte Petra und sah Maratse an, worauf dieser nickte.

Der Polizeipräsident winkte Gaba zu sich und senkte die

Stimme. »Also, seit Petra und Maratse im Rettungswagen hergekommen sind, ist Folgendes passiert. Gaba, helfen Sie mir, wenn ich etwas vergesse.«

»Jawohl, Sir.«

Der Polizeipräsident begann: »Seit dem Fernsehduell und der Festnahme von Malik Uutaaq glauben wir, dass Daniel Tukku die Premierministerin entführt hat. Sein Motiv ist zurzeit noch ebenso unbekannt wie sein Aufenthaltsort oder der von Nivi Winther. Wir nehmen allerdings an, dass Tukku die Premierministerin in seine Gewalt gebracht hat. Und wir sind ziemlich sicher, dass sie sich auf See befinden, aller Wahrscheinlichkeit nach auf einem Fischkutter. So weit alles richtig, Gaba?«

»Ich habe dem nichts hinzuzufügen«, sagte Gaba und rückte die um seine Brust geschlungene Heckler & Koch MP5 zurecht. »Neu ist nur, dass unten am Hafen ein schwarzer Dodge RAM gefunden wurde, der Malik Uutaaq gehört. Maliks Frau, Naala Uutaaq, hat uns bestätigt, dass der Wagen vom Parkplatz des Katuaq-Kulturzentrums gestohlen wurde. Die Beifahrerseite weist Spuren eines Zusammenpralls auf, die mit der Beschreibung der Kollision übereinstimmen, in die Petra und Maratse verwickelt waren. Die Insassen des gestohlenen Wagens müssen noch identifiziert werden, aber ich glaube, dass wir mit hoher Wahrscheinlichkeit davon ausgehen dürfen, dass es sich dabei um Tukku und die Premierministerin gehandelt hat.«

Maratse brauchte dringend eine Zigarette, lenkte sich aber ab, indem er darüber nachdachte, was sie alles sicher wussten und was passieren könnte. Alles hing davon ab, wohin Tukku die Premierministerin brachte. In ihm nahm eine Idee Gestalt an, die ihm durchaus einleuchtend erschien, wenn es Tukku, wie er inzwischen glaubte, nicht mehr in erster Linie um politische Macht ging, sondern um etwas wesentlich Perverseres. Petra spürte, wie es in ihm arbeitete, und sah ihn fragend an, aber er behielt den Gedanken für sich.

»Solange wir nicht wissen, wo sie sind, haben wir zwei Optionen«, sagte der Polizeipräsident. »Und keine von ihnen gefällt mir.«

»Und die wären?«, fragte Gaba.

»Die erste ist«, sagte Andersen. »Wir warten. Wir lassen alle Häfen und Flugplätze so weit wie möglich überwachen, aber ich muss keinem von Ihnen erklären, dass das aufwendig ist und unsere Mittel deutlich übersteigt. Falls Nivi Winther noch in Nuuk ist, können wir die Stadt Haus für Haus durchsuchen, wozu ich auch bereit wäre. Doch sobald publik wird, dass wir nach ihr suchen, riskieren wir, dass wir Daniel Tukku dazu verleiten, eine Dummheit zu begehen. Dann könnte die Sache richtig schmutzig werden. Zu hoffen, dass es sich hier um eine Geiselnahme handelt, und erst einmal abzuwarten, ist vermutlich das Vernünftigste. Es hat allerdings nichts Proaktives.«

»Und die zweite Option?«, fragte Petra.

»Wir bringen ein kleines Team an Bord der King Air, damit sie jederzeit losfliegen können, um Tukku abzufangen und die Premierministerin sicher nach Hause zu bringen.«

»Mein Team steht bereit, Sir.«

»Ich weiß, Gaba«, sagte der Polizeipräsident. »Wir wissen nur noch nicht, wohin wir Ihre Leute schicken sollen. Oder hat schon jemand eine Idee?«

»Maratse, glaube ich«, sagte Petra. »Er hat sich am wenigsten von dem ganzen Drama um Malik Uutaaq ablenken lassen. Deshalb kann er wahrscheinlich am ehesten etwas zu dieser Frage beisteuern.«

Maratse sah Petra an, die stumm das Wort *sorry* artikulierte, dann wandte er sich dem Polizeipräsidenten zu und sagte: »Inussuk. Er bringt sie an den Ort des Verbrechens zurück.«

»Welchen Verbrechens?«

»Des Mordes an Tinka Winther«, sagte Maratse.

Der Polizeipräsident trommelte erneut mit den Fingern, als er über Maratses Vorschlag nachdachte. Schließlich sah er Gaba an. »Was meinen Sie?«

»Wenn sie die ganze Nacht durchfahren?« Er zuckte mit den Achseln. »Der Regen wird sie nicht aufhalten, und im Moment ist das Wetter im Norden gut. Bis morgen früh könnten sie ohne Weiteres bis Ilulissat oder sogar weiter kommen, wenn wir sie lassen.«

»Wenn wir sie lassen?«, fragte der Polizeipräsident. »Wie meinen Sie das?«

»Nachts auf hoher See einen Fischkutter aufzuhalten, ist nicht ungefährlich. Besser wäre, sie an Land oder in einer überschaubareren Umgebung zu fassen.«

»Wie zum Beispiel?«

»Wenn Maratse recht hat«, sagte Gaba, »könnte er durchaus vorhaben, an einem Ort, der ihm wichtig ist, etwas Drastisches zu tun. Falls er das Mädchen tatsächlich getötet hat, ist er höchstwahrscheinlich nach Inussuk oder zum Uummannaq-Fjord unterwegs. Bei gutem Wetter, ruhigem Meer und mit genugend Treibstoff schafft er es bis morgen Abend problemlos so weit nach Norden.«

»Dann halten Sie es also für möglich«, sagte der Polizeipräsident, »dass Tukku bis Montagabend in Inussuk sein kann.«

»Frühestens am späten Nachmittag«, sagte Gaba.

Der Polizeipräsident ging zu dem Bett, auf dem Petra saß, und bedeutete ihr, ihm etwas Platz zu machen. Sie rutschte zur Seite, worauf er sich setzte und Maratse ansah.

»Sie glauben also, er bringt sie nach Inussuk?«

»*Iiji*«, sagte Maratse, überlegte noch einmal kurz und nickte.

»Gaba? Ließe sich eine Festnahme dort besser vornehmen?«

»Wenn wir rechtzeitig hinkommen und ein paar Boote nehmen …« Er zuckte mit den Achseln. »Das Überraschungsmoment würde natürlich eine wichtige Rolle spielen. Wenn er allerdings vorhat, der Premierministerin etwas anzutun, könnte er das jederzeit tun. Schlimmstenfalls finden wir dann nicht einmal ihre Leiche.«

Der Polizeipräsident sah noch einmal Maratse an und ließ sich dabei durch den Kopf gehen, was er über seine Vergangenheit wusste und wie weit er seinem Instinkt trauen sollte. Maratse erwiderte Andersens Blick und legte die Hände in den Schoß.

Der Polizeipräsident bedachte Maratse mit einem schmallippigen Lächeln, dann warf er einen kurzen Blick in Richtung Tür und sagte: »Miki, kommen Sie kurz her.«

Miki rückte seine MP5 zurecht und stellte sich neben Gaba. Die Sohlen seiner schweren Stiefel quietschten auf dem Linoleumboden.

»Zu Befehl«, sagte er und wartete auf die Anweisungen seines obersten Vorgesetzten.

»Wir machen Folgendes«, sagte der Polizeipräsident. »Gaba, Sie teilen Ihre Einheit in zwei Gruppen auf. Eine Hälfte bleibt bei mir in Nuuk und hilft mir gegebenenfalls bei den Hausdurchsuchungen.« Gaba nickte. »Und Sie vier fliegen nach Qaarsut.« Gaba wollte schon Einspruch erheben, aber sein Chef hob die Hand. »Ich setze Betjent Maratse für diesen einen Einsatz wieder ein.« Und an Maratse gewandt, fuhr er fort: »Ich werde die nötigen Dokumente aufsetzen lassen, sobald wir hier fertig sind – natürlich nur, wenn Sie bereit sind, das Team zu begleiten.«

Maratse nickte.

»Gut«, sagte der Polizeipräsident, nahm seinen Ausrüstungsgürtel ab und gab ihn Maratse. »Sie können meine Waffe haben.«

»Mit Verlaub«, sagte Gaba.

»Sie leiten den Einsatz, Gaba, keine Sorge. Aber stimmen Sie sich mit der Polizei von Uummannaq ab, und sehen Sie schon mal, ob sie ein Boot verfügbar haben. Sie sollen Sie am Flugplatz in Qaarsut abholen. Ich werde veranlassen, dass man Ihnen vom Krankenhaus zwei Rettungssanitäter mitschickt, damit Sie zu sechst sind. Halten Sie das für ausreichend?«

»Selbstverständlich«, sagte Gaba. Er wandte sich Miki zu und trug ihm auf, den Wagen zum Eingang zu bringen. Als er weg war, sah Gaba den Polizeipräsidenten an. »Ich halte es für einen Fehler, Maratse miteinzubeziehen.«

»Das ist meine Entscheidung, Gaba.«

»Natürlich, aber«, er warf einen kurzen Blick auf Maratse, »er muss sich erst noch von dem erholen, was ihm zugestoßen ist. Ich muss sicher sein, dass ich mich auf jedes Mitglied des Teams hundertprozentig verlassen kann.«

»Jetzt hör aber auf, Gaba«, sagte Petra.

»Schon okay«, sagte Maratse. Er stemmte sich mit zusammengebissenen Zähnen vom Bett hoch, griff nach dem Gürtel des Polizeipräsidenten und schnallte ihn sich um. »Gaba hat völlig recht. Ich bin noch nicht wieder vollständig auf dem Damm, aber jetzt«, er tätschelte mit einem breiten Grinsen den Gürtel um seinen Bauch, »bin ich zumindest wieder komplett.«

»Und bereit loszulegen?«, fragte der Polizeipräsident.

»*Iiji*«, sagte Maratse und machte eine Kopfbewegung in Richtung Tür. »Nach Ihnen, Gaba.«

Maratse verkniff sich ein Stöhnen, als plötzlich ein heftiger Schmerz durch seine Beine schoss, und versuchte sein Bestes, um auf dem Weg zum Ausgang mit dem Leiter des Sondereinsatzkommandos Schritt zu halten.

Gaba setzte sich auf den Beifahrersitz, Petra und Maratse stiegen hinten ein. Miki legte den ersten Gang ein und bedeutete dem Rettungswagen, ihm zu folgen. Er schaltete Blaulicht und Sirene ein und jagte in Richtung Flughafen los.

Gaba erteilte dem Rest seines Teams in Nuuk über Funk Anweisungen und machte sich zwischendurch immer wieder Notizen.

Maratse deutete auf die zahlreichen Blaulichter an der Zufahrt zu den neuen Wohnsiedlungen von Nuuk, wo die Polizei bereits mit der Durchsuchung der einzelnen Häuser begann. Die Polizei setzte offenbar jeden verfügbaren Mann ein. Dann bog Miki in die Straße zum Flughafen ein und beschleunigte aus einer weiten Kurve in die Straße am Ende der Startbahn, und die Blaulichter verschwanden aus ihrem Blick. Petra deutete auf die Beechcraft King Air, die bereits mit blinkenden Positionslichtern vor dem Hangar stand. Das Eingangstor zum Flughafengelände war offen, und Miki fuhr, vom Rettungswagen dichtauf gefolgt, auf das Flugzeug zu. Alle holten ihre Ausrüstung aus den Fahrzeugen und gingen an Bord der Maschine. Vier Minuten später waren sie in der Luft und flogen nach Norden zu der unbefestigten Landepiste von Qaarsut auf der Halbinsel Uummannaq im Süden der Siedlung Inussuk.

Maratse, der neben Petra saß, döste während des Flugs vor sich hin und wurde nur kurz wach, als Gaba durchsagte, dass in Ilulissat vor Kurzem ein Kutter aus Nuuk gesichtet worden war. Maratse schaute aus dem Fenster und merkte, dass er länger geschlafen hatte als gedacht. Über dem Horizont wurde bereits ein arktischer Schimmer aus Blau und

Rosa sichtbar. Kurz darauf landeten sie. Simonsen erwartete sie am Flugplatz und fuhr sie zu dem Hotelboot, das an der Mole am einen Ende des Strands von Qaarsut lag.

»Da sind Sie ja schon wieder«, sagte Simonsen zu Maratse, als er ihm die Hand reichte, um ihm auf das Boot zu helfen. »Und mit einer Waffe?«

»Wieder in Dienst gestellt«, sagte Maratse. »Vorübergehend.«

»Haben Sie damit ein Problem?«, fragte Gaba.

Der Inspektør zögerte kurz, dann schüttelte er den Kopf. Er setzte sich neben den Bootsführer ins Heck.

Sobald alle an Bord waren, löste Miki die Taue, und das Boot legte ab. Gaba wartete, bis alle saßen, bevor er mit der Einsatzbesprechung begann.

»Wir warten auf ein Boot aus Ilulissat, das groß genug ist für eine solche Fahrt. Niemand muss also nach einem kleinen Boot mit einem Außenbordmotor Ausschau halten. Es ist wahrscheinlich weiß. Soviel wir wissen, sind zwei Personen an Bord, und ja, eine davon ist wahrscheinlich die Premierministerin.«

»Dann stimmt es also?«, sagte Simonsen. »Sie ist entführt worden.«

»Ja, das glauben wir.« Gaba stützte sich mit der Hand an einem Sitz ab, als der Bootsführer das Tempo erhöhte, um dem Kielwasser eines ans Ufer treibenden Eisbergs auszuweichen. »Sollten wir jedoch an einer anderen Stelle eine Sichtung bestätigt bekommen, heißt es, so schnell wie möglich zum Flugplatz zurückzukehren.« Er hielt kurz inne, um der Reihe nach jedes Mitglied des Teams anzusehen. Auch Maratse bedachte er mit einem durchdringenden Blick, den er jedoch rasch wieder abwendete.

»Was passiert, wenn wir das Boot sichten?«, fragte einer der Sanis.

»Wir halten so schnell wie möglich darauf zu«, sagte Gaba mit einem Blick auf den Bootsführer. Als dieser nickte, fuhr Gaba fort: »Wir werden das Boot auf uns aufmerksam machen und versuchen, möglichst schnell an Bord zu kommen. Mit wir meine ich Miki und mich. Auf unserem Boot hat dann Kommissær Jensen das Kommando.«

Petra gab sich mit einem kurzen Winken zu erkennen. Sie klatschte Maratse auf den Oberschenkel und flüsterte: »Ich habe das Kommando.«

»Auf dem Boot«, sagte er.

»Sobald er nicht mehr drauf ist.«

»Willst du ihn über Bord stoßen?«

»Vielleicht«, sagte sie grinsend.

»Langsam fertig, Kommissær?«, sagte Gaba. Er sah Miki an, fragte ihn, ob er etwas vergessen hatte, und schaute auf die Uhr. »Wenn das Wetter weiterhin so gut bleibt, können wir schon vom frühen Nachmittag an mit ihnen rechnen. Trinkt also ruhig einen Kaffee oder gönnt euch eine Kleinigkeit zu essen, aber bleibt wachsam.« Er ging zwischen den Sitzen hindurch zum Bootsführer und erklärte ihm, er hielte es für das Vernünftigste, den Fjord von der Mündung bis Inussuk abzusuchen und dann wieder zurück.

Petra stand auf, um sich einen Kaffee zu holen. Maratse kämpfte sich zum Bug des Boots vor und trat auf das kleine Deck hinaus. Er stellte sich an die Reling und steckte die Hände in die Taschen seiner Jacke. Das Gewicht der USP Compact an seiner Hüfte fühlte sich vertraut an, genau wie der Geschmack der Zigarette, die er sich in die Lücke zwischen seinen Zähnen gesteckt hatte. Petra kam zu ihm an Deck und drückte ihm einen Kaffeebecher in die Hand. Sie nahmen kleine Schlucke von dem heißen Kaffee und suchten die Wasseroberfläche ab. Maratse rauchte seine Zigarette zu Ende und schnippte die Kippe ins Meer.

»Langsam verstehe ich, warum es dir hier gefällt«, sagte Petra. »Es ist schön hier. Sehr friedlich.«

»Du kannst mich ja mal besuchen kommen, wenn das hier zu Ende ist«, sagte Maratse.

»Gute Idee.«

Ein Eisberg, größer als ein Einkaufszentrum, verdeckte die Sicht auf die Mündung des Fjords. Die kalte Luft löste sich in schweren dicken Schwaden von dem riesigen Eisberg, und ihr eisiger Hauch ließ die Späher auf Deck und auf dem Dach frösteln. Die Spitzen von Petras Haaren färbten sich weiß, und Maratse spürte ein vertrautes Kitzeln in der Nase, als die Temperatur sank.

Seit dem ersten Schneegestöber bei Tinkas Begräbnis war der Winter von den weißen Gipfeln der Berge zu den Granitwänden über der Siedlung herabgekrochen. Die Ankunft der kalten Jahreszeit ließ sich in Metern und Graden messen, aber trotz all ihrer glitzernden Schönheit würde sie vor allem dunkel, grau und kalt werden. Manche hätten sie vielleicht als erbarmungslos bezeichnet.

Petra war die Erste, die das Motorboot entdeckte, als es um die Spitze der Uummannaq-Halbinsel kam, doch sie konnte nicht wissen, dass das genau der Moment war, in dem Nivi in das dunkle Maul des Winters sprang und um ihr Leben bettelte.

Ataasinngorneq

MONTAG

21

Das dunkle Innere der Kajüte, die unter dem gegen den Rumpf anbrandenden Wasser erbebte, war eine Brutstätte böser Dämonen. Die von Todesahnungen durchdrungene Luft war muffig. Nivi konnte Daniels Stiefel hören, als er auf Deck herumging, und ab und zu glaubte sie, ihn Selbstgespräche führen zu hören. Manchmal schrie er auch. Nichts war mehr zu spüren von ihrem cleveren Assistenten, dem raffinierten Ränkeschmied, der eine ernst zu nehmende Kraft auf der politischen Bühne Grönlands war. An die Stelle des karrierebewussten, nach Macht gierenden Mittdreißigers war ein brutaler Perversling getreten. Auf diesen Wandel war sie nicht vorbereitet, sie hatte nicht gesehen, wie diese dunkle Seite immer mehr Besitz von ihm ergriffen hatte. Es war, als würde der Dämon in seinem Innern vom Teufel angestachelt. Die zwei Welten waren miteinander verbunden, die Kommunikationskanäle zwischen ihnen eingerichtet, gespeist von einem nicht abreißenden Strom teuflischer Impulse und Begierden.

Nivi zupfte an dem Tape, mit dem ihr Mund zugeklebt war. Die Haut um die Ränder war wund und geschwollen, eine allergische Reaktion auf den Klebstoff. Ganz ähnlich hatte Tinka auf die Klebstofftuben reagiert, die sie in der Schule verwendet hatten. Und als sie noch weiter zurückdachte, fielen Nivi ihre eigenen Hautreizungen und Ausschläge ein, wenn sie als Kind ihrem Vater geholfen hatte, Löcher in seinem Boot zu reparieren.

Fiberglas, genau. Sie erinnerte sich, wie sich die Fasern

angefühlt hatten: wie mit Fixiermittel eingesprühte Haare, geschmeidig, aber belastbar. Sie hatte zugesehen, wie ihr Vater die Flüssigkeit im Schatten des Boots angesetzt hatte. Sein Gesicht sonnenverbrannt, mit wettergegerbten Falten und Runzeln unter einer ausgeleierten Stoffkappe. Seine Hände rau, die Fingerballen von Seilen, Messern und Haken zerfurcht. Der Geruch seiner Hände kitzelte in Nivis Nase, wenn sie sich an das dunkle Blut in den Hautfalten erinnerte, Robbenblut, dick und leberartig, fischig. Der Teil ihres Gehirns, der von ihrer Situation losgelöst war, amüsierte sich darüber, dass sie in den Erinnerungen an ihren Vater Trost fand. Was waren Tinkas letzte Gedanken gewesen, fragte sie sich. Hatte sie an ihren Vater gedacht? Den Mann, der ihr ein Gefühl von Geborgenheit hätte geben, sie hätte beschützen sollen?

Nivi fokussierte sich auf ein drängenderes Problem – ihre Atmung. Sie zog an einer Ecke des Tapes und schloss die Augen, als sich ihre Haut mit abzulösen begann. In ihrem Mund breitete sich der Geschmack von Blut aus, als das Klebeband an ihren Lippen riss, doch dann löste es sich, und sie atmete die muffige Luft der Kajüte in gierigen Zügen. Nivi drehte sich auf den Rücken, sah die Umrisse von Daniels Stiefeln durch die Milchglasscheibe der Tür und erstarrte, den Blick auf den einzigen Teil ihres Entführers geheftet, den sie sehen konnte, auch wenn sie vor allem sein dämonisches Gesicht im Kopf hatte.

Doch dann erschien sie auch schon, die Fratze des Bösen, als Daniel sich bückte, um durch die Glastür zu spähen und abzuschätzen, wie weit Nivi bei Bewusstsein war. Als er sah, dass sie das Tape von ihrem Mund abgezogen hatte, durchfuhr ihn ein Ruck, und er richtete sich auf. Ihr Körper reagierte mit einem heftigen Adrenalinschub, der bis in ihre Fingerspitzen schoss. Ihr Atem ging plötzlich stoßartig und gehetzt, als Daniel die Tür aufschloss und sich in die Kajüte herabschwang.

Sein Hals vom dicken Futter des Überlebensanzugs verborgen, der sich über seinen Oberkörper wölbte, ließ er sich auf seine Hacken nieder, und unwillkürlich musste Nivi an einen Affen denken – eine Vorstellung, die sie mit einer elementaren Angst durchflutete und Bilder einer Tiersendung über jagende Menschenaffen in ihr wachrief, die unter lautem Zweigeknacken durch den Dschungel stürmten, auf dessen Boden das dichte Laub und das Dickicht aus Lianen kaum mehr Sonnenlicht durchdringen ließen. Auch sie war jetzt an einem solchen Ort, wo die Luft am schwersten, der Geruch am fauligsten war. Bis vor Kurzem noch ganz oben, war sie schlagartig ganz tief gesunken, nichts weiter als ein Beutetier, mit dem noch kurz gespielt wurde, bevor man ihm den Garaus machte. Sie hielt den Atem an, und dann begann der Jäger zu sprechen.

»Du bist wach«, sagte Daniel. Er nahm seine Fleecemütze ab und stopfte sie in die Brusttasche seines Overalls. »Das ist gut. Wir sind nämlich schon fast da, und ich möchte, dass du alles siehst.« Er leckte sich einen Speicheltropfen aus dem Mundwinkel.

»Was soll ich sehen, Daniel?«

»Ah.« Er wackelte mit dem Finger. »Wunderschöne Dinge, die man nur sehen kann, wenn der entsprechende …« Er hielt inne, um nach dem richtigen Wort zu suchen. »… Anreiz gegeben ist. Ja, das trifft es ganz gut.«

»Ich muss es aber wissen, Daniel.« Nivi sprach bedächtig und gemessen, um gegen den Ansturm der Chemikalien in ihrem Körper anzukämpfen, die sie zur Flucht drängten. Ihre schlimmsten Ängste hatten Malik Uutaaq gegolten, denn ursprünglich hatte sie ihn im Verdacht gehabt, ihre Tochter getötet zu haben. Doch jetzt mit dem Mann konfrontiert zu sein, der Tinka tatsächlich ermordet hatte, hatte fast etwas Antiklimaktisches. Sie musste Gewissheit haben, selbst wenn die Wahrheit ihr die letzte Widerstandskraft rauben und die Angst sie endgültig überwältigen würde.

»Ja«, sagte Daniel, »es war hier. Sie hat genau da gelegen, wo du jetzt liegst.« Er bewegte die Hand durch die Luft zwischen ihnen, als streichelte er ihren Körper.

Tinkas Körper, merkte Nivi, nicht ihren.

»Welche Macht Uutaaq auch über deine Tochter haben mochte, ich habe sie ihm genommen, als ich sie hier hatte. Ich habe sie ihm gestohlen.« Er griff in eine andere Tasche seines Overalls und zog einen topasblauen Slip heraus, dehnte ihn mit seinen Fingern und schnupperte daran. Nivi beobachtete ihn, und er fing ihren Blick auf und sagte: »Das war ihrer. Natürlich war sie schon flügge geworden, eine junge Frau, unabhängig. Sicher hast du ihn nie im Wäschekorb gesehen oder zum Trocknen auf die Leine gehängt.« Er beugte sich vor. »Du hast deine Tochter nie so gekannt wie ich, Nivi.«

»Du bist ein Tier«, hauchte Nivi.

»Wahrscheinlich hast du recht.« Er knüllte Tinkas Slip in seiner Faust zusammen. »Und Tiere«, er kniete vor ihr nieder, »haben Bedürfnisse.« Die Schläge prasselten auf sie ein, bis Blut aus ihrem Mund floss.

Das Boot begann sich langsam zu drehen, und er schaute durch die offene Tür, als die Berge der Halbinsel in den Blick kamen. Der spitze Gipfel des Qilertinnguit ragte hoch und stolz über Inussuk auf.

»Schau, Nivi.« Er deutete durch die Tür und zog sie an den Haaren auf sein Knie, als sie sich nicht von der Stelle rührte. Er schob die Hand unter ihr Kinn und hob es an. »Siehst du das? Siehst du die Antenne? Der weiße Lattenzaun ist gerade noch zu sehen. Das ist der Friedhof, auf dem deine Tochter liegt. Ich habe dich nach Hause gebracht, damit ihr hier zusammen sein könnt. Es wird Zeit, dass ihr wieder vereint werdet.«

Um Atem ringend versuchte Nivi, den Kopf zu drehen und das Blut aus ihrer Nase zu schnauben. Ihr linkes Ohr war in die Falten seines Überlebensanzugs vergraben, aber mit dem rechten konnte sie das Geräusch eines Motors und die schrille Rückkopplung eines Lautsprechers hören, bevor eine verstärkte Stimme über das Wasser kam.

»Daniel Tukku. Hier ist die Polizei.«

»Nein«, hauchte Daniel. Er stieß Nivi zur Seite und hob den Kopf, um durch die Kajütentür nach draußen zu spähen. Er zog den Kopf sofort wieder ein, als die Lautsprecherstimme noch einmal seinen Namen rief. »Nein!«, schrie er.

Nivi beobachtete, wie Daniel die Tür schloss und von innen absperrte. Sie wälzte sich von ihm fort und schlang die Arme um ihre Knie, so weit es ihre gefesselten Handgelenke zuließen. Daniel bückte sich, um wieder durch die Glasscheibe nach draußen zu schauen, und duckte sich noch tiefer, als ein Schemen an der Kajütentür vorbeihuschte. Er ging in die Knie und öffnete eine Klappe im Boden. Der v-förmige Stauraum darunter reichte in den Kiel des Boots hinab und war voll mit Ballast. Daniel nahm den Ballast heraus und warf ihn auf den Kajütenboden. Dann griff er, lautlos vor sich hin brabbelnd, nach einer Axt mit einem kurzen Stahlgriff und begann, damit auf den Fiberglasboden des Stauraums einzudreschen.

»Nicht, Daniel!«, schrie Nivi und wich von ihm zurück, als er immer wieder mit der Axt ausholte und auf den Rumpf des Bootes einhackte. Auf ihren Schrei hin hielt er inne, drehte sich zu ihr und schlug mit der Axt nach ihr. Die Breitseite traf sie seitlich am Kopf, sodass sie von der Wucht des Schlags gegen die Rückwand der Kajüte geschleudert wurde. Als Nivi die Hände an ihren Kopf hochriss, schlug Daniel wieder auf den Rumpf ein. Ihr stockte der Atem, als sie vorsichtig die Stelle über ihrem Ohr betastete und spürte, wie sich der Knochen unter der Haut leise knirschend unter ihren Fingern bewegte. Daniel holte immer wieder mit der Axt aus, bis schließlich der erste Schwall Meerwasser seinen Überlebensanzug bespritzte.

»Ja«, schrie er, »jetzt schaffen wir es, Nivi.« Er drehte sich kurz zu ihr um und runzelte die Stirn, als er Blut von der Seite ihres Kopfs strömen sah. Dann fügte er grinsend hinzu: »Jetzt bringe ich dich zu deiner Tochter.«

Das Geräusch eines sein Boot umkreisenden Motors ließ ihn aufblicken. Er hob die Axt und drosch auf den Rumpf ein, bis durch ein zweites Loch Wasser eindrang. Er vergrößerte das Loch mit der Schneide der Axt, bis das Wasser ungehindert in den Stauraum floss und in die Kajüte hochstieg. Als es ihm bis zu den Knien reichte, richtete er sich auf und starrte, halb begeistert, halb schockiert, dass es ihm gelang, das Boot zum Sinken zu bringen, auf das Loch.

Als er erneut jemanden seinen Namen rufen hörte, kniete er im Wasser nieder und machte sich daran, das Loch unter heftigem Spritzen weiter zu vergrößern. Nivi versuchte, zur Kajütentür zu kommen, aber Daniel bekam sie am Arm zu fassen und schlug mit der anderen Hand weiter mit der Axt auf den Rumpf ein. Falls er das Stiefelgetrappel auf Deck hörte, war ihm nicht anzusehen, dass er es registrierte.

»Nivi.« Seine Stimme zitterte, als das kalte Wasser in seinen Anzug eindrang und über seine Knie zu den Oberschenkeln hochstieg. »Willst du wissen, was ich zu deiner Tochter gesagt habe, bevor ich sie über Bord gestoßen habe?«

»Nein«, hauchte Nivi. Sie versuchte, aus dem Wasser zu

kommen, aber Daniel hielt sie am Arm fest. Sie schaute durch die Glastür und starrte in den Lauf der Maschinenpistole eines Polizisten, der versuchte, freie Schussbahn zu bekommen. Daniel hob die Axt erneut, verlor aber das Gleichgewicht, als sie glatt durch das Loch im Rumpf fuhr. Er ließ Nivi los, fand seine Balance wieder und zog die Axt aus dem Wasser.

»Ich habe sie eine grönländische Schlampe genannt«, stieß er hervor und griff nach Nivi. »Halt, nein.« Er hielt inne und runzelte die Stirn. »Ich habe ihr gesagt, sie soll Grönländisch sprechen, die kleine Schlampe. Das ist, was ich gesagt habe.« Er zog Nivi so eng an sich, dass sie sehen konnte, wie sich seine Lippen von der Kälte blau verfärbten. »Ich wurde Malik«, fuhr er fort. »Das verstehst du doch, oder?«

»Ja«, sagte Nivi. Stiefelgetrampel auf dem Dach der Kajüte ließ sie aufblicken. Über dem Oberlicht erschienen eine schemenhafte Gestalt, dann ein maskiertes Gesicht und schließlich der Lauf einer zweiten Maschinenpistole.

»Es war natürlich nur ein Act.« Daniel redete unbeirrt weiter. »Was sonst.« Das Zucken seiner Gesichtsmuskulatur ließ nach, als er ausatmete. Er strich über die Seite von Nivis Gesicht. »Hast du dir wehgetan?«

»Ja«, sagte sie. »Lass mich gehen, Daniel.«

»Ich soll dich gehen lassen?«

»Ja.«

Daniel hatte eine Hand am Griff der Axt. Mit der anderen streichelte er wieder Nivis Gesicht und sagte: »Du hast die gleichen Augen wie deine Tochter.«

»Lass mich gehen«, flüsterte Nivi.

Daniel nickte. »Ja, warum eigentlich nicht? Könnte ich.«

»Bitte.«

»Ich könnte es für Tinka tun«, sagte er achselzuckend. »Als Wiedergutmachung.«

»Daniel«, kam eine Stimme vom Deck des Boots. »Kommen Sie jetzt sofort raus.«

Zitternd vor Kälte, fasste Daniel um Nivi herum und entriegelte die Kajütentür. Dabei geriet er im unaufhaltsam steigenden Wasser ins Taumeln, doch er fing sich rasch wieder, packte Nivi von hinten an den Haaren und schrie: »Los jetzt.« Er zog sie hoch und schob sie die Stufen auf Deck hinauf, sodass der maskierte Polizist einen Schritt zurück machen musste. Daniel hielt die Axt fest umklammert in seiner rechten Hand und schob Nivi vor sich her. Doch plötzlich stieß er sie gegen den Polizisten und riss brüllend die Axt hoch.

Der Polizist ließ die mit einem Brustgurt gesicherte Maschinenpistole los und schlang die Arme um Nivi, wurde aber von der Wucht des Aufpralls über die Reling gestoßen und riss die Premierministerin mit sich. Das Gewicht seiner Ausrüstung zog sie sofort unter Wasser, und im selben Moment gab sein Partner vom Kajütendach drei Schüsse auf Daniels Rücken ab. Die Axt schlitterte scheppernd über das Deck, und Daniel wurde gegen die Reling geschleudert, wo er die Hände nach Nivi ausstreckte, die mit Gaba im schwarzen Wasser des eisdurchsetzten Meeres versank.

»Gaba!«, schrie Miki vom Kajütendach. Er riss sich die Maske vom Gesicht, sprang auf das Deck des Boots und stürzte an die Reling. Gleichzeitig ließ Maratse seinen Pistolengürtel auf Deck fallen, riss sich die Jacke herunter und sprang ins Meer.

Ohne von der eisigen Umklammerung des Wassers Notiz zu nehmen, packte er Nivi am Rücken, befreite sie aus Gabas Griff und stieß sie an die Oberfläche. Dann tauchte er tiefer und packte Gaba, der sich hektisch von seiner Ausrüstung zu befreien versuchte, an der Weste und strampelte sich trotz der rasenden Schmerzen in seinen Beinen und trotz der Kälte, die seinen Kopf wie ein Schraubstock umschloss, mit aller Kraft an die Oberfläche. Gaba fummelte am Verschluss seines Helms herum, durchtrennte mit seinem Messer die Schlinge der Maschinenpistole und schwamm mit Maratse an die Oberfläche, wo sie sich mit steifen Fingern aneinanderklammerten, während Petra und Miki sich unter der Reling hindurch über die Bordwand des Hotelboots beugten und sie an Deck zogen.

Miki half seinem Vorgesetzten, seine restliche Ausrüstung und seine Kleidung abzulegen, und schlug ihn in eine Decke ein. Das Gleiche tat Petra mit Maratse. Die Sanitäter triagierten ihre Patienten und behandelten sie einen nach dem anderen gegen Verletzungen und Unterkühlung. Petra half Maratse auf einen Stuhl neben der Premierministerin. Sie küsste ihn auf die Stirn und machte Platz für Gaba.

Nivi schob ihre Hand unter der Decke hervor und ergriff Maratses Finger. Dann drehte sie ihren verbundenen Kopf und sah ihn an. »Danke, Betjent.«

»*Iiji*«, sagte Maratse. »Keine Ursache.«

»Ich werde dir zwar nicht die Hand halten«, sagte Gaba und stieß Maratse von der anderen Seite leicht in die Seite. »Aber danke.«

Maratse biss wegen der Schmerzen in seinen Beinen die Zähne zusammen und nickte.

Marlunngorneq

DIENSTAG

22

Maratse wurde wach, als Petra die Treppe herunterkam. Er hob den Kopf, als sie in der Tür des Wohnzimmers stehen blieb und ihm zuwinkte.

»Konntest du schlafen?«, fragte sie.

»*Iiji.*«

»Waren die Schmerzen schlimm?«

Er nickte und ließ den Kopf wieder sinken, als Petra in die Küche ging. Er hörte, wie sie Kaffeewasser aufstellte und mit einem leisen Zungenschnalzen den leeren Kühlschrank zur Kenntnis nahm.

»Ich werde erst mal einkaufen gehen«, sagte sie und stellte eine Tasse Kaffee auf den Tisch neben Maratse. »Probier mal, ob du dich selbst anziehen kannst.«

Maratse nickte, wartete aber, bis sie gegangen war, bevor er sich auf dem Sofa aufstützte und nach der Kaffeetasse griff. Zuerst verzog er wegen der Schmerzen in seinen Beinen das Gesicht, doch dann zuckte er mit den Achseln. Damit musste er jetzt vermutlich leben, aber er würde die Schmerzen nicht darüber bestimmen lassen, was er mit seinem Leben anfing oder nicht. Maratses vorübergehende Wiederaufnahme in den Polizeidienst hatte in dem Moment ihr Ende gefunden, als der Polizeipräsident über den Verlauf des Einsatzes in Kenntnis gesetzt worden war. Maratse hing seinen Gedanken über seine zweite Pensionierung innerhalb einer Woche nach, trank dabei seinen Kaffee und lauschte den Geräuschen des jungen Hunds, der sich auf der Veranda des Hauses herumtrieb und aufgeregt hin und her zu rennen begann, als Petra mit Eiern, Speck und Brot vom Einkaufen zurückkam.

»Er ist richtig süß«, sagte Petra und blieb kurz stehen, um mit dem Hund zu reden. Sie stapfte den Schnee von ihren Stiefeln, streifte sie ab und ging ins Wohnzimmer.

»Er ist eine Sie.«

»Und hat sie schon einen Namen?«

»*Eeqqi*«, sagte Maratse. »Ich bin noch am Überlegen.«

Während Petra Frühstück machte, zog sich Maratse an. Als er aus dem Fenster schaute, sah er Karl und Edvard zum Hafen hinuntergehen, wo gerade das Hotelboot an der Mole anlegte und Nivi Winther mit Simonsen und Danielsen ausstieg. Sie kamen aus Uummannaq.

»Sind sie das?«, rief Petra aus der Küche.

»*Iiji.*«

»Und wann ist die Pressekonferenz?«

»In einer Stunde.«

»Okay.« Petra stellte zwei Teller mit Schinkensandwiches auf den Tisch. Sie wartete, bis er sich gesetzt hatte, bevor sie sagte: »Ich bin schon gespannt, warum sie sie hier abhalten und nicht in Nuuk.«

Dieselbe Frage hatte Maratse den ersten Teil der Nacht am Einschlafen gehindert, bevor endlich die Schmerztabletten zu wirken begonnen hatten. Er hatte den düsteren Charakter seiner Träume als Trauma deklariert und die Sache dann beiseitegeschoben. Er vermutete, Nivi Winther würde ihr Trauma zu bewältigen versuchen, indem sie am Grab ihrer Tochter ein Statement über deren Mörder abgab. Zugleich fragte er sich, ob sie noch andere Pläne hatte und ein weiteres Ziel verfolgte. Sie war eine starke Frau, die sich vom Tod ihrer Tochter und der eigenen Entführung nicht hatte unterkriegen lassen und sogar noch stärker daraus hervorgegangen war.

»Du bist mit deinen Gedanken schon wieder ganz woanders«, sagte Petra, als sie mit ihrem Sandwich fertig war. Sie nahm einen Schluck Kaffee und beobachtete Maratse beim Essen.

»Mhmm, schmeckt gut.«

»Ich weiß«, sagte sie.

Beide blickten auf, als ein Flugzeug über sie hinwegrauschte, um in Qaarsut zu landen. Zur selben Zeit legte das Hotelboot ab, und Maratse fragte sich erneut, was Nivi vorhatte.

»Als ich einkaufen war, hat Gaba angerufen«, sagte Petra. »Ich soll dich von ihm grüßen.«

»Mhm«, sagte Maratse. »Wie geht's Miki?«

»Gut. Er wird gerade in Nuuk vernommen und muss jede Menge Schreibkram erledigen. Für ihn ist es das erste Mal, dass er jemanden erschossen hat, aber die Gewerkschaft gibt ihm Rückendeckung. Außerdem gibt es jede Menge Zeugen.«

»Gut.« Maratse frühstückte zu Ende und schaute aus dem Fenster, wo Karl, Edvard und die Polizisten Nivi zum Friedhof folgten. »Heute werde ich länger brauchen, um den Berg hinaufzukommen«, sagte er.

»Klar«, sagte Petra. »Willst du schon los?«

»*Iiji*«, sagte Maratse und stand auf. Er ging zur Tür, zog seine Jacke an und schlüpfte in seine Stiefel.

Der Hund sprang auf, als Maratse und Petra aus dem Haus kamen. Maratse knurrte ihn an, und Petra lachte, als der Hund ans Ende der Veranda zurücktänzelte, wo er normalerweise lag.

»Du kannst gut mit Hunden, was?«

»Sie ist einfach ein guter Hund«, sagte Maratse.

»Umso mehr braucht sie einen Namen. Du kannst sie nicht den Rest ihres Lebens *sie* nennen.«

»Warum nicht?«

»Das macht man einfach nicht«, sagte Petra und stieg die Treppe hinunter. Während sie am Strand auf Maratse wartete, schob sie mit den Füßen den Schnee beiseite, sodass der schwarze Sand und die Muscheln darunter zum Vorschein kamen. Sie gingen los zum Friedhof hinauf.

Als sie oben ankamen, blieb Maratse stehen, um sich eine Zigarette anzuzünden. Er nickte Nivi zu, die am Grab ihrer Tochter stand. Petra zupfte an seinem Ärmel und deutete auf das Hotelboot, das vom Flugplatz zurückkam. Es war voll mit Passagieren.

»Und?«, sagte sie. »Schon eine Idee?«

»Nein«, sagte Maratse und schraubte eine Zigarette in die Lücke zwischen seinen Zähnen. Er rauchte etwa eine Minute, dann drückte er die Zigarette mit Zeigefinger und Daumen aus und steckte sie in die Packung zurück. Als er einen weißen Fellwuschel den Weg heraufflitzen sah, knurrte er ihn an, worauf der Hund sofort Sitz machte. Maratse drehte ihm den Rücken zu und ging mit Petra zum Eingang des Friedhofs. Als er sich noch einmal nach dem Hund umschaute, saß er brav am Rand des Wegs und beobachtete die ankommenden Trauergäste. Maratse sah, dass die meisten Fotoapparate in den unterschiedlichsten Größen dabeihatten und einer sogar eine Videokamera.

»Die Presse.« Er stieß Petra leicht in die Seite. Die Fotografen postierten sich an der Seite des Wegs, um die zuletzt Eintreffenden zu fotografieren.

»Das ist Malik Uutaaq mit seiner Familie«, sagte Petra. »Was hat Nivi vor?«

Malik warf einen kurzen Blick auf Petra und Maratse, als er an ihnen vorbeikam. An einer Hand hatte er seine Frau, an der anderen seine Tochter. Sein Sohn Sipu spielte mit dem Hund, bis sein Vater stehen blieb und nach ihm rief.

Qitu Kalia löste sich aus der Gruppe der Fotografen und Journalisten, um Maratse die Hand zu schütteln, bevor er sich zu der Gruppe gesellte, die sich im Schnee neben den fünf offenen Gräbern um Nivi Winther geschart hatte. Sie stand am Grab ihrer Tochter. Die losen Blätter ihres Manuskripts flatterten im Wind.

»Sicher fragen Sie sich alle«, begann sie auf Grönländisch, ihre Stimme so frisch und klar wie die kalte Winterluft, »warum ich Sie hierher eingeladen habe. Die Antwort ist ganz einfach: Ich will, dass meine Tochter hört, was ich zu sagen habe.« Als die ersten Kameraverschlüsse zu klicken begannen, hob sie die Hand, um ihnen Einhalt zu gebieten. Das Filmteam drehte weiter, und Maratse wurde klar, dass sie es darum gebeten hatte.

»Daniel Tukku war mein Kollege, er war mein Freund, und er war auch der Mann, der meine Tochter ermordet hat.« Nivi hielt inne, um sich eine Träne von ihrer Wange zu wischen. »Sie ist jetzt in Sicherheit, aber ihr Tod und ihr Leiden lassen mich an all die Menschen denken, die in Grönland leiden, sogar an Leute wie Daniel Tukku. Er war genauso Grönländer wie meine Tinka.« Nivi wartete, bis die Journalisten und Fotografen mit ihren Notizen und Fotos fertig waren. »Wenn ich meine Tochter besuche, um über die Wale im Fjord mit ihr zu sprechen und mir das Leben vorzustellen, das sie vielleicht geführt hätte, werde ich ihr auch von Grönland und seinen Menschen erzählen. Als Premierministerin steht es in meiner Verantwortung, mich um alle Grönländer zu kümmern, und das gilt für jeden von uns. Als Premierministerin habe ich es deshalb auch versäumt, Daniel die Hilfe zukommen zu lassen, die er benötigt hätte. Daran werde ich jedes Mal erinnert werden, wenn ich Tinka besuche.«

Nivi blickte über ihre Schulter, als wollte sie aus dem Eis

des Fjords und der Intensität des Winters die nötige Kraft schöpfen, um nicht an seinen Unbillen zu verzagen. Sie suchte Maratses Blick, bevor sie lächelnd mit ihrer Rede fortfuhr.

»Tinka befindet sich in Sicherheit, aber wie sicher fühlen wir uns? Wie sicher sind wir als Nation, als Volk, als Grönländer?« Nivi winkte Malik zu sich und umarmte ihn, als er auf sie zukam. Dann nahm sie ihn an der Hand und wandte sich mit ihm seiner Familie und der Presse und den Menschen Grönlands zu. »Ich habe Malik Uutaaq an diesem schweren Tag hierhergebeten, denn wenn man die dunkelste Seite der menschlichen Natur, die dunkelste Seite Grönlands kennengelernt hat, ist es wichtig, die Arme auszustrecken und all das zu umarmen, was gut ist an Grönland, um mit einem neuen Herzen, einem neuen Ziel und einer neuen Führung in das Dunkel des Winters voranzuschreiten. Und aus diesem Grund freut es mich umso mehr, sagen zu können, dass Malik Uutaaq und ich übereingekommen sind, unser Volk zu einen und ein neues Grönland für alle Grönländer zu schaffen.« Auf ein heftiges Kameraklicken hin machte Nivi eine Pause. »Wenn Sie also im Mai nächsten Jahres an die Wahlurnen treten, könnten wir Ihnen eine spannende Wahl versprechen, aber vor allem auch eine verlässliche politische Vision, die auf Vertrauen und Gemeinsinn gebaut ist und die wahre grönländische Identität aller Einwohner unseres Landes in sich vereint.«

Maratse merkte, wie Petra seine Hand ergriff, als Nivi die Rede auf Dänisch wiederholte. »Piitalaat«, sagte er, als er ihr Zittern spürte, »alles okay bei dir?«

»Ja«, hauchte sie. »Jetzt schon.«

Die Presse blieb, als Nivi die Blumen auf dem Grab ihrer Tochter neu ordnete. Maratse konnte nicht erkennen, ob die

Kamera dabei ihren Blick auffing, doch er sah einen Funken Hoffnung unter den Tränen.

Petra hielt Maratses Hand noch lange, als die letzten Journalisten Nivi und Malik den Berg hinunter und zurück zum Hotelboot gefolgt waren. Er vermutete, dass im Hotel in Uummannaq noch eine Fragestunde abgehalten würde, und war froh, dass die Journalisten, die Politiker und die Polizisten wegfuhren. Er zog an Petras Hand, und sie traten an Tinka Winthers Grab. Karl und Edvard folgten ihnen.

»So«, sagte Petra. »Und was wirst du jetzt tun?«

»Mich zur Ruhe setzen«, sagte Maratse achselzuckend.

»Das hast du bereits versucht.«

»*Iiji.*«

»Vielleicht solltest du es anders anpacken.«

Petra lächelte, als der Hund auf den Friedhof sprang und sich an Tinkas Grab setzte.

»Du hast gesagt, es ist eine Sie?«, fragte sie.

»Ja, ist sie.«

»Und sie braucht einen Namen.« Petra deutete mit dem Kopf auf den Hund. »Wie fändest du Tinka?«

Maratse sah den Hund an, als er seinen Kopf zwischen ihm und Petra hin- und herbewegte. Er holte tief Luft und biss die Zähne zusammen, als er in die Knie ging. Der Hund beobachtete ihn und stürmte durch den Schnee in seinen Schoß, als Maratse mit der Zunge schnalzte.

»Noch ein paar, und du hast ein Gespann«, sagte Petra.

»Karls Sohn hat noch mehr Hunde, die er loswerden will«, sagte Maratse. »Und ein Boot, das er verkaufen will.«

Petra schaute auf den Fjord hinaus, holte tief Atem und nickte. »Du hast also beschlossen, ein Jäger zu werden.«

»Ich will jagen und fischen«, sagte Maratse und rollte mit den Fingern die Ohren des Hunds ein. »Oder vielleicht auch nur Schlitten fahren.«

»Das würde ich auch gern ausprobieren«, sagte Petra.

»Dann komm im Frühling wieder her. Dann habe ich mein Gespann.«

»Du wirst nicht nach Nuuk zurückkommen?«

Maratse ließ den Hund los und sah Petra an. Er konnte die Krallen an seinen Oberschenkeln spüren und die nadelspitzen Milchzähne, als er an seinen Fingern knabberte.

»Ich glaube nicht.«

»Bist du sicher?«

»*Iiji*«, sagte er. »Hier gehöre ich hin.«